BOCA
DO INFERNO

OBRAS DA AUTORA

Anjos e demônios, poesia, 1978
Celebrações do outro, poesia, 1983
Boca do Inferno, romance, 1989*
O retrato do rei, romance, 1991*
Sem pecado, romance, 1993*
A última quimera, romance, 1995*
Clarice, novela, 1996*
Desmundo, romance, 1996*
Amrik, romance, 1997*
Que seja em segredo, antologia poética, 1998
Noturnos, contos, 1999*
Caderno de sonhos, diário, 2000
Dias & dias, romance, 2002*
Deus-dará, crônicas, 2003
Prece a uma aldeia perdida, poesia, 2004
Flor do cerrado: Brasília, infantil, 2004*
Lig e o gato de rabo complicado, infantil, 2005*
Tomie: Cerejeiras na noite, infantil, 2006*
Lig e a casa que ri, infantil, 2009*
Yuxin, romance, 2009*
Semíramis, 2014*
Menina japinim, 2015*

* Publicados pela Companhia das Letras.

ANA MIRANDA

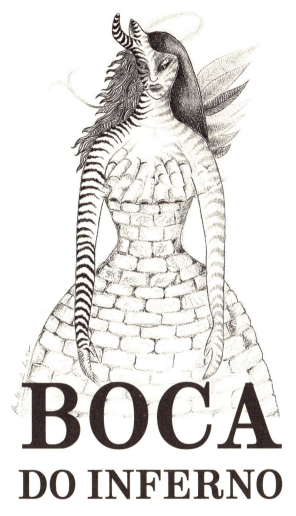

BOCA
DO INFERNO

Romance

6ª edição
3ª reimpressão

COMPANHIA DAS LETRAS

Copyright © 1989 by Ana Miranda

Grafia atualizada segundo o Acordo Ortográfico da Língua Portuguesa de 1990, que entrou em vigor no Brasil em 2009.

Capa:
Anna Dantes
sobre desenho de *Ana Miranda*
e gravura de *Théodore de Bry*

Projeto gráfico:
Victor Burton

Ilustrações:
Ana Miranda

Revisão:
Renato Potenza Rodrigues
Vivian Miwa Matsushita

Atualização ortográfica
Verba Editorial

Dados Internacionais de Catalogação na Publicação (CIP)
(Câmara Brasileira do Livro, SP, Brasil)

Miranda, Ana
Boca do Inferno : romance / Ana Miranda. — 6ª ed.
— São Paulo : Companhia das Letras, 2019.

ISBN 978-85-359-3262-1

1. Romance brasileiro I. Título.

89-1397   CDD-869.935

Índices para catálogo sistemático:
1. Romances : Século 20 : Literatura brasileira 869.935
2. Século 20 : Romances : Literatura brasileira 869.935

2022

Todos os direitos desta edição reservados à
EDITORA SCHWARCZ S.A.
Rua Bandeira Paulista, 702, cj. 32
04532-002 — São Paulo — SP
Telefone: (11) 3707-3500
www.companhiadasletras.com.br
www.blogdacompanhia.com.br
facebook.com/companhiadasletras
instagram.com/companhiadasletras
twitter.com/cialetras

para Rubem Fonseca

A CIDADE

A cidade fora edificada na extremidade interna meridional da península, a treze graus de latitude sul e quarenta e dois de longitude oeste, no litoral do Brasil. Ficava diante de uma enseada larga e limpa que lhe deu o nome: Bahia.

A baía, de pouco mais de duas léguas, começava na ponta de Santo Antonio, onde tinha sido edificada a fortaleza do mesmo nome, e terminava aos pés da ermida de Nossa Senhora de Monserrate. No meio desse golfo estava a cidade, sobre uma montanha de rocha talhada a pique na encosta que dava para o mar, porém plana na parte de cima; esse monte era cercado por três colinas altas, sobre as quais se estendiam as povoações. Ao sul, as casas terminavam nas proximidades do mosteiro de São Bento; ao norte, nas cercanias do mosteiro de Nossa Senhora do Carmo. O terceiro extremo da cidade, a leste, era escassamente povoado.

Três fortes, dois em terra e um no mar, defendiam a praia estreita da Bahia. A faixa longa da costa, onde se enfileiravam armazéns, lojas e oficinas, ligava-se à parte alta por três ruas íngremes. O barulhento molinete dos jesuítas içava a carga pesada entre uma e outra parte da cidade.

Ainda se viam resquícios dos danos causados pelas guerras contra os holandeses, desde quase sessenta anos antes. Ruínas de casas incendiadas, roqueiras abandonadas, o esqueleto de uma nau na praia. Em lugares mais ermos podiam-se encontrar, cobertos pelo mato, estrepes de ferro de quatro pontas. Perto da porta do Carmo havia, ainda, covas profundas e altos baluartes que tinham servido de trincheira.

Numa suave região cortada por rios límpidos, de céu sempre azul, terras férteis, florestas de árvores frondosas, a cidade parecia ser a imagem do Paraíso. Era, no entanto, onde os demônios aliciavam almas para povoar o Inferno.

1

"Esta cidade acabou-se", pensou Gregório de Matos, olhando pela janela do sobrado no terreiro de Jesus. "Não é mais a Bahia. Antigamente havia muito respeito. Hoje, até dentro da praça, nas barbas da infantaria, nas bochechas dos granachas, na frente da forca fazem assaltos à vista."

Veio à sua mente a figura de Gongora y Argote, o poeta espanhol que tanto admirava, vestido como nos retratos em seu hábito eclesiástico de capelão do rei: o rosto longo e duro, o queixo partido ao meio, as têmporas rapadas até detrás das orelhas. Gongora tinha-se ordenado sacerdote aos cinquenta e seis anos. Usava um anel de rubi no dedo anular da mão esquerda, que todos beijavam. Gregório de Matos queria, como o poeta espanhol, escrever coisas que não fossem vulgares, alcançar o culteranismo. Saberia escrever assim? Sentia dentro de si um abismo. Se ali caísse, aonde o levaria? Não estivera Gongora tentando unir a alma elevada do homem à terra e seus sofrimentos carnais? Gregório de Matos estava no lado escuro do mundo, comendo a parte podre do banquete. Sobre o que poderia falar? *Goza, goza el color, da luz, el oro.* Teria sido bom para Gregório se tivesse nascido na Espanha? Teria sido diferente? "Ah, Gregório", pensou o poeta, "por que em *culis mundi* te meteste?"

*

Às seis horas da manhã, o governador Antonio de Souza de Menezes saiu do palácio. Cruzou a praça central onde ficavam os edifícios da administração: a sede do governo, a prisão, a Câmara, o Tribunal e o Armazém Real. Dirigiu-se à igreja dos jesuítas, para o sacramento da penitência. Gostava de fazê-lo de manhã. Tinha seu padre confessor, da ordem dos franciscanos, mas considerava os jesuítas mais preparados para a orientação religiosa.

Da janela, Gregório de Matos acompanhou com os olhos a passagem do governador entre pessoas de diversos mundos e reinos distintos. Reinóis, que chamavam de maganos, fugidos de seus pais ou degredados de seus reinos por terem cometido crimes, pobres que não tinham o que comer em sua terra, ambiciosos, aventureiros, ingênuos, desonestos, desesperançados, saltavam sem cessar no cais da colônia. Alguns chegavam em extrema miséria, descalços, rotos, despidos, e pouco tempo depois retornavam ricos, com casas alugadas, dinheiro e navios. Mesmo os que não tinham eira nem beira, nem engenho, nem amiga, vestiam seda, punham polvilhos. Eram esses os cristãos que vinham, na maior parte, e esses os que caminhavam por ali tirando o chapéu e curvando-se à passagem do governador. Eram também persas, magores, armênios, gregos, infiéis e outros gentios. Mermidônios, judeus e assírios, turcos e moabitas. A todos a cidade dava entrada.

De noite, aqueles mesmos frequentadores de missas andavam em direção aos calundus e feitiços. Homens e mulheres compareciam com devoção a esses rituais de magia, em busca de ventura. Iam gastar suas patacas com os mestres do cachimbo. Deliravam, dançavam de maneira que muitos acreditavam ver dentro deles o próprio Satanás. Quando se confessavam na igreja, escondiam isso dos padres apesar de não ser raro ver-se um sacerdote em tais cerimônias.

Os fiéis que chegavam à igreja traziam rosários e devocionários. Antes de entrar, muitos faziam o sinal da cruz, sendo que alguns deles, como observava Gregório de Matos, persignavam-se ao contrário do que ensinava o catecismo. Dentro da igreja, prosternavam-se com um leve tocar do joelho no chão, como se fossem um besteiro prestes a atirar.

Enquanto aguardavam a missa, alguns admiravam os santos em seus nichos, outros preferiam ficar vendo o movimento das pessoas. Um homem cochilava sentado no muro, um grupo de jovens olhava duas belas negras que passavam com fardos à cabeça.

As mulheres que se dirigiam à igreja usavam brincos, mangas a volá, broches, saias de labirintos. Com essas alfaias iam caminhando ao som do repicar dos sinos do Carmo, São Bento, colégio ou São Francisco. Muitos comentavam que as mulheres iam à missa para maldizer seus maridos, ou amantes, ou talvez cair em erros indignos.

A porta da igreja estava repleta de miseráveis e loucos. Com tanta riqueza, havia grande pobreza e muita gente morria de fome.

*

A missa começou. Os escravos ficavam de fora da igreja, muitos deles contritos e piedosos. Outros faziam algazarra. Poucos eram os que davam a seus escravos alguma educação. Alguns nem mesmo lhes davam comida em troca do serviço. Muitos senhores metidos a fidalgos, com seus bigodes fernandinos, faziam de suas escravas prostitutas, viviam como rufiões.

As escravas também estavam à porta da igreja, algumas ajoelhadas no pátio. Eram o que havia de mais belo em toda aquela terra, pensou Gregório de Matos, incluindo... incluindo as estrelas? Ora, que importância tinham as estrelas? Incluindo as brancas, as portuguesinhas e as espanholas.

*

De dentro de uma casa qualquer, distante, alguém dedilhava uma guitarra. Saídas de um beco, apressadas, passaram uma senhora e sua filha. As jovens andavam sempre com suas mães, ou escravas. Se não havia grande recato, estavam as donzelas em perigo, quebrantadas de amores, recebendo recadinhos, e Gregório de Matos não se excluía de tais procedimentos. Durante as missas, casquilhos aproveitavam para passar bilhetes com poemas, mensagens para donzelas ou, como em Portugal, para distribuir beliscões nas mais jovens.

Os homens, mesmo dentro da igreja, andavam armados de espadas e cotós limpos. Tudo naquela cidade dependia da força pessoal. Já não se enforcavam mais tão comumente os ladrões e os assassinos, tampouco os falsários e os maldizentes. Não havia grandes assaltantes na Bahia, diziam, mas quase todos furtavam um pouquinho. Alguns salteadores de estradas, raros ladrões violentos ou cortadores de bolsas andavam por ali, porém uma desonestidade implícita e constante fazia parte do procedimento das pessoas. Negros fugidos tornavam as estradas e certas ruas mais perigosas. A cobiça do dinheiro ou a inveja dos ofícios, além disso, era um sentimento comum. Muitos queriam ver seus patrícios abatidos de crédito, ou arrastados pela pobreza, ou mortos numa luta destra e sinistra. Nem ao sagrado perdoavam, fosse rei, bispo, sacerdote ou donzela metida em seu retiro. Todos levavam seus golpes, todos sofriam com as intrigas cruéis e nefandas. Gregório de Matos suspirou. Era muito mais difícil viver ali. Por que voltara?

Mascates no terreiro, em volta da igreja, vendiam miudezas. O movimento nas ruas aumentava. Passantes dirigiam-se aos jogos, ao campo, para divertir-se ou murmurar contra o governo, criando suas próprias leis e arbítrios. E mesmo sendo ainda de manhã, alguns vinham trôpegos.

Fosse solteiro ou casado, era costume embriagar-se de bom ou mau vinho. Homens embebedavam-se até perderem os sentidos, até deixarem a mulher na miséria, os filhos famintos. Todas as manhãs, viam-se alguns bêbados caídos nas ruas. Botas com atilhos desamarrados, cacos de pucarinhos, barrilotes vazios se espalhavam lembrando a noite anterior.

Duas prostitutas passaram, esfalfadas pelo excesso de prazeres. Entraram pela ladeira e desapareceram. Uma delas tinha pouco mais de doze anos. Atraente, pequenos seios. A outra vestia-se com mais riqueza e aprumo que muitas damas da Corte. De manhã essas mulheres voltavam para seus esconderijos aos magotes, depois de uma noite de intenso movimento. Durante a noite havia delas em abundância dando giros pelas ruas. Com seus amigos entoavam cantigas torpes, entregavam-se em bailes a toques lascivos, venturas.

As mulheres que conheciam o amor de cama eram bem diferentes das tagarelas dos lares, quase sempre levianas, ignorantes, de buliçosa futilidade, que só apareciam por detrás da reixa apertada das gelosias. Mostravam um molho de cebolas aos homens que as observavam para que desviassem os olhos. Ah, o delicioso coito impuro, cheio de catarro e vinho. Delas, das negras devassas e belas, Gregório de Matos seria escravo.

*

Um pertigueiro trazendo sua pértiga no braço correu em direção à igreja, atrasado para a missa. Era responsável por manter a ordem dentro do santuário e antecedia o padre na cerimônia. Mas a missa já havia terminado. A chusma saía pela porta da igreja.

Alguns habitantes mais prósperos tomaram liteiras ou serpentinas. Quase não se viam carruagens, devido ao alcantilado das ruas que tornava o tráfego difícil. O governador foi um dos últimos a sair.

*

Antonio de Souza de Menezes, o Braço de Prata, entrou em seu palácio. Andava rigidamente, devido ao peso da peça de prata que usava no lugar do braço direito, perdido numa batalha em Pernambuco, na armada do conde da Torre, após uma refrega de quatro dias. O braço artificial que lhe dava a alcunha fora feito pelo famoso ourives do Porto, Adelino Moreira. Os dedos eram perfeitos; até mesmo as unhas e o desenho da pele nas articulações o minucioso artesão fizera. À rigidez do braço, que parecia irradiar-se pelo corpo todo de Antonio de Souza, somava-se a prístina dignidade das casas de Sarzedas e Alvito.

Percorreu os corredores até o salão onde despachava, cumprimentando de maneira quase imperceptível os criados e mordomos que o aguardavam em fila. Todos se ajoelharam à sua passagem, um ritual que ele exigia, embora não fosse bispo nem arcebispo.

Sobre a mesa, Antonio de Souza encontrou alguns papéis colocados ali pelo Mata, seu criado de maior confiança, que continham os assuntos a serem tratados naquele dia. O governador passou uma vista de olhos nos papéis.

O CRIME

Os conspiradores conheciam bem os hábitos de Francisco de Teles de Menezes. Sabiam que, em certos dias da semana, ao nascer do sol o alcaide-mor da cidade da Bahia costumava sair de casa para fornicar uma barregã. Comentavam com sarcasmo que o alcaide era impotente e queria aproveitar sua ereção matinal. Ou talvez precisasse, para excitar-se, do silêncio das ruas, naquela hora em que todos, mesmo os boêmios e os vagabundos, dormiam. Ou então, quem sabe, gostasse do hálito morno e da carne combalida que as meretrizes tinham ao final da noite.

Na verdade Teles de Menezes levantava-se muito cedo e sobrava-lhe tempo, àquela hora inútil, para satisfazer sua lascívia. Não que passasse o resto do dia na sala de despacho com seus auxiliares; o alcaide-mor costumava ausentar-se para beber aguardente e jogar tabolas com alguns comparsas de sua confiança. Ia à casa da amante com apenas alguns escravos desarmados. Depois despachava com o governador e saía para suas arruaças.

O sexo com prostitutas, assim como as ciladas de inimigos, eram atividades associadas às sombras da noite, quando Deus e seus vigilantes se recolhiam e o Diabo andava à solta, as armas e os falos se erguiam em nome do prazer ou da destruição, que muitas vezes estavam ligados num mesmo intuito. Os furtos, passatempo da cidade, também ocorriam à noite. De dia as missas se sucediam interminavelmente, às quais o povo comparecia para expiar suas culpas e assim poder cometer novos pecados: concubinatos, incestos, jogatinas, nudez despudorada, bebedeiras, prevaricações, raptos, defloramentos, poligamia, roubos, desacatos, adultério, preguiça, paganismo, sodomia, glutonaria.

1

Na casa da barregã Cipriana, o alcaide-mor Teles de Menezes, antes de deitar-se, retirou a cabeleira branca que usava e o pelicé azul no qual estava presa uma cruz de rubis.

Ele manteve na cintura o saquinho cheio de moedas que tilintavam. Não bastava ser poderoso. O ouro também seduzia.

Abraçou Cipriana, beijou seus lábios com delicadeza, segurando-a pela cintura.

"Estás sentindo meu lampreão?", ele disse. "Vem."

"Agora não", ela respondeu.

"Não queres?"

Num impulso, o alcaide-mor levantou-se, foi até a janela e abriu-a. A rua estava quase deserta. Um molecote magro permanecia em pé numa esquina. Teles de Menezes pressentiu algo estranho, mas não lhe deu importância. Viu seus lacaios descansando, encostados na parede, ao lado da liteira.

Fechou a janela com cuidado e estirou-se ao lado de Cipriana.

"Não temos muito tempo", ele disse, cobrindo-a com seu corpo.

*

Os conspiradores meteram os capuzes, guardaram as adagas na cintura. Um pacto fora selado entre eles.

"Está quase na hora. Um patife daqueles deve fornicar como um coelho, bem depressa."

Os homens riram.

"Acho que ele é castrado."

"Vamos levar a sério, amigos. É bom considerarmos a teoria do coelho e nos prepararmos."

"Acho difícil. Conheço o figurilha. Demora, demora e depois dorme. Às vezes dorme antes."

Gargalharam. Estavam nervosos.

*

Deitado ao lado de Cipriana, Teles de Menezes olhava para o teto. O alcaide-mor lembrou-se de que devia passar no palácio para falar com o governador. Antonio de Souza de Menezes o esperava, certamente com algum assunto desagradável. Para o alcaide, todos os temas ligados a trabalho eram enfadonhos. Naquela manhã falariam sobre uma carta.

Teles de Menezes conhecera o governador Antonio de Souza muitos anos antes, em Lisboa, para onde tinha sido mandado preso. Como não tivera culpa comprovada, Teles de Menezes pôde voltar à sua terra natal, já com o cargo de alcaide-mor comprado por preço irrisório. Voltou com o propósito de vingança contra os que o tinham denunciado, contra seus inimigos, contra seus ódios antigos. Quando soube que Antonio de Souza viria para governar a colônia, preparou a desgraça de seus opositores.

Uma carta anônima chegara às mãos de Teles de Menezes avisando sobre uma conspiração que se fazia no colégio para atentar contra sua vida. Iria mostrá-la ao governador.

"Em que estás pensando?", disse Cipriana.

"Nada que interesse a uma mulher."

Precisava sempre estar preparado para matar, ou morrer. Andar sem guardas talvez fosse mesmo imprudente, como dizia seu mestre de esgrima. Olhou as armas sobre a mesa e sentiu-se mais seguro. Era bom na luta, desde que assentara praça aos dezoito anos. Aperfeiçoara-se lutando numa companhia, depois como capitão de terço, em seguida ao assumir o posto de comandante da companhia de infantaria. Levantou-se e pegou a espada de lâmina dupla. Elevou-a até a altura do ombro e desferiu um golpe no ar, que zuniu.

"Tarasca", disse ele. "A mesma espada com que Renaud de Montauban cortava queijos e cabeças."

Cipriana permaneceu deitada. Sentia ainda o calor do corpo do homem nos lençóis.

Talvez porque tivesse largado a espada, Teles de Menezes voltou a avaliar os perigos reais que corria. Na verdade, muitos haviam-no alertado sobre as intenções de seus adversários, mas ele não conseguia acreditar que alguém pudesse levar a cabo algum plano ousado.

Pelos pensamentos do alcaide desfilaram seus inimigos, mas todos lhe pareciam inofensivos. Teles de Menezes sentia-se onipotente, tinha a seu lado todas as tropas, oficiais, espadachins, arcabuzeiros, todos os canhões, navios, todas as fortalezas. Quem tentasse algo contra ele teria essas forças em seu encalço.

"Estou com sede", disse.

Cipriana levantou-se.

"Queres beber o quê?"

"Aguardente."

"Não mata a sede."

"Mas mata a minha ânsia. Detesto água."

Cipriana trouxe uma caneca de aguardente.

"Não deves beber hoje, Francisco."

"Por quê?"

"Há dias em que não se deve beber."

Teles de Menezes tomou de um só gole a aguardente, emitindo depois um estalo com a língua e um grunhido. Vestiu o pelicé e meteu as armas no talabarte. Tirou uma moeda do saquinho e jogou-a na cama.

"Até amanhã. Me espera, bem lavadinha."

"Tu vens mesmo amanhã?"

"Se puder."

*

O grupo armado de conspiradores saiu do colégio dos jesuítas, cruzou uma rua escorregadia, coberta de um lixo fétido.

"Pelo menos o deixamos ferrar a negra."

"Ele nem merece tamanha consideração."

Tensos, alertas, com os capuzes em torno da cabeça e as armas empunhadas, os oito homens se emboscaram nos desvãos da rua de Trás da Sé. Dois a dois, aguardaram.

A liteira do alcaide surgiu na praça. Parou diante da porta do palácio. O alcaide entrou na casa do governador.

Depois de longos minutos, Teles de Menezes surgiu novamente à entrada do paço. Espreguiçou-se estendendo os braços e entrou na liteira. Percorreu algumas quadras pela rua de Trás da Sé.

Quando o molecote fez um gesto com a mão avisando que a liteira do alcaide-mor estava se aproximando, os conspiradores desceram mais os capuzes na cabeça, escondendo o rosto. O molecote deu alguns passos à frente e ficou sozinho na rua. Persignou-se, rezou uma breve prece com as mãos postas e esperou.

Deu alguns passos, aproximou-se da liteira e fez sinal para os lacaios, que pararam.

"Senhor alcaide, senhor alcaide", gritou o pequeno escravo.

A cabeça do alcaide surgiu entre as cortinas. "O que queres, negrinho?" Ao perceber atrás do rosto assustado do jovem escravo os embuçados que saíam de esconderijos, compreendeu que era uma cilada.

"Morte ao alcaide-mor Francisco de Teles de Menezes, lobo servil, lambe-cu do Braço de Prata", gritou um dos homens da emboscada. Os olhos do alcaide-mor cintilaram ao ver os encapuzados cercando a liteira. Fechou as cortinas, nervoso. Os escravos mal tiveram tempo de se defender; atingidos por tiros de bacamarte caíram ao chão.

Sangue se espalhou pelas pedras e pelas roupas dos homens. Até ali, tudo fora muito rápido.

Um encapuzado abriu as cortinas.

"Queres ouro?", disse o alcaide. Tirou o bornal de dentro da roupa: "Ouro", ele repetiu, mostrando pequenas moedas foscas. Jogou-as pelo chão. Elas se espalharam aos pés dos encapuzados, mas nenhum deles se moveu.

Um dos homens retirou o capuz. O alcaide empalideceu ao reconhecer Antonio de Brito, o inimigo que havia pouco tempo tentara matar. Por um momento tudo pareceu parar. Os homens ficaram estáticos como imagens de pedra.

"Anda logo com isso", gritou alguém atrás, quebrando o instante de aturdimento.

O alcaide-mor meteu a mão na cintura, tirou a garrucha e atirou em Brito, acertando-o no ombro. Um conspirador, com um golpe de alfanje, decepou a mão direita do alcaide.

Teles de Menezes gritou de dor e, desesperado, tentou atacar seu inimigo com uma adaga que retirou da cintura com a mão esquerda. Antonio de Brito foi mais rápido, cortando fundamente a garganta de Teles de Menezes com seu gadanho. O alcaide deu um gemido e caiu da liteira ao chão. Antonio de Brito abaixou-se sobre ele, golpeando-o mais uma vez, agora no peito. Agonizante, estirado na rua, sujo de lama e sangue, Teles de Menezes ainda encontrou forças para dizer: "O Braço de Prata vai me vingar". Seu rosto tinha uma terrificante expressão de ódio e pavor.

"Vamos", alguém gritou.

Um dos mascarados aproximou-se e com agilidade arrancou a cruz de rubis do pelicé do alcaide. Antonio de Brito embrulhou em um pano a mão decepada e levou-a.

O grupo afastou-se dali correndo, em direção ao colégio dos jesuítas.

*

Os conspiradores foram levados para uma cela entulhada de livros, muitos destruídos por traças; delicadas teias de aranha brilhavam nos cantos das telhas; batinas roídas pelos grilos da recente praga que atingira a horta do colégio estavam dobradas sobre arcas. Encostadas a uma das paredes, havia algumas camas cobertas com lençóis limpos. Da janela entrava um fino raio de luz que cruzava o espaço criando reflexos sobre uma escrivaninha.

Em silêncio, uns sentados nas camas, outros em pé, nervosos, os refugiados prestavam atenção aos sons que vinham de fora. Estavam longe dos gritos, dos arruídos. Onde se encontravam, tudo era paz e tranquilidade.

*

O governador Antonio de Souza tinha o hábito de ficar segurando o braço de prata e assim recebeu o Mata e o arcebispo João da Madre de Deus, que entraram nervosos na sala, com uma expressão pesada no rosto.

"Que tiros foram esses que ouvi?", perguntou o governador.

"Senhor", disse o Mata, temeroso, "temos uma terrível notícia."

"Do que se trata?", disse o governador, secamente.

"Francisco de Teles de Menezes."

Houve um instante de silêncio.

"As catástrofes são a fatal consequência das paixões humanas", disse o arcebispo, tomando coragem. "O alcaide-mor está à morte."

O Mata relatou detalhes do atentado.

Antonio de Souza ficou, por alguns momentos, calado. Olhou longamente seu braço de metal. Depois deu uma leve pancada na mesa. Olhou os homens à sua frente.

"O senhor está bem, governador?", disse o arcebispo, impressionado com o semblante de Antonio de Souza.

"Já sofri dores piores. Dores tão intensas que não se sentiam. As dores morais são suportáveis. Ferem a alma causando um sofrimento que ao fim e ao cabo nos torna ainda mais fortes. As dores físicas, por sua vez, destroem o mais bravo soldado. Apenas as mulheres sabem resistir-lhes."

Fez uma pausa.

"Perder um dos braços foi terrivelmente doloroso para mim."

"*Non ignara mali, miseris succurrere disco*, não desconhecendo o mal, sei socorrer os infelizes, comoventes palavras de Dido", disse João da Madre de Deus.

"A dor da ferida da bala foi inesquecível", rememorou Antonio de Souza, como nunca o fizera na frente daqueles homens. "Eu estava deitado num velho catre sujo, numa caravela repleta de soldados feridos. Abri os olhos, tentei falar, chamar alguém.

Levantei o braço, percebi que estava muito leve. Ainda sentia a dor da bala dentro da carne. Levantei-o novamente e procurei-o com os olhos, mas não o vi. Pensei que estivesse delirando. Levantei o outro braço, com muita dificuldade. Parecia pesado como uma viga de ferro, a mão de um bugio, vi o punho grosso feito um pipote de oito almudes. Era o meu braço esquerdo. Eu estava vivo, embora não visse uma parte de mim. Que estranha a sensação de ter um braço que não existe. Francisco deve estar sentindo exatamente isso, neste momento, a alma perambulando em torno do corpo, procurando a mão."

"Os matadores eram oito", disse o Mata. "Um deles foi o Antonio de Brito. Temos testemunhas."

"Eu bem avisei ao Francisco. Foi um erro grave deixar Antonio de Brito livre. Essas testemunhas reconheceram os outros matadores?"

"Apenas o Antonio de Brito, senhor governador", disse o Mata. "Os outros estavam encapuzados. Homiziaram-se no colégio."

"Foram aqueles malditos Vieira Ravasco. Malditos!" Deu outra pancada na mesa, dessa vez com força. "Vão pagar caro pelo que fizeram."

2

Durante a noite fria em que soprara um vento forte, Maria Berco não fora deitar-se, tomada de sentimentos sombrios, ouvindo seus próprios passos ressoando pela casa, vozes distantes, as patas dos cavalos soltos na relva, os dentes dos cavalos arrancando a grama do chão.

Ela estava fatigada, com olheiras. Foi até o toucador e se olhou no espelho. Possuía uma estranha assimetria entre os dois lados do rosto. Quanto mais se olhava, mais descobria diferenças entre as duas metades. Prendeu os cabelos em tranças puxadas para o alto da cabeça, recolhendo-as por uma coifa. Apressou-se com as roupas. Estava atrasada para seu trabalho, naquela sexta-feira. Era dama de companhia de Bernardina Ravasco. A filha única do secretário ficara viúva, sem filhos e, embora fosse ainda uma jovem senhora, inspirava cuidados por ter uma saúde frágil.

*

A serpentina ia veloz pelas ladeiras. As ruas principais eram largas e cobertas com pedregulhos. Havia passeios públicos nos lugares mais notáveis e muitos jardins dentro ou fora da cidade, com árvores frutíferas, plantas medicinais, verduras para saladas e flores variadas. Igrejas surgiam no caminho, várias em construção, quase todas em pedra-lioz creme com veias cor-de-rosa. Os conventos eram espaçosos e imponentes.

A intervalos, Maria Berco tirava a cabeça de entre as cortinas e mandava que os escravos andassem mais rápido. Porém, ao chegarem na rua de Trás da Sé, o caminho estava bloqueado por soldados do governador. Maria Berco informou-se sobre o que acontecia. Enveredou por outra passagem e fez uma volta para chegar ao solar dos Ravasco. Pagou aos escravos e saltou, apressada.

*

Bernardo Ravasco mandara avisar que dormiria na quinta do Tanque e que, depois do amanhecer, passaria em casa. Por que estava demorando tanto?

Bernardina Ravasco abriu a porta do quarto de seu irmão. Não viu ninguém, a cama estava arrumada e um leve cheiro de mofo recendia no ar. Havia noites o jovem Gonçalo Ravasco não dormia em casa, refugiado no colégio dos jesuítas para escapar a uma condenação de degredo emitida pelo desembargador João de Gois, que poderia ser chamado de braço direito do governador, caso este não o tivesse de prata.

Maria Berco entrou na casa dos Ravasco, agitada. Como a maioria das casas da cidade alta, o solar dos Ravasco era amplo, de três andares, cada qual com quatro sacadas, no estilo dos velhos palácios da Alfama. Nos aposentos quase não havia móveis, porém muitos quadros se espalhavam pelas paredes.

"O que houve, Maria?", disse Bernardina Ravasco.

"Que mais tumulto está a cidade. Mataram ao alcaide."

"Valha-me Deus, onde anda meu pai?"

Maria Berco foi até a cozinha. Bernardina Ravasco seguiu-a, curiosa. "Por que estás tão esbaforida?", disse.

"Nada, dona Bernardina, nada." Maria Berco falava baixo, como se temesse ser ouvida por mais alguém. Abriu, apressada, a porta que dava para o quintal. Uma névoa fria entrou na cozinha. Sentou-se no poião da porta, pensativa. Bernardina Ravasco sentou-se ao seu lado.

"Não podes esconder nada de mim. Conta-me tudo, Maria."

Maria Berco ficou calada, com os olhos baixos.

"Tenho de saber o que houve. Anda, fala, Maria."

"É que vosso coração..."

"Meu coração vai me matar um dia qualquer, sei disso. Mas morrerei hoje mesmo se não me contares o que se passa."

"Está bem, senhora dona Bernardina. É que dizem ter Gonçalo Ravasco matado ao alcaide."

"Acusam meu irmão? Mas se ele está trancado no colégio há tantos dias... Como ousam? Conta-me como foi o crime."

Maria Berco terminou de contar à sua ama o que ouvira a respeito da morte do alcaide. Olhando em direção ao mar, em silêncio, ficaram à espera de Bernardo Ravasco.

*

Ah, aquela desgraçada cidade, notável desaventura de um povo néscio e sandeu. Gregório de Matos foi informado sobre a morte do alcaide. Sofria ao ver os maus modos de obrar da governança, porém reconhecia que não apenas aos governantes, mas a toda a cidade, o demo se expunha. Não era difícil assinalar os vícios em que alguns moradores se depravavam. Pegou sua pena e começou a anotar.

O fidalgo do solar ao lado tinha vergonha de pedir dinheiro emprestado e preferia furtar para manter a aparência honrada. Sua filha, uma donzela embiocada, mal trajada e malcomida, parecia preferir roupas bonitas à honra, e amancebara-se. A mulher do fidalgo andava com adornos. Uma casada cheia de enfeites, tendo o marido malvestido, esse tal marido só podia ser corno.

No outro sobrado vizinho habitava um letrado. O que se poderia dizer de um homem como aquele? Os letrados peralvilhos da colônia faziam réus se tornarem autores e obtinham mercês de ambos. Tal homem prevaricava e, quando chamado a responder por seus atos, dizia fazê-los em honra dos parentes. Havia, na semana anterior, revogado uma sentença com dinheiro e com abraços.

O irmão desse letrado, um mercador avarento, tirava duzentos por cento no que comprava e no que vendia. Morrera num assalto e deixara uma viúva. Porém, apesar dos grandes lucros, o mercador dissipara todo o seu dinheiro com mulheres de alcouce e deixara a viúva sem um vintém e com a casa empenhada. A mulher recebia a fradalhada que ali ia para manter a honra da casa. E ela gemia, gritava e ardia em brasa. Ele mesmo, o poeta, esperava impaciente sua vez de aproximar-se da viúva, apesar de não ter grande gratidão pela branca e seus doces objetos. Mas uma mulher era sempre uma mulher.

Um dos padres que visitava a viúva era o abade do convento. Dele se dizia que roubava as rendas da instituição para acudir ao sustento de prostitutas; para manter sua honra livrava-se das suspeitas subornando com as rendas roubadas.

Gregório de Matos parou de anotar. Como dissera Gongora y Argote, era preciso *decir verdades contra estados, contra edades*. Saiu em direção ao colégio.

*

Bernardo Ravasco entrou em casa. Sua filha Bernardina ainda o esperava à porta, com Maria Berco. O secretário vestia-se como um fidalgo da Corte, gibão colante, calções de pano macio, sapatos de bico fino.

Ele abraçou a filha. "Estás abatida, minha querida", disse, beijando-a na testa. "Maria, traze meu baú pequeno de roupas."

"Soube que emboscaram o alcaide", disse Bernardina Ravasco. "Gonçalo está metido."

"Quem te contou?"

Bernardina Ravasco hesitou. "Maria", disse.

Maria Berco abaixou os olhos e retirou-se.

"Devem estar suspeitando também do senhor, meu pai. Todos esquadrinham o que está acontecendo aqui."

"Mas nada está acontecendo aqui", disse Bernardo Ravasco.

"Está, sim. Gonçalo refugiado, o senhor dorme por aí, não vai à Secretaria, abandonou a provedoria da Misericórdia deixando a cadeira para nosso inimigo Gois, sai em horas tão esquisitas, aparece quando menos se espera. E agora o senhor vai sair de baú. Parece fuga. Por que está fugindo? De quem?"

"Mas como podem saber tudo isso, se vivemos a portas trancadas?"

"Em cada esquina há um olheiro que pesquisa, escuta, espreita." Parou de falar, intrigada. Olhou Maria que entrava, arrastando o baú. Disse, baixinho: "O senhor precisa fugir logo. Para bem longe, não para a quinta".

Bernardo Ravasco abaixou a cabeça. "Não posso deixar meu filho sozinho num momento como este."

"Muito bem fez Gonçalo em matar o alcaide. Teles de Menezes mereceu", disse Bernardina Ravasco. "Era um homem odiento."

"Minha querida, não há ódio em nada disso. É apenas política. Além do mais, Gonçalo não o matou. Ele nem mesmo está morto."

"Não tem mais esperança de vida. Talvez já esteja morto."

Bernardo Ravasco colocou as mãos sobre os ombros da jovem. "Não penses mais nisso, está bem?"

"Como não pensar? Apesar de o senhor me esconder tudo, sempre soube de seus envolvimentos nas questões contra o governo."

Maria Berco serviu ao senhor uma tigela de leite quente, com pedaços de canela. Sentado à mesa, Bernardo Ravasco sorveu o líquido, em goles ruidosos.

Seu irmão, o padre Antonio Vieira, tinha imunidades eclesiásticas, mas o cargo de secretário de Estado não oferecia os mesmos privilégios. Lembrou-se, com saudades, da sua vida de soldado. Guardava lembranças e cicatrizes dos tempos de capitão de infantaria, dos combates na ilha de Itaparica contra o general Schkoppe.

"Estou com medo. Eles querem matar o senhor."

"Nada acontecerá comigo, fica descansada. A quinta dos padres é um refúgio seguro. Mandarei alguém de minha confiança levar-te ao engenho de Samuel da Fonseca, no Recôncavo. Tu o conheces."

"O judeu?"

"Sim, o rabi. Ele te protegerá."

"O senhor acha que estou ameaçada?"

"Apenas precaução. Tua saúde."

"Por que o senhor não vem comigo para o engenho, meu pai?"

"Vou terminar os escritos na quinta", disse Bernardo Ravasco, levantando-se. "Sim, sim, estão quase terminados. Talvez jamais sejam lidos por alguém. Antes de ir para a quinta vou passar na Secretaria para pegá-los."

"Não é arriscado?"

"Talvez. Mas não posso deixá-los lá."

"Ah, pena que eu não tenha nascido homem."

Bernardo Ravasco beijou a mão de sua filha. "O fato de ser mulher não impediu Semíramis de reinar na Síria", ele disse. Aproximou-se mais e falou ao ouvido de Bernardina Ravasco: "Ainda vou ensinar-te a ler".

3

No colégio dos padres Gregório de Matos escreveu: "Quando desembarcaste da fragata, meu dom Braço de Prata, cuidei, que a esta cidade tonta, e fátua, mandava a Inquisição alguma estátua, vendo tão espremida salvajola visão de palha sobre um mariola".

Sorriu, e entregou o escrito a Gonçalo Ravasco. Gonçalo leu-o, gracejou, entregou-o ao vereador.

O papel passou de mão em mão.

"A difamação é o teu deus", disseram, rindo.

*

"Agora vou-me embora", disse Bernardo Ravasco olhando o relógio sobre a mesa.

"E quando nos veremos novamente, meu pai?", disse Bernardina Ravasco.

"Não sei. Espera que te mandarei buscar. Esconde-te em casa, não quero que apareças nem à janela. Pedirei ao doutor Gregório de Matos que te leve ao engenho. Ele me ajudará, é um grande amigo. Podes confiar nele para tudo. Ou melhor, para quase tudo."

O fidalgo deixou ao lado do relógio um surrão com algumas moedas de ouro e patacas de prata.

"Para qualquer sucesso, Bernardina. Na certa vais precisar", ele disse.

Bernardo Ravasco partiu na sege. Com o coração opresso, a filha viu-o desaparecer na esquina da rua.

*

Bernardo Ravasco chegou ao colégio dos jesuítas. Foi até o sótão, onde Gonçalo Ravasco o esperava andando de um lado a outro, com os olhos fixos no chão, as botas ressoando nas tábuas. Ao ver o pai, o jovem Gonçalo foi ao seu encontro, junto com os outros homiziados. Gonçalo Ravasco ajudou o pai a tirar o casaco.

"Onde estão os capuzes, Gonçalo?", disse Bernardo Ravasco.

O jovem pegou os capuzes escondidos.

"Queima-os", disse Bernardo Ravasco.

Gonçalo saiu com os capuzes em direção à cozinha.

Bernardo Ravasco puxou uma cadeira e sentou-se. Os homens o cercaram esperando alguma notícia.

"Então?", disse Antonio de Brito.

"Temos de aguardar. O terreiro está sitiado, há soldados por todas as ruas."

Isso aumentou a tensão dos homens.

"Como foi que aconteceu?", perguntou Bernardo Ravasco.

"Correu da maneira que planejamos", disse Antonio de Brito. "Dois dos nossos estão com pequenos ferimentos, coisa leve. O pasguate do alcaide não morreu, ainda houve tempo de pedir perdão pelos seus pecados."

"No cabo ou no rabo, morrerá."

"Tenho minhas dúvidas a respeito dos frutos dessa empresa", disse o secretário.

"Ah, não, dom Bernardo", disse o homem que estava ao lado de Brito. Seus cabelos eram tonsurados porém vestia-se como um leigo, elegante e limpo, com um colete de pelica de âmbar. Era Gregório de Matos. "O Braço de Prata montou um forte ardil muito bem calçado em cima de três pés: ele próprio, com seus sequazes de sangue de carrapato, na Fazenda e na política; os desembargadores Palma e Gois, que lhe dão o sustento no Tribunal, arrebanhando outros juízes venais; e finalmente o alcaide-mor, que o dominava e assegurava sua supremacia na área municipal. Sem o alcaide, uma das três pernas da besta-fera, tudo começa a desmoronar."

"Espero que não caia para o nosso lado", disse João de Couros.

"Cairá, cairá sobre nós. Todos sabemos", disse Antonio de Brito. Passou a mão na cicatriz de seu rosto, resultado da tocaia que lhe houvera preparado o alcaide-mor. Espalhadas pelo braço tinha outras marcas do mesmo incidente.

"Desejo que Francisco Teles escape. Conhecemo-nos na enxovia muitos anos atrás, quando fomos presos juntos. Mas creio que valeu a pena", disse Bernardo Ravasco. "Alguém tinha de começar a pôr um basta nisso tudo. A besta de três pés não podia continuar como estava. Espero que sirva de lição a Francisco Teles."

"O senhor não tem medo, dom Bernardo, do que possa acontecer?", disse João de Couros.

"Na minha idade não se pode mais temer nada. Se somos capazes de fazer os maiores males, também o somos de fazer os maiores bens. Tenho pensado sobre o justo, o digno e seu oposto. Acerca de que às vezes se deve cometer uma injustiça para se fazer justiça."

"Não considero injustiça o que está feito", disse Gregório de Matos. "Quiseram tosquiar o nosso gado, e saíram do intento tosquiados."

"Não vês minhas cicatrizes?", disse Antonio de Brito.

"E as cicatrizes que há na alma, as invisíveis?", completou Gonçalo Ravasco. "Dizem os antigos que não se deve pagar o mal com o mal. Mas estamos sendo destruídos."

"Se o príncipe nos tivesse dado ouvidos...", disse Bernardo Ravasco, com tristeza. O secretário afirmou que o regente não era um poderoso ignóbil, como alguns supunham. Ao contrário, era até mesmo de bom coração. Mas se todos os homens tinham suas fraquezas, a de Sua Alteza era o amor ao poder. Não o usava para enriquecer, ou para atrair mulheres, nem para destruir inimigos. Sentia prazer em sua condição de poderoso, simplesmente isso. Sentia-se realizado quando percorria as ruas de Lisboa escoltado por guardas, numa carruagem com os símbolos reais. Gostava de receber seus vassalos não para humilhá-los, mas para conceder-lhes favores. Uma generosidade de certa forma desinteressada, uma vaidade pessoal. Os jogos do poder o distraíam. Pedro, o Pacífico — apesar de ter entrado violentamente no paço da Ribeira impondo a abdicação de seu irmão o rei Afonso, o Mentecapto, a pedido do povo havia assinado a paz com a Espanha, terminando assim a sofrida guerra da Restauração. Apesar de ter seduzido a cunhada, ou de ter sido seduzido por ela, conforme acreditavam muitos, apesar de ter aprisionado o irmão idiota e incapaz, apesar das conjurações da cabala francesa com o marquês de Saint-Romain, enviado secreto de Luís XIV, o regente tinha o amor de seu povo pois não o traíra.

"Sabeis, meus caros", disse Bernardo Ravasco, "quando muito jovem sonhei ser jesuíta como meu irmão, mas segui, afinal, a carreira militar, levado por sentimentos e ambições que desconhecia. Tinha veleidades poéticas."

Bernardo Ravasco considerava o atentado contra o alcaide um gesto heroico e poético. Não se sentia poeta, embora escrevesse alguns versos em castelhano, "pálidas imitações de Camões", como ele mesmo dizia. Poemas de amor lírico, poemas épicos de imaginação clássica, poemas de amor a Deus, de êxtase e submissão religiosa. Mesmo não sendo jesuíta considerava-se mais religioso que seu irmão Antonio Vieira, este sim, um verdadeiro político. O padre estava velho e não queria mais saber da política, levava uma vida de filósofo e escriba.

"Mas ainda é uma raposa", disse o secretário. "Trocamos nossos lugares. Creio que ele, como eu, gostaria mesmo era de ter sido poeta."

"Ser poeta é uma maldição da nossa língua", disse Gregório de Matos. "Fábula dos rapazes, e bandarras, contos do lar, cantigas das guitarras."

"Sabemos, no entanto, que a Companhia jamais deu poetas ao mundo. Deu soldados. E aqui estou eu na política, tiranizado pelos acontecimentos."

"O senhor sempre teve um espírito guerreiro", disse Antonio de Brito.

"Sim, é claro. Apenas lamento que tudo tenha de ser assim."

"O mundo é feito de trapos imundos", confirmou Gregório de Matos, pondo a mão sobre o ombro do velho secretário.

"Como teremos argumentos diante de Deus para provar que não merecemos as Profundas?", disse João de Couros.

"Ah, agora estais falando sobre um assunto que conheço muito bem", disse um homem que estava sentado a um canto. "Há bastante tempo não vos vemos, não é, dom Bernardo Ravasco?"

"Oh, vereador, estais aí. Perdoai-me, não vos tinha visto", disse o secretário.

"Nada há a desculpar. Estou acostumado a ser confundido com um inseto."

O vereador Luiz Bonicho levantou-se. Era pequeno e pálido. Tinha um enorme nariz e trazia nas costas uma corcova. "Mas como eu ia dizendo, agora estão falando sobre um assunto que conheço como ninguém: a Terra do Cão. Estamos à porta do Fogo Eterno. Não digo isso para atormentá-los, aguilhoá-los como uma vespa, à qual tanto me pareço, apenas constato uma realidade: entramos na Casa do Maldito. Sabemos que não há mal nenhum em se apunhalar um cachaporra, ainda mais sendo por vingança. Desde que esse burro baio não seja da caterva do governador. Mas era. Por isso, senhores, amarrem bem suas calças pois o Braço de Prata vai tentar descê-las para nos pegar pela traseira. E não se preocupem com a sorte do alcaide. Na verdade nós lhe teremos feito um grande favor se ele for para o Reino do Fute. Qualquer lugar é melhor do que esta triste tafularia."

"Ora, dom Luiz, vejo que estás amargo como sempre", disse Antonio de Brito.

"Amargo?", disse Luiz Bonicho. "O demo procura tecer lagos e urdir teias. Amargo é o cuspe daquele fanchono, o governador. Amarga será a sentença assinada pelos desembargadores Gois e Palma contra nós. Esses haverão de ser os próximos a emboscarmos. O doutor Gregório de Matos disse-o muito bem, quando descreveu em sua sátira o Braço de Prata: 'Xinga-te o negro, o branco te pragueja, e a ti nada te aleija. Por teu sensabor e pouca graça, és fábula do lar, riso da praça, até que a bala, que o braço te levara, venha uma segunda vez levar-te a cara'."

O verso de Gregório de Matos foi recebido com exclamações de apoio e escárnio.

"O terceiro a morrer", continuou Luiz Bonicho, "haverá de ser o próprio Braço de Prata. Ou nós acabamos com aquele fundidor de mentiras ou ele acaba conosco. Os desembargadores são perigosos. Nós, os vereadores, aceitamos o Tribunal como aliado mas logo nos desencantamos. São umas aves rapinhas. Estamos tentando abolir a Relação, afinal, fomos nós que a estabelecemos. Eles, os desembargadores, os juízes, estavam fora, os vereadores deram-lhes pontapés naqueles traseiros tão supinos. Mas eles voltaram, e os putos que deviam ajoelhar-se aos nossos pés e lamber o nosso rabo não nos respeitam. Dizem que somos ignorantes e venais. Está bem, muitos vereadores o são. Filhos de mesquinhos comerciantes de burra cheia ou senhores de engenho sem escrúpulos, que mais poderiam ser? Mas eu? Eu? Luiz Bonicho da Gama? Ignorante? Que um ferrão de muleiro lhes encha a culatrina!"

Alguns homens riram. Estavam magnetizados com a fala do vereador.

"Aqueles lava-rabos não sabem?", continuou Luiz Bonicho, "estudei teologia em Portugal! Estive anos em França, sou mestre em teologia, mestre em teologia! Eles não entendem? Ignorantes são eles que mal sabem redigir seus pareceres e o fazem com caligrafia tão garabulha e abreviaturas tão confusas e assinaturas tão acalhordadas que só se podem ler por adivinhação. Venais? Está bem, somos venais. Mas quem não o é nesta cidade? Acham que aqui é possível administrar justiça igual para todos? Só um bastardo de padre acredita nessa hipocrisia. Não, não é possível. Então o que fazemos nós, os vereadores? Se não podemos beneficiar a todos então vamos beneficiar a alguns. A quem? Ora, aos senhores da cana, à aristocracia proprietária dos escravos. A quem mais? Ao alcaide. Aos desembargadores. Ao governador. A quem mais? A nós mesmos. O Palma, o Gois, o Teles de Menezes, o Braço de Prata, todos eles só nos criaram problemas. Estamos afundando na esterqueira até as sobrancelhas. Mas eles também não estão? Sim, claro, não há controle possível, de parte a parte. Esses cornos ficaram anos sem pagar suas dívidas e eu acobertando-os. Na primeira oportunidade me meteram o catano pela esteira adentro. Não, não me arrependo. Jamais quis constar de nenhum flos-santório."

"Bem, senhores", disse Bernardo Ravasco, "creio que o vereador tem razão. Havemos de nos precaver como nunca. O fato de estarmos todos aqui reunidos pode facilitar as coisas para eles. Cuidemos de voltar às nossas vidas como se nada houvesse acontecido. João de Couros, Piçarro, Francisco Amaral, Barros de França, Rolim e Antonio de Brito continuam no colégio, pois já vêm sofrendo perseguições. O doutor Gregório de Matos também não está nas graças do governador, seria bom precaver-se, mas creio que não há motivo para permanecer no homizio. Poderias ir para o engenho de Samuel da Fonseca no Recôncavo. Assim levarias minha filha, dona Bernardina, que é viúva e sem saúde. O que achas?"

Gregório disse que não queria deixar a cidade, mas se dispunha a levar dona Bernardina ao engenho.

"Meu caro vereador e o mestre de esgrima, também não há motivos para que permaneçais neste valhacouto. Estais de acordo?"

"Eu não ia mesmo ficar aqui neste buraco velho. Além do mais, tenho como me defender."

"Meu filho Gonçalo continua aqui por causa da sentença de degredo. Eu irei para a quinta dos padres até as coisas se acalmarem. Quanto às vossas famílias, devem ser levadas para lugares seguros onde ninguém as moleste."

Aceitaram que os homens deveriam se esconder. Mas ninguém acreditava que o governador pudesse fazer alguma coisa contra mulheres, anciãos ou crianças.

"Não podemos arriscar", disse Bernardo Ravasco.

"Nossas famílias não poderiam ficar aqui no colégio? É mais garantido."

"Não sei se este é o lugar mais seguro. Quando entrei, vi quadrilheiros rondando, a espreitar."

"Ora, aquele canalha do governador não se atreveria a entrar no colégio. Faria voltarem-se contra ele toda a Igreja, toda a população, todo Portugal, Sua Alteza, e até o papa", disse Antonio de Brito.

"Então devemos agir", disse Bernardo Ravasco. "Há mais uma questão mui encrespada. A mão do alcaide."

"Nós a entregaremos ao povo. Desfilarão com ela pelas ruas e ladeiras. Que a suspendam diante da porta do Braço de Prata para que se lembre sempre de nossa vingança", disse Antonio de Brito.

"Não creio que seja o melhor a fazer", disse Bernardo Ravasco. "Não sabemos se o povo está do nosso lado. E a morte do alcaide não deve ser tomada como vingança. Peço-vos que me entreguem a mão do alcaide. Ela de nada serve a não ser para incriminar a todos nós. Também me pediram os padres que não se portassem armas aqui dentro. É uma casa de Deus. Nada de punhais, catanas. Nada de trabucos."

Os homens entregaram as armas a Bernardo Ravasco. Os que sairiam dali ficaram com as suas. Antonio de Brito foi até a escrivaninha. Abriu um dos compartimentos e retirou um pequeno volume enrolado em panos ensanguentados. Colocou-o sobre a mesa e, cuidadosamente, desenrolou-o. Os homens cercaram a mesa. Surgiu entre os panos a mão arroxeada e rígida do alcaide, com um anel de esmeralda no dedo anular. Fez-se um longo instante de silêncio, todos observavam a mão mutilada, sinistra. Um odor acre recendia da carne.

Bernardo Ravasco envolveu-a novamente nos panos. "Cuidarei disto." Despediu-se de cada um com uma palavra de conforto e saiu. À porta, seu filho Gonçalo o esperava.

"Tu não me entregaste as armas, meu filho."

"Não quero ficar desarmado, pai."

"Todos concordaram. Sabes que os padres não admitem."

"Ora, isso é uma hipocrisia. Tantos padres andam com suas adaguinhas a tiracolo pelas ruas."

Gonçalo pegou o punhal, sentindo o metal frio nos dedos. Entregou-o ao pai. Tirou da cintura a arma de fogo, com delicadeza. A garrucha era pesada para seu tamanho, talvez devido à empunhadura de prata. Levou-a à altura do rosto. Fez a mira num inseto pousado na parede, fechando um dos olhos. Àquela distância talvez o acertasse.

"A munição", disse o pai.

O rapaz entregou-lhe a arma e uma algibeira de couro.

"Não são para nós tais artes, filho. Temos um nome a zelar. Sei que estamos sendo perseguidos e compreendo teus sentimentos, mas a força de nossa família é a do pensamento e a do saber. Que se aviltem em atos violentos os que vieram de outra educação. Deves ter paixão pelos livros e pela retórica, e não por esses mecanismos inventados para a destruição, pois à vida dedicamos nossos valores e aspirações maiores. Eu te pedi tanto que deixasses desses intentos. Não podias atender a minha súplica? Já estás cheio de problemas desde o crime dos escravos do alcaide, quando acutilaste o meirinho."

"Sim, pai, eu sei, eu sei. Perdoa-me, mas sinto uma enorme e estranha atração por essas aventuras."

"Pois trata de dominá-la. Tu és um Ravasco."

*

Maria Berco esperava o secretário à porta do colégio. Ao vê-lo sair, interpelou-o.

"Dona Bernardina mandou, senhor." Entregou ao secretário uma corrente fina de ouro com uma medalha. "Pede que o senhor não deixe de usá-la sempre ao pescoço, que o protegerá."

"Agradeço-te, minha filha. Vai agora ficar ao lado de tua amiga dona Bernardina, que não pode estar sem companhia, bem sabes", disse o secretário.

"Sim, senhor."

Maria Berco ia partindo quando Bernardo Ravasco a chamou de volta.

"Farias uma coisa para mim?", ele disse.

"Sim, senhor."

"Uma coisa que é matéria de muito risco."

"Não tenho medo, senhor."

Bernardo Ravasco entregou, entre relutante e aliviado, a pequena trouxa de panos que continha a mão do alcaide.

"Dá um fim nisto. Mas não sejas curiosa como uma coruja ou um gato. Apenas joga isto, esta noite, num lugar onde ninguém jamais possa encontrar. Depois vai ter comigo na igreja do colégio para dar as notícias do sucesso."

"Está bem, senhor."

Bernardo Ravasco tirou uma moeda de ouro da cintura e estendeu-a para Maria Berco.

"Não é preciso, senhor. Ganho como uma camareira da rainha."

"Nem tanto, menina, nem tanto."

*

Na entrada da igreja à ilharga do colégio estava selada a marca da companhia, IHS, *Iesu Hominis Salvator*. No alto do edifício vertical, de muitas divisões retilíneas, as imagens em mármore de Loyola, Xavier e Borja. O secretário Bernardo Ravasco entrou no santuário construído em pedras de Alcântara. Separadas por um amplo transepto, duas linhas de quatro capelas ladeavam a nave. Ao fundo o altar-mor de inesperadas proporções possuía uma sobriedade hierática.

Padres rezavam ajoelhados, outros caminhavam. Alunos adolescentes brincavam no átrio sem fazer ruído. Sentia-se na amplidão do edifício o odor de *Boswellia serrata* ardendo.

Bernardo Ravasco ajoelhou-se diante do altar. Um menino saiu correndo.

Depois de alguns instantes apareceu Antonio Vieira pela porta lateral. Trajava um simples hábito que já fora negro, amarrado à cintura por uma corda fina. Trazia na mão direita uma pena como se tivesse parado de escrever naquele momento.

Os irmãos abraçaram-se e entraram na sacristia, uma sala ampla com móveis escuros encerados.

"Sabes o que aconteceu hoje, não sabes? Creio que tudo por minha causa", disse Bernardo Ravasco.

"Tenho acompanhado os fatos. O pecado faz parte da natureza do homem. Já não existe a ideia de que *Si quis non odit patrem suum, et matrem, et uxorem, et filios, et fratres et sorores, adhuc et animam suam, non potest meus esse discipulus*, de quem não odiar ao seu pai, e mãe, e mulheres, e filhos, e irmãos e irmãs, e à sua própria alma, não pode ser meu discípulo, esse ideal de virtude medieva, dos que abandonavam tudo para seguir a Deus. A virtude está subordinada aos interesses do reino. A religião já não significa alheamento ao mundo, não para mim. O maior pecado é a omissão. Portanto, não sofras com o que está acontecendo. Cabe a Deus julgar os atos dos homens mas cabe aos homens agir conforme sua própria consciência."

"Sou diferente deste mundo, somos diferentes dos homens que habitam esta terra."

"Não creio que sejamos diferentes. Apenas estamos do outro lado."

"Não, Antonio, somos diferentes. Por isso estamos do lado oposto. Senão, não haveria desavenças."

"Todos são iguais perante Deus. Não fiques com lágrimas e suspiros. Como piedoso homem choras teus males mas, se não houvessem feito o que foi feito, o inimigo desenfreado já não se contentaria apenas com a cidade e seus cabedais, porém com grande ousadia haveria de se apossar das almas da gente sem haver quem lhe pusesse freio a tanto desaforo. Estás acudindo nossa santa fé católica e por lealdade à Coroa real te arriscas. Quanto a mim, querem obrigar-me a fazer como dom Marcos Teixeira, que trocou o bago com a lança, o roquete com a saia de malha, e de prelado eclesiástico fez-se capitão de soldados. Mas não conseguirão, nunca mais sairei de meu retiro."

Fez uma pausa.

"Gonçalo era um dos encapuzados no crime?"

"Bem... sabes como é o meu menino, sempre quer apagar com sangue as nódoas das injúrias passadas. O que achas de partirmos à noite? Ainda tenho algo a resolver. Não te fará muito mal o frio noturno que aqui é tão nocivo?"

"Está bem, à noite. Irei bem abrigado. Até lá já estará tudo mais assentado."

"Sabes em que tenho pensado? Em entrar para a Companhia."

"Sempre pensaste nisso, Bernardo. Por esse motivo nunca te casaste, deixaste teus filhos todos ilegítimos."

"Jamais perdoei Filipa. Mas não vamos falar nisso, estou cheio de problemas para agora."

Ao lado de Vieira, um menino índio de cabelos cortados rentes à nuca permanecia parado, distraído com um pequeno inseto que corria entre as pernas dos bancos de madeira.

"Este é o nosso maior cantor", disse Antonio Vieira apontando para o garoto. "Canta, meu filho. *Ere-î-kuab xe nde r-ausuba.*"

"O que disseste, Antonio?"

"Que gosto dele."

O menino levantou-se, mirando o padre com seus olhos redondos, e emitiu as notas quietas de um cantochão. A voz agudíssima parecia vir do céu e não da garganta de um pequeno ser humano.

*

"Ah, quem pudera desfazer o passado, e tornar atrás o tempo e alcançar o impossível, que o que foi não houvera sido." Olhando aquele menino índio, Vieira lembrou-se de seus infortúnios no Maranhão. Aquela, apesar de tudo, fora a melhor vida sua. Naquele tempo andava vestido de um pano grosseiro fabricado na região, preto desbotado; comia farinha de pau, dormia pouco; léguas e léguas eram vencidas a pé, não havia por aquelas partes nenhum gênero de montaria. O jesuíta trabalhava da manhã até a noite; gastava parte de seu tempo em se encomendar a Deus (amigo, não é o temor do inferno o que há de levar-me ao céu); não saía de sua cela senão para a salvação de alguma alma; chorava seus pecados, fazia com que outros lamentassem os deles; e o tempo que sobrava dessas ocupações dedicava aos livros de madre Teresa e outras leituras semelhantes. Era preciso converter os gentios do Maranhão. Fazer com que aumentasse a fé daqueles portugueses e com que acreditassem em Deus os índios naturais da terra.

Aqueles índios bárbaros que viviam nos sertões eram como que infinitos no número e na diversidade de línguas. Dos que viviam entre os portugueses, mazombos e brasileiros, uns eram cativos, outros livres.

Devido à cobiça, principalmente dos maiores da terra, mandavam-se fazer entradas pelo sertão e guerras, quando se traziam índios cativos em cordas. Faziam-lhes tormentas, como atar dez morrões acesos nos dedos da mão de um chefe de aldeia para que lhes desse escravos, dizendo que o haviam de deixar arder enquanto lhos não desse. Tiravam as mulheres casadas das aldeias e punham-nas a servir em casas particulares, de onde elas jamais saíam para rever seus entes queridos. Viviam os cativos em péssimas condições, ocupados nas cruéis lavouras de tabaco; não tinham tempo de trabalhar suas roças nem recebiam alimento, com o que eles, suas mulheres e filhos padeciam e pereciam de fome. Nem lhes permitiam sua própria religião nem a catequização dos missionários. Esses tipos de terrores levavam os índios a terem como odioso o nome dos portugueses no sertão, retirando-se mais para o interior dos bosques, e depois desenganados fazerem a guerra e o mal que podiam. Vieira não queria mais pensar tanto naquilo, porém eram lembranças que sempre o atormentavam.

Lutara para cerrar os sertões e proibir que não houvesse resgates, e para que fossem declarados livres todos os resgatados. Mas parecia dificultosíssimo, como a experiência o mostrava: os motins fundamentavam-se na alegação de serem os índios o único remédio e sustento dos moradores.

Em quarenta anos foram mortos e destruídos, na costa e nos sertões, mais de dois milhões de índios e mais de quinhentas povoações como grandes cidades, como Vieira escrevera ao rei Afonso VI. Começava naquele ano a truculenta guerra dos Bárbaros, a mais sangrenta luta contra os índios, que resistiam à expropriação de suas terras. E dessas mortes e destruição, nunca se veria castigo.

4

Um coro de padres rezava piedosamente o *proficiscere anima Christiani*, caminhando em fila pelas ruas da cidade. Suas vozes graves e uníssonas se espalhavam no ar como uma sinfonia bem ensaiada.

Um noviço de rosto melancólico parecia ausente, sem dizer as orações, com os olhos virados para o alto, a boca aberta, confrangido. O noviço parou como um sonâmbulo. Os padres que vinham atrás dele pararam também, intrigados com o comportamento desenxabido do jovem. O coadjutor aproximou-se e interpelou o noviço.

"Tive uma visão", disse o rapaz.

"Estás tendo visões novamente?"

"Ontem, reverendo padre, e hoje novamente."

"E o que viste desta vez?"

"Deus. Deus de armadura com uma espada em fogo contra a cidade da Bahia."

*

Meio-dia. O leiteiro passou puxando a vaca e parou para ver o coro de padres. Depois, de casa em casa, contou sobre a visão do noviço. O prognóstico de alguns foi que se avizinhava um perigo; outros atribuíam à aparição um castigo que seria mandado caso os vícios não fossem erradicados. O cego da sanfona cantou uma música onde dizia que uma chuva de ferro iria se precipitar, matando a todos. Comerciantes acharam que os preços iriam se elevar. Fabricantes traduziram que as oficinas iriam se queimar. Aventureiros calcularam que a espada apontava veios de ouro nas montanhas. Muitos, ocupados em suas empresas, ignoraram o aviso. Vieira declarou: "Tolice. Antes vigiar o mar e a terra que perder o juízo no céu".

*

Os primeiros guardas surgiram às duas da tarde. As pessoas saíram pelas ruas para olhar o movimento de cavaleiros e infantaria, que vinham executando nas trombetas bastardas o toque de alerta. As bandeiras ondeavam nas antenas; flâmulas e estandartes longos desciam até tocar o chão.

A cavaleiro da cidade, soldados se instalavam; das seteiras das fortalezas apontavam seus arcabuzes. No forte de São Pedro cercado de casario, dos ângulos salientes do revelim canhões de bronze viravam-se para as ruas.

O governador Antonio de Souza, reunido com seus conselheiros, passara as últimas horas trabalhando sobre cartas da cidade, levantando os locais de ataque, descobrindo os flancos onde se encontravam seus inimigos. No ponto mais alto da cidade, a oeste, o arcebispo observava do passadiço que ligava seu palácio à igreja da Sé. A Sé não era sólida nem luxuosa. Tinha uma fachada de pedra e colunas retorcidas, dois andares cheios de janelas, torres quadradas. Sob o teto apainelado e pintado, as fileiras de bancos simples, vazios. A porta fora fechada.

Aquela foi uma tarde de extraordinário movimento na cidade. Do hospício ao colégio, da Sé ao guindaste, da porta do Carmo à de São Bento, havia gente reunida, observando. O povo empurrava-se pelas ruas, entrava nas tabernas para conversar e beber, admirava as companhias de soldados a cavalo na busca de suspeitos.

Quando passou o governador Antonio de Souza montado no seu ginete, muitas pessoas fugiram amedrontadas.

"O diabo a mim me leve!"

Outras, vencendo o medo, contemplavam, transidas, o aspecto assustador do homem cujo braço duro pousava sobre o colo, a mão enluvada de negro aparecendo sob o punho.

O governador comandava pessoalmente as buscas. Vinha diante da companhia, o rosto impassível. Arremetia o cavalo contra a multidão que se espalhava praguejando amedrontada, entre os dentes, ou dando vivas.

Muitos soldados também estavam montados mas a maior parte deles, de linho cor de castanha, espadas afiadas e boas garruchas, vinha a pé. Os grupos se dividiam e vasculhavam casa por casa. Fechavam ruas, cercavam praças, interrogavam transeuntes, buscavam testemunhas, colhiam informações. Quando não lhes permitiam entrar nas residências onde habitavam pessoas ligadas aos Ravasco, arremetiam à força contra as portas, arrombando-as. Saquearam casas despedaçando o que não lhes interessava, jogando os móveis na rua e incendiando-os. Muitos dos partidários dos Ravasco foram se abrigar no mato, sob as árvores, em casebres estreitos, em currais, nos engenhos, levando, quando muito, um saco com valores. Escapavam perigosamente pelo rio, pelo mar ou pelo abismo. Os portões da cidade estavam sendo vigiados; no porto não se podia entrar ou sair sem ser revistado e identificado.

Ao final do dia, centenas de suspeitos, de toda parte da cidade, tinham sido levados para a enxovia, incluindo gente da própria tropa do governador.

"Ninguém viu nada, ninguém sabe de nada, ninguém abriu a boca", disse o capitão de presídio ao governador.

*

O alcaide-mor Francisco de Teles de Menezes morreu às seis horas da tarde. O repicar lento dos sinos ecoou tristemente, estendendo-se pela língua de terra, pelos rochedos negros da ponta de Santo Antonio, pelas areias claras da enseada. O sol bem baixo, quase encostado na água, espalhava raios dourados pelo céu. Toda a capitania, desde a margem austral do rio São Francisco até a margem setentrional da baía de Todos os Santos, a ponta do Padrão, estava em luto, por uma resolução do governador.

As cerimônias religiosas pela alma do alcaide duraram a noite toda. O corpo foi velado na capela da igreja de São Francisco. O enterro aconteceu na manhã seguinte. O coro dos padres entoou um cântico fúnebre. Havia entre todos um sentimento melancólico e apreensão.

*

Na igreja do colégio, Vieira e Bernardo Ravasco foram avisados da morte do alcaide, do cerco à cidade em busca de seus amigos. "Para isso foi que abrimos os mares nunca dantes navegados?", disse Vieira cravando seus olhos no rosto do irmão. "Para isso descobrimos as regiões e os climas não conhecidos? Para isso contrastamos os ventos e as tempestades com tanto arrojo, que apenas há baixio no oceano que não esteja infamado com miserabilíssimos naufrágios de portugueses? E depois de tantos perigos, depois de tantas desgraças, depois de tantas e tão lastimosas mortes, ou nas praias desertas sem sepultura, ou sepultados nas entranhas dos alarves, das feras, dos peixes, que as terras que assim ganhamos as hajamos de ver assim?"

*

De noite, após comparecer às cerimônias fúnebres, o governador Antonio de Souza chegou aos estábulos, montado em seu cavalo. Vinha seguido por soldados.

O guarda abriu com presteza o portão de madeira escura e o grupo entrou, indo por uma alameda arborizada até os coches, tudo iluminado por archotes. Tratadores, cavalariços, peões e faxineiros cercaram-nos. Os soldados desmontaram e os animais foram levados para um riacho a alguns metros dali.

A lua começava a aparecer, vermelha. As encostas das montanhas estavam cobertas de tons de negro. O céu clareava lentamente, as estrelas desapareciam sob a luz da lua.

Os cavalos bebiam água e eram lavados pelos tratadores. Homens limpavam as selas, os xairéis de pano encarnado, as atafaias, freios, corriões, estribos; batiam as aldrabas contra uma mureta levantando pó. Poliam metais com areia.

Sob um tejadilho de barro, segurando um candil de luz fraca, estava um homem alto vestido em beca de liniste, mangas fofas nos ombros e arminho que contornava a gola até os pés.

Antonio de Souza foi ao seu encontro.

"E então, dom Antonio, deu algum fruto o cerco à cidade?", disse o desembargador Manuel da Costa Palma.

O governador fez uma expressão de desânimo.

"Nada."

"Sinto muito pelo Teles", disse Palma. "Era um rapaz com todo o siso. Não merecia."

Antonio de Souza observou ao longe os vultos dos cavalos pateando a água prateada.

"Era um soldado", disse o governador. Batia na beirada da varanda com o chicote, de maneira ritmada, pensando em outros assuntos. "Essa gente asnaval e pestilenta..."

"Ele não tirava suas ideias senão da própria cabeça", continuou Palma. "Poderia ter-se tornado um herói. Nasceu, e morreu, em tempos impróprios. Se fosse alguns anos mais velho teria exercido seu talento na guerra contra Sigismundo."

Uma carruagem encostou diante do pequeno galpão, puxada por cavalos castanhos de pelagem curta e brilhante. Um soldado muito jovem os guiava pelas rédeas.

"O que pretende vossenhor fazer, dom Antonio?", disse Palma.

"Prender os Ravasco."

"O padre tem imunidades. O secretário está escondido e não há provas de nada."

"Acharei uma maneira. Gonçalo Ravasco está refugiado no colégio. E os outros matadores também. Aparecem à janela sorrindo, com pouco respeito à justiça e muita descompostura."

"Há guardas à porta do colégio?"

"Sim, mas de nada adianta. Os criminosos podem ficar lá em segurança e, se quiserem, escaparão sem ser vistos. O movimento de estudantes e padres é muito grande."

"Podemos usar o Tribunal. Tenho, de antemão, metade dos desembargadores ao nosso lado."

"Vou invadir o colégio."

O desembargador olhou para Antonio de Souza.

"O que há? Por que esta cara de ovelha perdida?", disse o governador.

"Invadir o colégio?"

"Exatamente. Vamos pegar o lobo no covil."

"Mas, dom Antonio, é muito temerário esse gesto."

"Parece que estás com dedos de seda para com os Ravasco. O que há de imprudente nisso?"

"E o arcebispo?"

"Ficará calado. Está aqui há apenas um mês mas já demonstrou que é homem desalmado, fraco da vontade."

"Mas..."

"Quero uma ordem de prisão dos Ravasco."

"Mesmo o Antonio Vieira?"

"Mesmo ele."

"Impossível."

"Nada é impossível."

"Sob que acusação?"

"Crime de morte."

"Seria preciso abrir um pleito."

"Então abre."

"Mas Antonio Vieira não matou Teles de Menezes."

"É o cabeça."

"Tem muitos amigos na Corte. Vai defender-se *unguibus et rostro*."

"Também tenho amigos em Lisboa."

"Não estou certo quanto à invasão do colégio. Padre Vieira é furado do miolo. Mas não é doudo nem doudinho."

"Se não queres participar, isso será uma traição. Onde está tua cólera? Tu também tens interesse nisso, e além do mais não há como me negares nada."

Palma olhou-o nos olhos perscrutando que ameaça havia ali.

"Já se passou um dia", disse Antonio de Souza. "Hoje é 5 de junho de 1683. Prepara a invasão do colégio em dez dias, no mais tardar. Não há o que temer. Estamos a um oceano do príncipe e a dois do papa. Houve um crime de morte que nos enche de razão. Além do mais, algo me diz que os Ravasco conspiram também contra nós. Não tenho dúvidas de que somos o verdadeiro alvo. Vieira seria bem capaz de planejar minha morte. Vamos acabar com ele. Faríamos um favor a muitos poderosos. Está maldito e desgraçado tanto em Lisboa como em Roma."

"Em Roma? Tem um grande prestígio por lá."

"Teve. É um velho alquebrado. Está de asa partida. Senão, por que teria voltado para este desterro? Se ainda tivesse forças estaria mancomunando pelo mundo, enchendo os ouvidos dos poderosos com suas malignas 'estratégias desvanecidas', como disse o conde de Ericeira. Não há por que temê-lo. Ele mesmo admite sua fragilidade."

"*Volenti non fit injuria*. Ao que consente não se causa dano."

"Tolos axiomas de jurisprudência."

5

A polícia fazia a ronda com tochas nas mãos. Maria Berco caminhou em silêncio pelas ruas escuras, levando dentro de uma bolsa de pele a trouxa que Bernardo Ravasco lhe dera para que jogasse fora. Encheu-se de curiosidade sobre o conteúdo do pacote. Apalpou-o e sentiu algo rígido porém macio. Desprendia-se um odor desagradável. Não resistindo, abriu a bolsa, desenrolou os panos e viu, com grande sobressalto, do que se tratava. Tomou-se de repulsa e temor; sabia de quem era aquela mão. Foram muito conhecidos na cidade os detalhes da morte do alcaide. Um valioso anel de pedra verde brilhava no dedo anular. Olhando de perto, viu que no ouro havia a inscrição FTM. Francisco de Teles de Menezes. O coração de Maria Berco disparou. Guardou apressadamente de volta a trouxa na bolsa.

Fora um dia mofino de chuva. Maria chafurdava os pés na lama. Ao cruzar com a gente miserável das ruas apertava a bolsa de encontro ao peito. Jamais pensara que a mão de um homem pudesse ser tão pesada.

Perambulou pela cidade, trêmula, segurando a trouxa pestilenta, evitando as patrulhas que vigiavam as ruas e revistavam passantes. Caminhou ao longo do muro de Tomé de Souza, atravessou o casario apertado até o topo do monte onde ficavam as portas de São Bento. O precipício se abria negro a seus pés. Se jogasse a mão ali, de dia ela talvez fosse encontrada. Desceu pela encosta de São Francisco, cruzou a rua do Thesouro, contornou o convento dos frades, passou pelo Carmo, pelo colégio; na praça ficou olhando a parte baixa da cidade com seus prédios de três ou quatro andares, os baldios, lameiros, aguaçais e mato.

Vultos passavam no meio da escuridão como num sonho. Uma negra calhandreira jogava na rua os detritos da casa. Maria Berco esperou que ela terminasse seu ritual imundo e se afastasse. Aproximou-se do lixo. Havia ossos roídos, pedaços de comida, cascas de frutas, coisas pastosas misturadas, irreconhecíveis. Abriu com o pé um pequeno vão entre as porcarias e jogou ali a mão do alcaide.

Correu em disparada. Ao lembrar-se das patrulhas que vigiavam as ruas, parou. Se fosse vista correndo seria logo detida. Dentro de um beco escuro sentou-se no chão, encostando-se a uma parede. Respirou. Não estava certo aquilo que fizera, de jogar no lixo. Afinal, mesmo sendo apenas a mão, era parte do corpo de um homem morto. O fantasma do alcaide poderia vingar-se dela. Havia muitas maneiras de um morto vingar-se de um vivo. Em sonhos. Com maldições. Compreendeu que cometera um erro ao jogar a mão ali. Além do mais, poderia ser encontrada na manhã seguinte. Ficou imóvel por algum tempo, pensando ouvir cascos de cavalos batendo nas pedras. Sentia o suor frio escorrendo pelas têmporas. Numa janela surgiu uma luz débil. Palavras, imagens do orfanato, frases sem sentido vinham-lhe à cabeça. Levantou-se quase escorregando no chão lamacento. Suas mãos, pés e a parte traseira da saia estavam impregnados de um barro fino e vermelho. Limpou as mãos na blusa. Devia estar com um aspecto horrível que chamaria a atenção de alguém. Arrumou o cabelo espalhando sem querer o barro pelas têmporas. Procurando não apressar demais o passo, fez o mesmo caminho de volta.

Viu de longe o monte de lixo onde deixara a mão do alcaide. Um cachorro cheirava a trouxa ensanguentada tentando cavar com uma das patas. Enxotou-o e pegou a mão, que agora tinha um odor ainda mais mefítico. Guardou-a apressadamente na bolsa. Sentiu ânsias de vômito.

Sem saber que direção tomar, vagou ainda um bom tempo. O melhor seria jogar o pacote na água. Iria para o dique? Para o mar? Cerrou mais o véu, ergueu a gola do casaco e foi em direção à praia, mais aliviada por ter um caminho a seguir. Desceu pela ladeira do Pau da Bandeira, onde havia sinalização para barcos, e chegou à cidade baixa. Ali os arruamentos eram mais estreitos, sujos e escuros. Um homem urinava encostado a um muro. Uma meretriz no vão de uma casa assobiou para ele, que a olhou. A mulher abriu então a capa e mostrou seu corpo forte apertado por uma roupa marrom. Era jovem, de seios duros.

Maria Berco prosseguiu cautelosa, com o pacote. Cruzou, trêmula de medo, com um grupo de soldados. Ao perceber que a fitavam mais demoradamente, abriu o casaco da mesma maneira como vira a putaina fazer, mostrando o corpo. Os soldados se desinteressaram. Não estavam atrás de lascivas. Maria Berco apressou o passo em direção ao porto da barra.

Quando chegou à praia certificou-se de que não havia sido seguida e de que ninguém a observava. Um gato farejava peixes mortos trazidos pela maré, em dúvida entre a fome e o odor maligno. Pelas frestas das nuvens descia uma luz branca.

Maria Berco viu um escaler na areia e aproximou-se. Dentro havia um homem deitado, coberto por um manto esfarrapado que cheirava a álcool. O homem segurava uma garrafa de metal.

"Dormindo?", perguntou Maria Berco.

O marujo deu um pulo. Quando viu quem o interpelava, tranquilizou-se.

"Que dormindo que nada. Queres tomar rum, minha açucena?" Bateu com a mão na garrafa como se afagasse um velho amigo. "Rum." Tinha uma voz que saía lixando a garganta. "O que estás fazendo aqui, hem, florzinha? Gastando teus borzeguins?"

"Quero dar uma volta de barco."

"Uma volta? Ha ha ha", disse o homem sentando-se, interessado. "Uma volta?"

"O mar está calmo."

"Se tu queres me roubar... O que tens aí neste saquinho? Hem? Pitangas! Ha ha ha." O homem deu um gole no rum deixando cair uma parte do líquido na roupa. Levantou o capote e mostrou o coldre de couro vermelho à cintura, onde aparecia o cabo de um trabuco.

"Tenho isto aqui", disse Maria Berco, mostrando a moeda de ouro que recebera de Bernardo Ravasco.

O homem pensou um pouco. Olhou em volta. Ninguém. "Para dar umas remadas está bem." Pegou a moeda, examinou-a, mordeu-a, guardou-a. Depois levantou-se, depositou a garrafa e a manta no fundo do barco.

Maria Berco percebeu na mão do homem o desenho de uma caveira. Segurando firmemente a bolsa contra o peito, esperou que ele arrastasse o barco sobre dois troncos roliços até a água. Quando o escaler começou a flutuar, ele ajudou-a a subir e empurrou o barco até adiante, embarcando em seguida, molhado até a cintura. Sentou-se e remou. Olhava fixamente Maria Berco, que, agarrada à bolsa, fitava os remos batendo na água.

Afastaram-se da praia passando entre cascos altos de embarcações e cabos que rangiam nas madeiras. O marujo olhou a bolsa de pele. Era comum verem-se, andando pelo frio da barra, moças com o ventre crescido buscando livrar-se do achaque com uma velha aborteira. Ele costumava levar algumas dessas para jogarem fetos ou até crianças natimortas no mar. Mas aquela moça não parecia ser aborteira, tampouco falava uma só palavra e a maneira como segurava a bolsa sugeria que levava algo de valor. Quem sabe alguma coisa roubada? Onde conseguira aquela moeda de ouro com a qual pagara o passeio? Seria uma ladra em dificuldades?

"Sei o que tu estás levando aí", disse.

Maria Berco empalideceu. "Não. Não sabes."

"Ou é um roubo ou é um aborto."

"Não é nada disso."

"Ora, o que mais pode ser?"

Maria Berco pôs-se em pé, equilibrando-se.

"Para de remar. Aqui está bom."

"Deixa-me ver o que é isto", disse o marujo pulando inesperadamente em sua direção e tomando-lhe a bolsa.

"Não, devolve-me isto!"

"Deixa-me ver, sapatinho. Que mal há? Ficarei mudo como um capitão degolado." O marujo abriu a bolsa e retirou a trouxa ensanguentada, com ar decepcionado. Então era mesmo um aborto.

Ele abriu os panos e ao ver a mão do alcaide ficou surpreso. Bateu nervosamente os pés no fundo do barco e tremeu todo. De repente parou. Seus olhos cintilaram. Tinha percebido o anel de pedra verde. Logo esqueceu o odor quase insuportável que a mão exalava.

"Vais jogá-la na água? Por vinte picas de macaco! Mas eu ficarei com o anel. Em minha mão terá melhor uso que nas tripas dos peixes."

"Ah, não, senhor. Preciso jogar tudo no mar. Anel e panos e tudo."

O marujo tirou a arma da cintura e apontou-a para Maria Berco.

"O anel é meu", disse.

Retirou a joia com dificuldade e jogou a mão na água. Enfiou o anel no dedo e admirou-o.

"Esmeralda! Ouro!" E deu um uivo de alegria. Depois fez uma pausa. "De quem era aquela mão?"

"Não diga nada a ninguém. Joga ao mar este anel."

O homem permaneceu calado, olhando para Maria Berco, calculando coisas. Bebeu mais rum. Parecia ter rum até na alma. A roupa que usava, de couro, também cheirava a álcool. Mas ele não parecia embriagado. O marinheiro deu a volta no barco e remou em direção à terra. Estava de costas para seu rumo e de vez em quando virava-se para acertá-lo. Cantava e remava no mesmo ritmo.

De repente Maria Berco ficou pálida, os olhos fixaram-se num ponto.

O homem parou de remar.

"O que foi? Viste algum fantasma?"

Estavam na arrebentação.

"Nada", respondeu Maria Berco olhando para a terra, onde homens com tochas nas mãos os aguardavam.

O marujo voltou-se. "Ora", disse ele, "são apenas soldados. Estás com medo deles, hem. Ha ha ha." Então ficou sério. Tirou o anel da mão e deu-o para Maria Berco. "Esconde-o contigo. Não fales nada, ouviste? Se disseres uma só palavra eu te arranco as tripas puxando pela língua. Depois devolve-me a joia. Não conseguirás fugir com ela. Te procurarei até no inferno. Entendeste?"

"Sim", ela disse. Pensou em saltar da embarcação e fugir pela água até alguma outra praia. Mas não sabia nadar. Morreria afogada. As armas dos soldados estavam todas apontadas para eles. Não havia outro remédio senão desembarcar. Empurraram o barco até a areia repetindo a operação sobre os troncos.

"O que é isto? O que é isto?", gritou um dos soldados. "O que estavam fazendo? Contrabando!"

Os soldados revistaram o marinheiro e tomaram sua arma. Encontraram a moeda de ouro e a confiscaram. Abriram a bolsa de pele de Maria Berco, que estava vazia.

"Vai falando logo senão te meto na cadeia", disse um oficial.

"Não houve nada", disse o marujo. "Estava deitado quando esta rascoa apareceu e fomos dar um passeio. Que mal há? Não é moça direita, pode-se ver."

O soldado encostou a tocha bem perto do rosto de Maria Berco. Ela estava pálida.

"Foram esconder tabaco!", disse o soldado, ameaçador. Encostou a arma no nariz do marujo.

"Fala, senão vais morrer aqui mesmo."

"Fui machear a cadela, capitão", disse o marujo. "Só isso, só isso mesmo."

"É isso mesmo, moça, hem?"

Maria Berco ficou calada.

"Fala, excomungada", gritou o oficial.

Para se livrar do marujo cairia nas mãos dos guardas e, pior ainda, com o anel escondido na cintura.

"É isso mesmo", ela disse afinal.

O marujo suspirou aliviado.

"Ele é pirata, senhor", disse um dos soldados. "Do bando de Van de Saande que anda a saquear os engenhos do Recôncavo. Eu o conheço."

"Esse pechelingue vai para a cadeia", disse o oficial apontando para o marinheiro.

"Mas, capitão, eu nada fiz. Não sou pirata, sou corsário!"

"E tu! vais passar a noite na enxovia, putana."

Os guardas riram. Empurraram Maria Berco e o marujo

e se puseram em marcha, os prisioneiros sob a mira dos arcabuzes.

"Mas, eu, meu capitão?", lamentava o marinheiro.

"Cala a boca, lazarento", disse um soldado, dando-lhe um
safanão pelas costas.

*

Maria Berco ficou sozinha numa cela. Se fosse revistada,
estaria perdida. Bernardo Ravasco devia estar preocupado, espe-
rando-a na igreja do Colégio. Se não a revistassem, logo que
fosse solta ela entregaria a joia ao secretário. Mas ele não era o
dono do anel. Meteu a mão na cintura e sentiu a dureza da pedra. Quanto valeria, e aquele ouro? Tantas vezes sonhara ter
dinheiro. Se fosse seu aquele anel, o venderia e poderia dar uma
parte do dinheiro a João Berco para pagar tudo o que ele gasta-
ra com ela desde que a tirara da Misericórdia. Seu marido era
bruto, às vezes, mas Maria Berco sentia gratidão por João Berco
tê-la escolhido entre as órfãs. Quase cego, ele vivia sem um tostão nem para comprar um molecote que cuidasse de si. Se vendesse o anel, o dinheiro daria para o sustento de João Berco,
quem sabe até que ele morresse, e depois disso ainda sobraria
para ela comprar um lugar na frota para Lisboa, como tantas
vezes sonhara. Vestida com uma roupa negra, viajaria na almiranta, cruzaria o oceano, do terreiro do paço da Ribeira acenaria
para o regente, assistiria à passagem de nobres verdadeiros em
carruagens douradas.

Sonhando assim, encostada à parede fria da cela, adormeceu.

*

Era meia-noite quando os irmãos saíram da igreja, apertados na sege. Bernardo Ravasco havia esperado Maria Berco com
o resultado da arriscada empresa, mas a dama de companhia não
aparecera.

O amanuense padre Soares, sentado na beirada do banco,
guiava o carro segurando as rédeas, com muita atenção no caminho. As ruas estavam desertas. A sege rodava com dificuldade,

sacolejando, quando foi detida pelos soldados que patrulhavam as ruas.

"Vamos a uma extrema-unção", disse Vieira ao oficial.

"Deixem-na seguir", disse o capitão. "São padres a salvar almas."

Os soldados tiraram os chapéus e se curvaram.

A sege prosseguiu pelas ladeiras.

"Hipócritas", disse Antonio Vieira. "Os que se curvam hoje à minha passagem amanhã me farão alvo de todas as setas. Vão morder, arranhar, abocanhar, roer, ataçalhar, até me engolir de todo. *Quam magnus mirantium, tam magnus invidentium populus est.* Tantos são os que te admiram quanto os que te invejam. Mas prefiro a inveja à compaixão. Mofino e miserável aquele que não tem inimigos. Ter inimigos parece um gênero de desgraça mas não os ter é indício certo de outra muito maior. Vou contar-te uma história curta, Bernardo: Temístocles andava muito triste e perguntaram por quê, se era tão amado. Ele respondeu que era exatamente por isso. Que mau sinal ser amado por toda a Grécia! Os inimigos são a trombeta da fama."

"Ah, irmão", disse Bernardo Ravasco, "não tens tantos inimigos assim. És mais amado que odiado."

"Que mais ingênuo tu és. Eles me odeiam pois não sou um solitário de Tebaida, estou aqui me matando para não ter certeza de salvar a alma de ninguém, nem mesmo a minha", disse Vieira.

"Tens teu lugar garantido no céu."

"Detesto as litanias fastidiosas. Não sou um daqueles sacerdotes de perna peluda celebrando a missa com cálice de cornos de touros."

"Entendo, irmão. Mas como estão indo os escritos dos sermões?", disse Bernardo Ravasco tentando trazer um assunto mais ameno.

"É", disse Vieira, "não me resta outra coisa senão encerrar-me a escrever. Vê só, é o que fizeram comigo. Mas ainda vou ficar vivo algum tempo para servir de espantalho a esses ódios cristãos. Esses carafas de pés descalços me cansam. Estou metido no lodo do chão, como disse são Bernardo, enterrado naquele cubículo como um lagarto. Mas vou ficando por lá mesmo, ainda é o melhor lugar para mim na terra. Melhor que isso só debaixo dela."

"Ah, Antonio, não fales assim. Isso é o que querem teus inimigos."

"Kempis é uma geleia embolorada, os beatos são a peste da salvação e da consciência, as igrejas deveriam ser transformadas em prisões e hospitais. Nossos homens públicos são ou contemplativos ou ladrões. Roubar uma moeda faz um pirata, roubar uma cidade e seus palácios faz um Alexandre. O mundo está cheio de ladrões. E aqui a coisa parece pior. Não que as pessoas daqui sejam piores do que as outras. O homem é o mesmo em qualquer lugar. Aqui, todavia, não há vergonha de se cometer um ato delituoso, não há remordimento de consciência. Uns dons fulanos rápios, esses seronatos de hoje."

Quando Antonio Vieira falava, os olhos pareciam encher-se de luz.

"Os homens nos ensinam o que não devemos ser", disse Vieira.

Falou sobre a ousadia de seu inimigo. Braço de Prata tinha suas razões. A maior tolice que cometera fora ter-se envolvido com gente como o alcaide-mor, bárbara, brutal. A morte dessa figura, como tantas mortes, traria mais benefícios que faltas. Chorá-lo, só suas mulheres.

"Mas qualquer homem, por pior que seja, tem alguém para chorar seu enterro", continuou Vieira. "Mesmo o maior velhaco. Teles de Menezes conjugava o verbo furtar e odiar em todos os tempos. Um cão mandativo, um abominador optativo, um perverso conjuntivo, um salafrário infinitivo. Marco Varro dizia que os que serviam ao lado dos reis eram os *laterones*. Mas depois passaram a ser os *ladrones*. Vão todos de mãos dadas para o inferno. Os magnetes atraem o ferro, os magnates atraem o ouro. Perde-se o Brasil nas unhas escorregadias dos governantes. O povo daqui sofre por ser uma ralé ignorante. Os pobres cabritos de Deus, esses vão para o céu."

A sege parou diante do palácio. O prédio estava às escuras

e tudo parecia calmo. Bernardo Ravasco ia levantar-se para entrar quando Vieira o segurou pelo braço.

"Não estás achando tudo quieto demais? Não era para ter um sentinela aqui?"

Bernardo Ravasco esperou.

"Não estás ouvindo um nitrido de cavalos?", disse Vieira.

"Sim, Antonio."

"Acho melhor irmos embora. Depois mandamos alguém pegar teus escritos."

"Ah, não, ninguém saberá encontrá-los. Já estamos aqui, vou entrar."

Bernardo Ravasco desceu da sege e entrou no palácio. Vieira e padre Soares aguardaram à entrada.

O secretário percorreu os corredores sem acender nenhuma luz. Tateou pelas paredes até chegar à escada. Subiu os degraus com cuidado até sua sala. Abriu um compartimento secreto em sua escrivaninha. Lá estavam os papéis que buscava.

Quando o ruído dos cascos dos cavalos, do retinir dos metais, das vozes agitadas soou lá fora, Bernardo Ravasco guardou os escritos novamente no compartimento secreto e trancou-o. Foi olhar à janela. Uma patrulha chegava.

Suspirou, empinou o corpo, ajeitou as roupas e aguardou.

Padre Soares entrou ofegante.

"O Braço de Prata está aí, dom Bernardo. Vem subindo as escadas como um louco."

Bernardo Ravasco voltou à janela. Lá embaixo soldados cercavam o palácio.

Quando o governador entrou acompanhado por dois soldados com archotes, Bernardo Ravasco estava imóvel, a mão apoiada na mesa. O clarão das luminárias fazia ainda mais rubro seu rosto.

"O senhor está preso, secretário de Estado e da Guerra", disse o governador. Atrás dele entraram outros soldados que apontaram suas armas para Bernardo Ravasco.

"Posso saber o motivo, senhor governador?"

Antonio de Souza olhou-o friamente. "Vossenhor matou o alcaide-mor da cidade da Bahia." A mão de prata caída ao longo do corpo balançou levemente, brilhando com reflexos vermelhos.

"Não podem provar nada. Nunca poderão. Sou inocente. À hora do crime eu estava com meu irmão na quinta do Tanque. Todos sabem disso."

"Todos sabem muito mais coisas."

Antonio Vieira entrou, furioso.

"Preso? Isso não está correto. É ilegal e atrabiliário", disse o jesuíta ao ser informado pelo irmão das intenções de Antonio de Souza.

O governador voltou-se para o padre.

"Ora, vejam só, um mouco defendendo um surdo. Levarei os dois de uma só vez."

"Vossa mercê sabe muito bem que nada pode contra mim, Antonio de Souza."

Vieira, pequeno diante do homem que Gregório de Matos chamara de "saco de melões", cruzou os braços.

"O senhor tem razão, padre", disse o governador. "Por hoje me contento com o secretário. Mas o próximo será o senhor, Antonio Vieira. Ouça bem o que estou dizendo. E não serei eu quem o jogará na cadeia. Será o próprio regente. Aliás, há muito ele espera uma oportunidade como essa."

Antonio de Souza voltou-se para seus homens. "Levem o secretário."

"Não!", gritou Vieira. "Não vão levá-lo."

"Pode deixar, meu irmão", disse Bernardo Ravasco. "É melhor não resistirmos. Depois arrumamos tudo, depois tudo se esclarecerá."

"O príncipe saberá desses desmandos", gritou Antonio Vieira.

"Vou escrever a Sua Alteza, padre Vieira, historiando suas culpas, falando sobre as juntas no colégio na cela de Diogo Torto, onde os senhores conspiraram contra o governo. Não tardará e vossenhor será mandado para um desterro ainda maior", disse o governador.

Bernardo Ravasco foi levado pelo terreiro, a pé, entre soldados que o cercavam em filas laterais a cavalo. Na frente ia Antonio de Souza, altivo, como se exibisse um troféu de caça.

*

Vieira partiu amargurado e furioso para a quinta. Padre José Soares olhava a estrada, silencioso.

"Perde-se o Brasil nas unhas escorregadias dos governantes. O problema do Brasil", disse Vieira, "é que nada que se faz aqui de arbitrário e injusto chega aos ouvidos certos em Portugal. Também os roubos aqui parece que não são reparados lá na metrópole. E o povo continua na maior das misérias. O Brasil, aliás, não passa de um retrato e espelho de Portugal, seara dos vícios sem emendas, do infinito luxo sem cabedal e todas as outras contradições do juízo humano. Vou tomar minhas providências quanto ao governador."

"O senhor precisa tomar cuidado, padre", disse José Soares. "Esse homem é muito perigoso. Vamos, padre Vieira, vamos descansar entre os padres na quinta. O senhor não deve ficar assim irritado, vai acabar doente de novo. O senhor precisa ficar retirado dessas baixezas do mundo."

"Retirado das baixezas entre os padres? Achas que não são homens? Só me retirarei das baixezas dos homens quando morrer, padre Soares. Os padres hoje em dia não prestam, são como os leigos."

"Não seja tão injusto, padre Vieira."

"Hoje em dia é assim: um moço sem pai, mal herdado da natureza, sem valor para seguir as armas, sem engenho para cursar as letras, moço sem talento, nem indústria para granjear a vida por outro exercício. É desonesto? Vai governar. É honesto? Vai ser padre. Entram num convento para comer, cantar, vestir-se e conversar. Mal sabem persignar-se ou dizer se Cristo ressuscitaria ou não."

Naquele dia inteiro e no dia seguinte Vieira ainda continuaria a toda a velocidade, não teria dormido mais que três horas durante a noite pensando na improbidade dos homens, para ter mais uma cascata tormentosa de deprecações sempre bem fundadas. Tomás de Aquino, são Paulo, a Bíblia inteira para comprovar suas teses.

6

Com os primeiros raios de sol, Maria Berco acordou. Um oficial abriu a porta da cela e depois de alguns conselhos e repreensões mandou-a embora. Ela sentiu os ossos moídos ao levantar-se. Arrumou a saia, ajeitou os cabelos. Lembrou-se subitamente do encontro com Bernardo Ravasco na igreja. Correu para lá mas não o encontrou. O curumim informou que havia partido, com padre Vieira, na noite anterior, para a quinta. Maria Berco suspirou. O anel! Que fazer com ele?

Ajoelhou-se diante da imagem de Nossa Senhora num nicho lateral da igreja e rezou. Pediu à mãe de Deus que a iluminasse.

Saiu da igreja e vagueou pelas ruas. Pensou em João Berco. Pensou em Lisboa. Pensou na roupa negra de rendas, no mar, na almiranta, nos nobres, nos seus pés sujos de lama, na pobreza. Quando percebeu, estava diante da casa de dom Balthasar Drago, o joalheiro. Depois de alguma hesitação, entrou.

Algumas pessoas com aspecto rude ou pobre a olharam. Maria Berco sentou-se na ponta do banco e aguardou sua vez. De uma em uma as pessoas iam sendo atendidas. Vendiam ou penhoravam joias, relógios, correntes, panos de damasco.

Chegou a vez de Maria Berco. Aproximou-se do balcão e colocou sobre uma pequena almofada de veludo o anel. O homem, com sua meia recheada de sal quente enrolada no pescoço, do outro lado do balcão levantou os olhos. "Vender ou penhorar?"

"Penhorar", ela disse.

Ele segurou o anel com as mãos finas e pálidas e aproximou-o dos olhos. Fitou novamente Maria Berco. Colocou uma lente diante da vista e examinou a pedra contra a luz.

"Cem patacas de cem réis."

"Está bem", ela disse, apressada.

O ancião sorriu. Esperara mesmo que a moça não reclamasse da avaliação. Esse comportamento quase sempre significava que o produto era roubado.

Dez mil réis eram bem mais que a moeda que Bernardo Ravasco lhe dera como pagamento pelo serviço. Uma moeda de ouro valia quatro mil e quatrocentos réis. Fundindo-se o ouro do anel obter-se-iam, no mínimo, duas moedas. A pedra devia valer uns cem mil réis, o equivalente a dois meses de soldo de um capitão-mor, ou a uma propina de desembargador para a festa de São João, ou ao ordenado semestral de um fundidor.

"Nome", ele disse.

"Meu nome?"

"Sim. Teu nome. Ou não queres recibo?"

"Quero, quero. Maria."

"Maria de quê?", impaciente.

"Berco."

O joalheiro escreveu o nome num papel, enfiou a joia e a ficha num saquinho de veludo. Levantou-se e levando o saquinho desapareceu por uma porta no fundo da sala, onde havia um homem armado. Depois de alguns longos instantes voltou com outro saquinho, cujo conteúdo despejou no balcão. As patacas caíram sobre a madeira, amarradas em grupos de dez. O joalheiro contou-as, assinou o recibo e entregou tudo à moça.

Maria Berco saiu dali apressada, sem conferir o dinheiro.

"O próximo", disse o joalheiro.

*

A caminho de casa, Maria Berco entrou numa taberna. Estava faminta.

"Quanto é o pastel?", ela perguntou.

"Um tostão", disse o taberneiro.

"Quero um. Não precisa embrulhar."

O homem entregou o pastel. Ela comeu sofregamente. Pagou.

"Mais nada?", disse o taberneiro. "Temos confeitos, cidrão, bocetas de marmelada. Meias de seda."

Maria Berco olhou seus pés sujos, sem meias, o sapato rasgado.

"Tens sapatos?"

"Este aqui, de cordovão."

A moça calçou os sapatos. Sentiu o conforto da pele macia.

"E as meias, quanto?"

"De seda, duas patacas de cem."

Saiu dali com um embrulho grande. Comprara, além dos sapatos e das meias, uma veste de seda, uma camisa de linho, um chapéu fino de castor para seu marido, uma carapuça de seda, uma vara de tabaco em corda, um paio, uma boceta de relevo, e mais algumas ninharias.

*

João Berco estava na sala, enrolado numa camisa de baeta ordinária, gasta. Sua pele também tinha o aspecto danificado. Aquela roupa da mesma cor da carne fazia-o parecer um amontoado de panos jogados na cadeira. Ouviu entrar sua mulher, empinou o nariz um pouco para a frente como se farejasse. Quando Maria Berco se aproximou, o homem deu um súbito golpe com a bengala no ar, que a atingiu.

"Cadela do diabo", gritou João Berco. "Fugiste novamente. Não tens pena de mim que amanheci tão sentido? Deixar um homem quase cego entregue ao escuro e aos piolhos? Hás de penar na enxovia. Por que hei sempre de ter cornos? Ai, vida cansada, hei medo pelo que se há de dizer."

"Ouve-me", disse Maria Berco, "trouxe algo para ti."

O homem não respondeu. Virou o rosto em direção à jovem, com um ar especulativo. Moravam numa casa escura e apertada, cheia de porcarias velhas, móveis quebrados por todo lado, as coisas espalhadas, anjos de madeira horríveis, como se tivesse sido pegado tudo no lixo.

Maria Berco olhou o marido caído na cadeira, a cabeça coberta de cabelos brancos encostada no espaldar, como se mal se pudesse suportar sozinha sobre o pescoço que saía direto do queixo. Colocou sobre a cabeça do marido o chapéu de castor.

"Que macio", ele disse, acariciando a pele.

Ela desembrulhou o tabaco, picou uma pequena quantidade, meteu dentro da boceta de relevo e deu para ele. João Berco levou ao nariz o tabaco, aspirou.

"Que formoso! O que mais trouxeste? Dinheiro?"

"Também trouxe dinheiro para ti", disse Maria Berco.

"O que seria de mim sem ti? Não vais me deixar. Nunca. Hás de te ver livre de mim quando eu morrer. Isso não demora. Ando alquebrado e murcho."

"Não morrerás tão cedo."

"Por tua causa, tenho medo de morrer. Onde terias uma vida tão refestelada como aqui comigo? Em qualquer outra casa irás fanar como uma flor velha, vais ficar com as unhas sujas de alimpar tigelas e lavar o chão, vais cheirar a alho e não mais a água de cheiro. Esse é o destino das labregas como tu."

"Eu não sou isso. Meu pai era um fidalgo."

"És labrega, sim. E foste abandonada pelo teu pai. Eu te comprei ao orfanato. Em troca de milho e de refugo. Eras magra como uma ratazana faminta. Aqui pelo menos tens a mim, que te dou abrigo." Sua voz abrandou-se: "Tu ainda não passas de uma menina".

"A vida que levo não é a de uma menina."

"Pelo menos aqui não sofres tormentos. Pensas que não sei como eram tuas costas quando te tirei ao orfanato? E os pés? E as pernas? Sei muito bem que és cheia de marcas. Ferros. Tenazes incandescentes. Manteiga fervente. Azorrague. Teu pai quase te matava. Fidalgo, bah. Não fazes mais que tua obrigação trazendo-me conforto. Gastei muito dinheiro contigo. Comida, roupas. Cirurgião-barbeiro. Me arruinaste. Estás cheirando a maresia, a peixe podre." As narinas de João Berco abriram-se e fecharam-se.

"Um dia pagarei tudo o que te devo." Maria Berco tirou o

saco de dentro da saia e sacudiu-o perto do ouvido de João Berco. As moedas tilintaram.

O homem esticou o braço em direção ao dinheiro. Os olhos opacos pareceram brilhar. Pegou as moedas e contou-as uma a uma. "Onde conseguiste isto? Roubaste! Nem se dormisses todos os marujos do porto conseguirias esta quantia. Tens um amante? Se fores embora com um homem mando te matar. Sabes que não me custa nada. Tu me amas tanto quanto amas o rabo de um cão", disse João Berco. "Confessa que tens um amante. Hei de arrebentar-te o focinho. Já sei que há alguém por trás disso, alguém que quer lucrar muito contigo. Ensinei-te o que é a vida mas és noiva de tambaca. Se fores embora daqui nada mais te restará senão te entregares a marujos, estudantes, vadios. Esses sanguessugas encurtam a vida. Foi um homem quem te deu o dinheiro? Jovem ou velho? Os jovens fornicam com pressa, não é? Depois querem brincadeiras e regateiam o preço." João Berco calou-se por um instante. Não podia ver que Maria Berco vestia a camisa de linho, metia a carapuça de seda, fascinada com a suavidade das peças.

"Eu nunca serei meretriz", ela disse. Pensou em contar sobre a história do anel. Mas sentia vergonha do que fizera. Era melhor não revelar nada a ninguém. Tão logo esquecessem a morte do alcaide, resgataria o anel e o devolveria a Bernardo Ravasco.

"Dinheiro sujo, dinheiro cagado", disse João Berco guardando as moedas enquanto Maria Berco se recolhia ao quarto de dormir.

*

Pelas adufas os raios de luz vinham iluminar suavemente as tapeçarias das paredes, as credências de jacarandá, o cofre de metal. Luiz Bonicho estava sentado à mesa de seu gabinete na Câmara e lia, pela décima vez, o papel que tinha em mãos.

"Não posso acreditar", disse.

Donato Serotino, luzente em seu uniforme castanho e botas escuras, andava de um lado a outro, nervoso.

"O que faremos, Luiz, o que faremos? Ele vai descobrir tudo e terá como nos incriminar."

"Isso não é um problema."

"Isso não é um problema? Estás louco!"

"Não. Teles de Menezes era o único que podia testemunhar contra nós."

"E não é o suficiente? Ele deve ter deixado papéis, provas. Ah, por que não deste logo o que ele queria? Não nos teria custado tanto assim e calávamos a boca daquele entremetido."

"Calar a boca de Teles de Menezes? Não, ele usaria o que sabia contra nós, sempre, e cada vez exigindo mais. Foi um dos maiores canazes que conheci", disse Luiz Bonicho. "A única maneira de calar a sua boca era acabando com ele. Talvez tudo aquilo fosse uma rapace armadilha para me pegar. O que eu sei a respeito daquele maneta..."

"Saber não adianta. Se abrires a boca ele vai alegar que estás tentando manchar-lhe a honra para anular o crédito da ação. Mesmo que ele não possa provar do que te acusa, é o governador. Isso basta. Além do quê, nem todos os atos corruptos na burocracia são necessariamente ilegais."

"Estás esquecendo uma pequena coisa muito importante: um governador tem apenas três anos para governar. Enquanto que um vereador... Posso ficar no cargo o resto de minha vida."

"Ele ainda tem muito tempo de governo. Pode fazer coisas horríveis contra nós. Tantas vezes te avisei para que não confiasses nele."

"Jamais confiei naquela mina ambulante. Nem ele em mim. Aquele alma de gato sabia que a qualquer momento podiam colher-nos em mau latim. E que eu pagaria sozinho. O risco maior sempre foi meu. E eu estava precisando de dinheiro, essa é a verdade. Mas agora..."

"Agora... Não há mesmo outra solução?", disse Donato Serotino.

"Nenhuma outra solução." Luiz Bonicho encostou seus lábios no ouvido de Donato Serotino. "Ele não demora a descobrir que estamos nessa conspiração até a ponta do nariz e vai querer acabar conosco. Mas tu o matarás hoje durante a aula. Não deve ser difícil acertar aquele rocim das alpujarras. Depois vamos fugir daqui."

"Há guardas por todo lado. O porto está vigiado. E se não der certo?", disse Donato Serotino passando as mãos nos cabelos. Seu rosto estava corado.

"E se não der certo... não deu. Ao menos tentamos. Como diria o nosso poeta, todos somos ruins, todos perversos, só nos distingue o vício, e a virtude, de quem uns são comensais, outros adversos."

"Antonio de Souza pode já estar desconfiado de nós."

"É um parvo arrogante. Acha que ninguém teria coragem de matá-lo, está cercado de bajuladores, por isso me odeia. Não sei bajoujar, lamber botas, andar de quatro, nas minhas veias corre sangue quente. Tomei asco desses vaganaus, sou um deles e sei bem como são. Eu já não tenho mais nariz para respirar estes litígios fedorentos desta cidade monturo. Estás olhando o tamanho do meu nariz, não é? Os asnos me chamam d'asno. Ele verá quem ri por último."

Donato Serotino olhou o relógio.

"Está na hora", disse.

*

Antonio de Souza costumava treinar todas as manhãs com o mestre de esgrima Donato Serotino. Os tratados de Marosso, Agrippa e Giganti haviam assegurado aos italianos a supremacia do ensino das armas em toda a Europa. Mas uma criação dos franceses, uma arma leve cuja ponta terminava abotoada com uma flor, que chamavam *fleuret*, estava tomando o lugar antes garantido à espada.

"Vamos, Serotino, à nossa aula. Hoje estou furioso."

"Permita-me dizer, senhor governador", disse Donato Serotino, "que é necessário muita frieza para a arte da esgrima, desde os tempos dos chineses há vinte séculos, ou dos romanos que esgrimiam com o gládio."

"Não creio, Serotino. A fúria nos torna mais inteligentes."

"Estudei esgrima nas grandes academias italianas."

"E acreditas no que te ensinam? Aprendemos apenas quando duvidamos do que nos disseram. Eu duvido de tudo e de todos. Por isso estou vivo. Está bem, perdi um braço, admito, mas sou poderoso. Quem te disse que é preciso frieza para lutar ou para vencer estava zombando. Se queriam fazer das lutas uma arte, isso não justifica a hipocrisia. Aliás, todos os mestres e letrados são hipócritas e os mais perigosos seres. Os analfabetos são melhores pois têm noção de sua ignorância. Esses que sabem um pouquinho de alguma coisa, como padre Vieira, são os piores, acham que sabem tudo. Estou me referindo a ti também, não faças essa cara."

"Quando lutei contra piratas turcos estava apenas defendendo nossos celeiros de trigo", disse Donato Serotino.

"Estavas defendendo teus sentimentos. Se não há fúria deve haver ao menos raiva. Raiva da ferrugem na espada, raiva da comida podre pois todas as comidas são podres numa guerra, raiva da roupa rasgada e da cama dura."

"Se pudermos numa luta esquecer nossos sentimentos, teremos aos nossos olhos mais claro o adversário. Se demonstramos ódio, arrancamos ódio. Os sentimentos devem ser secretos."

Havia um bom número de guardas pelo salão. Alguns se exercitavam com as espadas, que tiniam no ar ao se cruzarem.

"Concordo em parte", disse o governador. "Todavia o amor nos torna cegos, a frieza nos torna lentos; o ódio, por sua vez, nos torna alertas. Tu és jovem e não conheces o mundo."

"Mas sei matar", disse o mestre fazendo uma saudação com a espada e pondo-se em guarda.

Antonio de Souza olhou Donato Serotino por alguns instantes, surpreendido com as palavras que acabara de ouvir. Respondeu à saudação. Passaram a esgrimir.

*

Antonio de Souza foi ao vestiário e tirou sua roupa suada defronte de um grande espelho. Nunca permitira a seus valetes vê-lo despido. Tinha uma angustiada consciência da sua feiura física.

Tentava compensar a falta do braço com um regime espartano de prática constante de esgrima. Os resultados com a mão esquerda eram lentos e só ele os percebia. Nem mesmo Donato Serotino notava seus progressos. É claro, pensava o governador, Donato Serotino sentia-se um semideus em suas formas perfeitas. Como poderia compreender os sentimentos de um velho aleijado?

Antonio de Souza ainda tinha grandes planos políticos, prudência ao falar e era paciente para conduzir seus assuntos. Nunca se interessara pela opinião dos outros. Jamais se metia em questões e negócios fadados ao fracasso. E se lhe sobrava habilidade para negócios, sobravam-lhe também as oportunidades para enriquecer. Mas tinha o maior desprezo pela riqueza — apesar de adquirir a cada dia mais bens —, assim como pela humanidade. Tinha desprezo também pelos jesuítas, com seu ranço retórico e letrado. Padre Vieira sempre fora conhecido em Portugal como um homem rendido ao poder econômico. Por isso protegia os judeus, que representavam a riqueza. Lutava contra a escravidão dos indígenas, mas não esconderia isso algum interesse dos torpes jesuítas? Talvez fosse um problema de consciência ou um impulso tirânico de catequese, uma vez que as normas inacianas eram fundamentadas no ensino da doutrina. Em Paris, Ignácio de Loyola unira-se a seus companheiros egressos da universidade e fizeram o voto de pobreza e de pregação do evangelho na Terra Santa. Loyola fora militar e formara uma companhia disciplinada, regida por uma constituição, que funcionava sob a forma de milícia. *Ad majorem Dei gloriam* espalharam-se pelo mundo pregando, construindo missões, dirigindo pesquisas de interpretação da Bíblia, investigações teológicas e científicas e buscando através da erudição a salvação da humanidade. O que tinha isso a ver com Cristo? Os jesuítas não se afastavam do convívio social, não viviam na solidão do claustro, não realizavam procissões ou litanias nem se submetiam a mortificações. Haviam transformado a Igreja medieval em uma outra Igreja e não sentiam, como Tomás de Kempis, uma diminuição de sua pureza ao tocar os pés fora do convento. Imiscuíam-se no terreno material do mundo alegando que não estavam ali para salvar a própria alma mas a alheia. Como salvar a alma dos outros se não se salva a própria? Se vai o padre para o inferno leva consigo os fiéis. Intrometiam-se nos centros de poder e decisão — para salvar a alma alheia? —, haviam sido molinistas, antijansenistas, confessores de reis e de poderosos, quando sopravam aos ouvidos do poder suas ideias, quer na tentativa de manter a decadente submissão das monarquias à Igreja, quer na erradicação do protestantismo, ecos das ideias de Erasmo sobre a inutilidade da monarquia. *Monachatus non est pietas*, acreditavam. Sim, o que fazia o monge não era a piedade. E estavam ali no Brasil defendendo a liberdade dos indígenas para os terem, eles mesmos, como cativos — de suas ideias. Como se podia explicar que sendo contra a escravidão calavam-se diante do que ocorria com os negros africanos? Simples! O braço do negro era imprescindível ao enriquecimento da colônia. Assim eram os jesuítas e padre Vieira mais do que todos, pois — era necessário reconhecer — tinha brilhante espírito. Sim, ele e Antonio Vieira haviam-se tornado inimigos. Vieira já estaria a essas horas mexendo as peças de seu tabuleiro para derrubar o governo. Porém não seria mais capaz disso. Ou seria? O homem tinha um enorme prazer em cultivar inimigos, em destruir. Mas era ele, Antonio de Souza, quem estava com o vinho e o odre na mão, pensava o governador. Não tinha nada a perder. Não precisava mais dos jesuítas, tinha a seu lado o arcebispo, apesar de não querer confiar no prelado inteiramente. Na certa, Vieira desejava dispor do cargo de governador geral para seus comparsas. Teria sido tolice virar-se contra o jesuíta? Ah, a miserável condição humana dentro de um corpo mutilado e uma alma transtornada faziam de Antonio de Souza um mártir em sua própria mitologia. Seu carrasco: Antonio Vieira. Era preciso acabar com ele.

Vestido, Antonio de Souza voltou-se de novo para o espelho. Ao fundo do cristal, atrás de si, percebeu um vulto. Assustou-se.

"Quem esta aí?"

Donato Serotino deu um passo à frente. Seu rosto apareceu iluminado pelo raio de luz que entrava através da janela.

"Ah, és tu, Donato."

Donato tirou lentamente a espada da bainha. Seus olhos, que sempre brilhavam azuis, estavam embaciados e negros. Ocorreu a Antonio de Souza o pensamento de que estava diante do anjo da morte. Teve mesmo a sensação de ver duas grandes asas negras flutuando atrás do esgrimista.

"Não sabes que não podes entrar aqui, Donato? O que queres?", disse Antonio de Souza. Olhou para o lado. Sobre o banco estavam suas armas. Aproximou-se do banco.

"Perdoai-me, senhor, mas o que vou fazer é preciso", disse Donato. E com muita agilidade deu um salto em direção a Antonio de Souza descendo a espada sobre seu adversário. O governador defendeu-se usando o braço de prata, que fez um ruído agudo no choque com a lâmina afiada. Antonio de Souza sentiu uma dor forte nos músculos do pescoço onde as correias prendiam o braço de metal.

"Guardas!", gritou o governador. "Desgraçados que nem sabem ganhar seu soldo!"

Donato atacou-o novamente, agora com mais força e rapidez. A arma zuniu cortando o ar. Novamente Antonio de Souza esquivou-se usando o braço de metal. Um terceiro golpe veio, inesperado, arrancando a peça de metal do corpo do governador, jogando-a longe com um barulho fortíssimo. Antonio de Souza levou a mão ao ombro instintivamente. Quando a retirou dali estava empapada de sangue. Donato olhava-o, com a espada no alto, pronto a desferir um golpe que seria o fatal. Antonio de Souza percebeu que aquele era o derradeiro instante de sua vida. Em que deveria pensar? No príncipe? Em Vieira? Por que Donato demorava tanto a descer a espada contra sua cabeça? Morreria com o corpo partido em dois? A porta abriu-se, entraram soldados enrolados em toalhas, molhados, alguns com espadas nas mãos, gritando. Donato Serotino correu em direção a eles e empurrando-os abriu passagem. Descalços, os homens escorregavam no chão molhado. Perseguido pelos soldados, que a cada porta aumentavam em número, Donato Serotino saiu em disparada pelos corredores do palácio até sua montaria. Desapareceu a galope, deixando uma nuvem de poeira no ar.

7

Era impossível continuar morando na mesma casa. Gregório de Matos arrumou seus livros e algumas roupas num saco. Saiu dali sem dizer a ninguém para onde estava indo. Vagou pela cidade algum tempo. Dirigiu-se para o dique, um lago natural formado pela água dos riachos somada à que manava das hortas dos beneditinos. Ficava para lá do Carmo, entre o Paço e a Saúde, com florestas às margens. Os belgas haviam avolumado as águas com represas.

Ao chegar ao dique, Gregório de Matos viu patrulhas rondando. Escondeu-se e esperou. Soldados conversavam com mulheres vestidas de saias brancas. Fumavam, riam e passavam a mão nos braços, nas nádegas das mulheres, abraçando-as. Uma delas estava com a blusa descida, os seios à mostra. Lavadeiras faziam seu trabalho agachadas à beira da água.

Quando os guardas se foram, Gregório de Matos sentou-se à beira do dique; jogou pedras na água, olhou as lavadeiras tão limpas e belas. O monte a par do dique estava verdejante. Ainda habitaria aquele vizinho tão chegado às taraíras frias, pensou. Com um graveto escreveu na areia: "... pretas carregadas com roupa, de que formam as barrelas. Não serão as mais belas mas hão de ser por força as mais lavadas. Eu, namorado desta e aqueloutra, de um a lavar me rende o torcer doutra".

Lembrou-se de Anica de Melo. Conhecera-a logo que retornara de Portugal. Era uma rapariga linda, mesmo. Sabia até escrever seu nome. Pena ser de alcouce. E branca.

Anica de Melo jamais vira Gregório de Matos como um

freguês nem quisera apresentar-se como prostituta, embora no momento em que se conheceram todas as mulheres do lugar o fossem e os homens dali estivessem em sua busca. Ser prostituta não era muito agradável naquela cidade cheia de criminosos e galicados. Gregório de Matos logo gostou de Anica de Melo. Ela era viva, tinha juventude, balangandãs e estava caída por ele.

*

Anica de Melo estava deitada na cama, nua. Ouvia Gregório de Matos com atenção e fascínio.

"Deus é testemunha da nossa inocência", disse Gregório de Matos. Sabia bem que o inferno estava cheio de homens que pretenderam melhorar o mundo e que a inteligência era uma qualidade concedida pelo demônio. Pensava nos motivos que os tinham levado a envolver-se nas conspirações contra o alcaide-mor. Não que a vida tivesse algum valor, estavam num mundo habituado à contemplação indiferente da dor e da violência.

"Se alguma coisa eu pedia a Deus", continuou Gregório de Matos, "não era exatamente o céu, tampouco a riqueza material. Pedia a Deus que o mundo se tornasse justo."

"Como conheceste os Ravasco?", perguntou Anica de Melo.

"Eu sempre ouvi falar sobre eles, minha família os conhecia. Um pequeno folheto publicado com sermões de Antonio Vieira, muitos anos atrás, em castelhano, chegou às minhas mãos. Eu era um menino sonhador e enchi-me de paixão pelas palavras do jesuíta."

Aquele livro mudara a vida de Gregório de Matos. Vieira era ao mesmo tempo o que esperavam que ele fosse e o que odiavam que fosse. Tudo o que dizia ou escrevia tomava uma dimensão maior. Era um homem de argumentos, filósofo, mestre em teologia; fora pregador de el rei de Portugal, ministro na Cúria Romana e outras cortes, confessor do sereníssimo infante, superior e visitador geral das missões do Maranhão, bonito, bem-proporcionado, espirituoso, além de muito culto. Todos falavam nele com entusiasmo, contra ou a favor. Abriu um mundo novo para Gregório de Matos. Mas logo o menino ficou sabendo que aquela publicação em castelhano fora feita à revelia de padre Vieira e continha "tantas imperfeições quanto asneiras" execradas por ele.

Gregório de Matos estudara com os jesuítas no Brasil. Recebera a instrução humanística geral e fora aprovado com louvor. Lera Horácio, Cícero, Ovídio, Virgílio, padre Cipriano Soares. Sabia latim, gramática, retórica, artes, história grega, romana e portuguesa, geografia e até um pouco de grego. Já tinha mesmo cometido seus primeiros versos nas sabatinas, para horror e pasmo de seu pai.

"Como era teu pai?", perguntou Anica de Melo.

"Magro, costas recurvadas, olhos tristes. Morávamos na Bahia junto ao cruzeiro dos Antoninos Reformados, dos Franciscanos, com cornija de romanas medalhas, perto do terreiro de Jesus. Meu pai, que se chamava também Gregório, era almotacé, tesoureiro do Juiz de Órfãos, procurador do Conselho. Quando estava em casa trancava-se no quarto e cantava."

"Cantar nos faz esquecer tudo. Por isso a gente mecânica, os lavradores como meu pai, a gente de baixa extração, canta e sorri. O que teu pai fazia trancado no quarto?"

"O velho tinha uma luneta, ficava olhando as estrelas. De dia, quando ele estava no trabalho, eu a usava para ver as mulheres passando nas ruas ou às janelas", disse, acariciando as pernas de Anica de Melo.

Ao entrar para o colégio dos jesuítas, Gregório de Matos já se interessava pelas mulheres. Desde menino gostava de olhar nos livros imagens femininas: santas, rainhas desenhadas com benevolência e que sempre pareciam mais belas do que deviam ser, altivas condessas, duquesas, princesas e até mesmo bruxas condenadas pelo Santo Ofício. Na rua o menino ficava extasiado com as mulheres de carne e osso, com seus rostos e suas formas, alvas como jasmins, vermelhas, azeitonadas ou escuras como a lascívia. As meninas eram lindas, as índias nuas pareciam-lhe deusas pagãs, as escravas lhe sugeriam estátuas de ferro pronto a incandescer. Sua irmã, um demoniozinho falante, tinha um mistério que Gregório de Matos observava com fervor quase religioso. Sentia-se atraído por todas as mulheres. Encantava-se com qualquer gesto, qualquer rufar de saia, detalhes mínimos. Mesmo as feias tinham para ele um encanto qualquer: uma orelha benfeita, um par de tornozelos sólidos, unhas saudáveis, cabelos abundantes, uma boa estrutura óssea, batatas das pernas grossas, nádegas redondas e fartas, um ar sonhador, timidez, brilho de inteligência ou um nariz que lembrasse uma jovem da dinastia lágida. Como ele gostava de dizer: "São feias; mas são mulheres".

"Ah, tu és um demônio", disse Anica de Melo.

"Não, não, somos bastante diferentes. Demônios sois vós, mulheres."

Disse que lera nos livros serem as mulheres diabos disfarçados, circes encantadoras, tentações infernais, peçonhentas no coração e na boca, copuladoras vorazes; que possuir a parte traseira de uma mulher era o mesmo que fazer pacto com o diabo; as que tinham um rosto de anjo e maior donaire eram as mais perigosas. O corpo de uma mulher despertava-lhe sentimentos penosos e demorados, algo como uma queda, um desar, uma febre maligna, um delírio destruidor. Elas traziam dentro do corpo vermes que devoravam os homens; algumas possuíam uma boca entre as pernas, com dentes e tudo; elas desgraçavam, arruinavam, sufocavam, escravizavam com feitiços, eram más e interesseiras, por elas se faziam as guerras. Falavam apenas tolices cansativas, só se preocupavam com brincos, vestidos e os atavios da sedução. Traíam e levavam a alma do homem ao inferno. Mas nada havia de tão doce quanto essa tirania.

Mas nos livros não havia apenas mulheres. Havia aventura. Gregório de Matos lia-os com grande esforço, pois eram quase todos em latim, francês ou italiano.

Antes pensava que os homens verdadeiramente letrados, como padre Vieira, recebiam seus conhecimentos do céu; mal sabia que era nos livros que obtinham as respostas. O estudo orientado pelos jesuítas deu-lhe segurança e até arrogância no sentido moral. Iniciou ali sua preparação como letrado que, na época, considerava indispensável. Preparava-se para ser um jesuíta. Todos os meninos queriam ser jesuítas.

A Companhia de Jesus irradiava-se de norte a sul do Brasil, fortificada em igrejas, missões para catequese dos indígenas e colégios para evangelização de novas gerações. Em todo o mundo os jesuítas fundavam aldeias, povoavam terras, ensinavam. Participavam de batalhas, armistícios, conquistavam novos territórios, criavam hospitais, seminários. No ano de 1626 havia na colônia do Brasil cerca de cento e vinte padres da Companhia de Jesus, entre sacerdotes e coadjutores espirituais; mais cinquenta coadjutores, sessenta e dois estudantes. Três colégios, seis casas, treze aldeias anexas. No colégio da Bahia residiam oitenta padres. Em cinquenta anos havia crescido muito o número de padres e edifícios jesuítas. Eram senhores de quase tudo, e Gregório de Matos queria ser um deles. Não pelo poder material que detinham, mas pelo saber que dominavam. Quando via um padre jesuíta na rua era como se estivesse vendo um livro andando. Além disso, naquele tempo Gregório de Matos acreditava-se dono de uma grande vocação religiosa. Mas sua passagem pela vida eclesiástica seria dolorosa e breve. Após algum tempo concluíra que o saber dos jesuítas era insosso e atrelado a ideias religiosas e políticas. Depois que dominou a retórica, cansou-se dela e passou a procurar algo diferente. Foi nesse período que partiu para Portugal.

A caravela demorou cento e vinte dias para percorrer as águas que separavam a Bahia de Lisboa. A viagem começou com vento sul favorável, o mar liso como uma pitomba, mas logo foi-se transformando num pesadelo, tempestades em cada singradura, pechelingues descarregando sua artilharia, uma viagem cheia de incidentes que só não foram fatais para todos os passageiros — senhores e criados, escravos, fidalgos, padres, clandestinos, cavalos, prostitutas e amantes dos oficiais — por obra do destino. Gregório de Matos tinha catorze anos e viajava sozinho. O medo se misturava ao fascínio. Passava o tempo olhando o mar ora violento ora manso, os delfins e as baleias, as nuvens de mil formas. Sofria com o vento salgado, a insônia, a umidade nos ossos. A comida era horrível. Comia apenas biscoitos e bebia uma água avinagrada quase intragável. De sob o tombadilho subia uma fetidez de fezes e bolor que, acrescentada ao balanço do navio, fazia muitos passageiros vomitar. Havia mercadorias em excesso, piolhos e percevejos, gente amontoada dormindo entre os caixotes e os canhões. Muitos passavam seu tempo entre torvelinhos, baralhos, livros obscenos. A maresia tornava a água dos barris espumosa e fétida. Os tecidos das roupas se deterioravam. Os alimentos ficavam sem sabor, escureciam, murchavam. Os livros desbotavam, os objetos de metal enferrujavam-se, o sal cristalizava-se sobre as madeiras, o cheiro repugnante de peixes mortos impregnava os conveses. As pessoas sentiam-se fracas, as pernas e articulações doíam, as gengivas ulceravam-se e sangravam, a boca ficava coberta de manchas azuladas e os dentes descarnados. O mundo parecia limitar-se a ondas montanhosas. As ilhas oceânicas ficavam a grandes distâncias umas das outras, havia longos atrasos para se continuar a viagem. Gregório de Matos imaginava a cada instante despedaçar-se contra rochas, afundar no desconhecido. Sentia-se doente, com as virilhas inchadas. Mas tinha um sonho e estava a caminho dele. A Universidade de Coimbra. Era como se o mundo estivesse mudando não apenas na paisagem mas dentro dele mesmo. Jamais saíra da Bahia e como todo menino curioso conhecia qualquer beco de sua cidade. Agora queria conhecer a metrópole.

Quando de dentro do navio ouviu o alarido de canhões e o som de sinos dobrando, correu para o tombadilho. O oceano cinzento dera lugar às águas do Tejo. O terreiro do Paço da Ribeira estava cheio de gente para assistir à chegada da frota com a capitânia à testa e a almiranta à ré, a pequena esquadra navegando na formatura em coluna. Das janelas do paço, dos armazéns, da alfândega, pessoas acenavam, gritavam, agitavam lenços. Entre elas talvez estivesse dona Luiza de Gusmão, a voluntariosa rainha de boca redonda e olhos lânguidos.

"E o que fizeste em Portugal, tão menino? Ainda não tinhas idade para ingressar na Universidade de Coimbra", disse Anica de Melo.

"Vivi um tempo com parentes, outro com amigos. Fui à Vila de Guimarães conhecer familiares, passei muitas horas à margem do Tejo olhando as frotas, nas ruas olhando as pessoas, aprendendo a lidar com as mulheres, conversando, a ver cabriolés e charruas."

Gregório de Matos pôde ler muitos livros e sebentas mesmo antes de entrar na Universidade de Coimbra, o que era um grande privilégio. Existiam livros apenas nos conventos, nos colégios e em raríssimas casas particulares, poucos exemplares.

Foi morar na freguesia de São Nicolau, em Lisboa. Continuou a escrever seus versos que ensaiara na Bahia, mas agora oscilavam entre a religiosidade lírica da meninice e um maldizente gênero escarninho inspirado em Martim Soares e tantos outros trovadores portugueses. "Nunca frequentei a tafularia sem ali desordens, distúrbios fazer; e covardemente ponho-me a mexer, buscando agasalho entre a putaria." "Maria Mateu, Maria Mateu, tão desejosa sois de cona como eu!" (Afonso Eanes de Coton). "Não hajais por maravilha perguntar donde vos vem, quererdes saber o que tem dom Goterre na braguilha" (Anrique de Almeida Pássaro). "Que gentil feição de damas, não sei como vo-lo diga que tudo é cu e mamas e barriga" (Diogo Fogaça). "Minha flor, cá me entregaram este vosso passarinho com menos penas que as penas que eu trago por dar coninho... Mas para que nisto falo se até quando falo nisto eu já não caibo na pele ou de todo me arrepio" (Capitão Bonina). As trovas burlescas haveriam de marcá-lo para sempre. A ele, Gregório, e a outros estudantes da Universidade de Coimbra, como seu colega Estevam Nunes de Barros, que escrevera a uma freira: "... pede este amante garraio, em vos querer já constante, que desta hora em diante, diante de vosso agrado, o aceiteis por criado ou o admitais por amante".

Mas em Portugal Gregório de Matos ainda escrevia pouco. Tinha coisas mais importantes a fazer que meter-se a tais divertimentos. Uma brilhante carreira de magistrado o esperava. Era respeitado, de bom aspecto, bem relacionado, ligado à sua família dona de cargos importantes, branco dos quatro costados, tinha inteligência feroz e muito talento para as leis. Queria formar-se em direito canônico e fornicar as mulheres. Todas elas.

"Tens um bando delas correndo atrás de ti, todos os tipos de mulheres. Não pensas em casar?", disse Anica de Melo.

"Sou viúvo. Aqui não encontrei nenhuma que me sirva. A única, não me quis. Mas sei que existe uma mulher para mim como uma princesa de meus sonhos."

"Talvez num convento", disse Anica de Melo, com ironia.

"Ou numa cozinha. Talvez a encontre no banho público."

"Ou numa procissão."

"Eu a amo como Jaufré de Rudel amou a condessa de Trípoli, que jamais vira, e matou-se de amor por ela. *La legenda dell'amore lontano.*"

"E se ela for feia?"

"Amarei do mesmo jeito."

"E se for... uma meretriz?"

"Mesmo que cheire a cebola ou que não tenha um dente ou que não tenha um olho", disse Gregório de Matos.

Ele mentia, pensou Anica de Melo. Demonstrava sempre fazer uma clara divisão entre as mulheres para fornicar e as mulheres para casar. Entre as negras e as filhas de fidalgos. Entre as meretrizes e as donzelas.

Anica de Melo vestiu-se. A blusa decotada deixava ver parte dos seios. O rosto estava lavado. Ela era levemente menos vulgar do que ele desejava. Abraçou-o com delicadeza.

"Eu gostaria de ti mesmo que fosses um anão. Mesmo que não tivesses nenhuma perna. Gosto dos homens de óculos, são mais delicados. Gosto de homens assim como tu."

"Assim como?", ele perguntou.

"Tu me tratas com decência. És diferente de teus amigos."

"Eu não tenho amigos", ele disse.

"Sim, tu és um atormentado e eu acho que sei o que te atormenta."

"O que é?"

"Há coisas que os homens desconhecem mas são segredos que fazem a felicidade. Queres que eu te diga ou que te mostre?"

"Quero que me fales e que me mostres", ele disse.

Gregório de Matos tinha um rosto frágil e triste que despertava compaixão. Ela o deixou meter-se na guedelha de pelos que tinha entre as pernas.

*

Bernardina Ravasco estava sentada, sob seu pequeno chapéu de fitas, embuçada, ao lado dos baús. Com uma das mãos segurava um cálice de licor, com a outra uma fatia de bolo.

Maria Berco fazia os últimos preparativos para a viagem de sua ama. Andava de um lado a outro abrindo e fechando arcas, colocando objetos e roupas que seriam necessários no engenho. Andava sem fazer barulho, os pés enfiados nos sapatos novos de cordovão.

"E este?", disse mostrando um espartilho. "Não seria bom levar?"

"Por que usaria espartilho no engenho? Há apenas bois e labregos para se conversar."

Maria Berco pegou um chapéu de abas largas. "Este é melhor, cuidemos para que o sol não vos queime a pele."

Bernardina Ravasco trocou o chapéu meio a contragosto. "Estou ansiosa quanto a meu companheiro de viagem. É o poeta Gregório de Matos. Sei bem que é desembargador, vai tomar ordens sacras, mas tem uma fama..."

"Que fama, senhora?"

"Começarei pelo princípio: loquaz, sedutor, um letrado que agora está ajoelhado diante da Virgem Maria e em seguida afundado no colo das meretrizes. Graduado na universidade da luxúria, que é braba universidade. Tudo com tal publicidade..."

"Sois descomprometida, senhora. Que mal haveria em uma paixão?"

"É. Que mal haveria? E garboso como um cavalo. Se não tivesse escrito tantos desaforos, tantos desalinhos... Já ouviste alguma de suas sátiras?"

"Não, senhora, nenhuma. De que falam?"

"Noites de desvelo, desvario; sem recatos conta quantas vezes deitou-se e com quem. Com desenfado queixa-se dos viciosos moradores, esquecendo os virtuosos. É um extravagante."

Maria Berco ficou imaginando se seria belo, se teria bigodes fartos ou mãos brancas. Desengonçado? Corpulento? Delgado?

"Pensa que o mundo está errado e querendo emendá-lo torna-o mais vicioso."

*

Quando a aldraba soou, Maria Berco correu a atender. Com o chapéu na mão, estava um homem alto e esguio, pálido, com ar sonhador. O coração de Maria Berco acelerou-se.

"Dona Bernardina?", ele disse.

"Um momento, senhor..."

"Gregório de Matos e Guerra."

"Senhor Gregório de Matos e Guerra."

Maria Berco correu para dentro e anunciou a chegada do acompanhante de sua ama.

"O que estás esperando? Manda-o entrar e serve-nos logo um cálice de licor."

Maria Berco o fez entrar. Sentiu que ele a acompanhava com os olhos, interessado. Foi à adega e escolheu a garrafa do melhor licor. Quando voltou à sala, o visitante e dona Bernardina conversavam, um pouco constrangidos, sentados um de frente para o outro. Verteu licor em dois cálices e numa bandeja levou-os até o visitante.

"A senhora primeiro, por favor", ele disse indicando o cálice a Bernardina Ravasco.

"À nossa saúde."

"À nossa viagem."

Para a fama que tinha era muito cortês. Maria Berco postou-se a um canto da sala e ficou observando-o.

"Traze biscoitos do vale do Zebro", disse Bernardina Ravasco.

"Não é preciso, senhora", ele disse.

"Comei alguma coisa, a viagem dura horas."

Maria Berco tornou a desaparecer e voltou com biscoitos.

"Notícias de meu pai, doutor Gregório?"

"Não se pode visitá-lo na enxovia, senhora."

"Na enxovia? Meu pai na enxovia? Mas se foi para a quinta dos padres... Valha-me Deus! Que me dizeis?"

"Senhora, perdoai-me, pensei que soubésseis."

"Senhor", disse Maria Berco, "a dama é muito sensível, não pode ouvir notícias ruins dessa maneira." Pôs a mão sobre o peito indicando o mal de sua ama.

"Meu pobre pai", disse Bernardina Ravasco, com voz plangente. Lívida, tirou o lenço da manga e secou uma lágrima fina que brotara. "Senhor, não irei para o engenho."

"Mas é o desejo de vosso pai", disse Matos.

"Não posso ir. Ficaria por demais ansiosa sem saber notícias."

"Não vos incomodo se insistir?"

"De nada adiantaria, senhor", disse Maria Berco. "A dama é muito sobrada de seus desejos."

"Espero que não me deixeis sem notícias, doutor Gregório."

Para acalmar a dama, Gregório de Matos garantiu que aquilo tudo logo passaria, dali a alguns dias estariam rindo do ocorrido. Padre Vieira estava tomando providências, Gonçalo partiria para relatar ao príncipe as desgraças do governo. Tudo acabaria numa semana ou menos.

Falou depois sobre Gongora y Argote, declamando poesias em castelhano. Seus olhos pousavam ora em Bernardina Ravasco ora em Maria Berco. As duas ouviam, embevecidas. As palavras soavam com clareza, cheias de emoção. Sem saber por quê, Maria Berco sentiu-se corada. Estava dominada por um estranho sentimento, como se o homem à sua frente fosse, de uma maneira misteriosa, perfeitamente confiável.

*

Quando Gregório de Matos partiu, Maria Berco ficou um longo tempo parada à porta. O sol escondia-se dourado, no lugar por onde ele enveredara. Maria Berco aconchegou-se ao casaco.

Preparou a cama de Bernardina Ravasco e, após certificar-se de que ela estava dormindo, trancou a porta do solar dos Ravasco e foi para casa.

Beijou carinhosamente o marido na testa, verificou a ceia que a escrava, comprada no dia anterior, preparara e foi sentar-se em sua cama. Estava cheia de um agradável sentimento de ternura e — relutou em pensar — amor pelo poeta que acabara de conhecer.

Também Gregório de Matos não conseguiu tirá-la do pensamento. Estava acontecendo mais uma vez com ele. Ah, por que desperdiçava tantas horas em devaneios? Por que seu coração era tão frágil e fácil de penetrar? E por que seria seu coração ligado tão diretamente ao que levava entre as pernas?

8

O *ludi magister* saiu do colégio. O prédio estava silencioso e fechado, já haviam terminado as aulas, que duravam cinco horas diárias divididas em duas partes iguais, metade pela manhã, metade à tarde. Somente na casa da livraria dos jesuítas havia luz, onde alguns *alphabetarii* preparavam suas aulas e corrigiam provas do curso elementar ou de humanidades.

Dois padres saíram encapuzados do edifício de pedra. Atravessaram o terreiro observados pelos sentinelas do governador, que se curvaram recebendo suas bênçãos.

Os padres se afastaram apressados em direção a um beco. Ao chegarem às ruas da parte baixa da cidade entreolharam-se e suspiraram aliviados.

*

Era um anoitecer de calor forte. Gregório de Matos estava à janela, ao lado de um altarzinho com dossel. O sol ainda lançava uma leve luz arroxeada sobre os contornos da cidade. Os vultos escuros das alimárias com suas cargas trafegavam para um lado e outro. Gregório de Matos viu os dois padres entrarem no alcouce. Esperava-os. Eram Gonçalo Ravasco e Donato Serotino. Logo a porta do quarto abriu-se e os homens entraram.

Gregório de Matos relatou ao filho do secretário sua visita a Bernardina Ravasco, a recusa da senhora em viajar para o engenho.

"Ela precisa ir", disse Gonçalo Ravasco. "A situação aqui vai ficar cada vez mais sem remédio."

Contou ao poeta a tentativa frustrada de Donato contra o governador, a tensão dentro do colégio, sua saída dissimulada. Mas arriscava-se a vir até ali para falar de um assunto que considerava extremamente grave.

"Ele encontrou os escritos de meu pai e se apoderou deles", disse Gonçalo Ravasco.

"Mas o que há de mal nisso? Escritos vão e vêm. São feitos para o vento e o fogo", disse Gregório de Matos.

Gonçalo Ravasco suspirou. "Meu pai ficaria doente se soubesse da perda dos escritos. Pobre homem, há anos colige, pergunta, recopila, escreve, lê, discute, sonha com os escritos. Relê trechos para os amigos, coleta opiniões, modifica. Para ele nada mais valem suas comendas e honrarias, seus bens, as mulheres, seus filhos. Perder os escritos seria pior do que a enxovia onde se encontra. Quer que sejam publicados em Portugal ou Holanda. Isso mesmo, poeta. Eu próprio desejo desembaraçar meu pai dessa tristeza, mas ele e meu tio não permitiriam que me aventurasse pelo paço adentro. Portanto, que tudo seja feito em segredo. Estivemos rondando disfarçados de padres, é claro; há guardas à porta e à volta, que não deixam ninguém entrar sem se identificar."

"Há uma maneira", disse Donato.

"Qual?"

Donato contou que haveria, no dia seguinte, uma reunião de desembargadores no paço. Foram convidados os ministros do Tribunal e da Relação Eclesiástica. Não seria difícil, apenas arriscado, que Gonçalo Ravasco comparecesse à reunião na comitiva da Relação Eclesiástica. Seria preciso que o poeta conseguisse, na Relação, credenciais para Gonçalo Ravasco.

"Se é apenas isso que me pedem", disse Gregório de Matos, "tentarei conseguir os papéis. Espero que a coragem não te falte, pois é obra que tem tantas circunstâncias de risco como já representamos."

"Não faltará", disse Gonçalo Ravasco. "Aquele madraço é fraco pelas mãos e valentão pelo vulto. Por que não vens conosco para Portugal, poeta?"

"Suportar os mares como clandestino é para vós, jovens heróis. Não para mim que estou um saco de ossos."

"Há que tomar muito cuidado, poeta. Tenho medo do Braço de Prata", disse Gonçalo Ravasco. "Nem Donato Serotino, nosso maior espadachim, um dos melhores da Europa, conseguiu pegá-lo. Não sei se teria tido a coragem de Donato."

"Tu nunca vacilaste, Gonçalo", disse Donato Serotino.

"É claro que vacilei. Vacilei muitas vezes, mesmo tendo sido preparado para a controvérsia, a privação, a adversidade. Apesar de ser um Ravasco, fui menino de rua. Andava com um punhal no cós, ameaçava quem quisesse me meter a potrilha. Sabes muito bem como era no colégio."

"Pois eu, de minha parte", disse Gregório de Matos, "fui aprimorado apenas em disputas verbais. Sentia-me um idiota, fraco e delicado, já precisava de meus óculos mas, com a graça de Deus, meu traseiro era seco e murcho, repugnante. Passava o dia inteiro como um ouriço, que, quando tocado, se arma; eu só pensava nas negras. Assim começou minha fama. E a tua, Gonçalo?"

"Um dia tive de brigar com um bando de estudantes. Estavam armados e acabei derrubando todos eles no chão, nem sei bem como. Também andei em torneios de espada. Mas apenas por divertimento. Meu pai diz que força é estruturar raciocínios, disputar ideias, criar controvérsias. Meu tio diz que a verdadeira luta está nas técnicas de memorização baseadas nos métodos de Quintiliano e Cícero. Que vencer é tornar-se convincente nas conversações, saber como levar um assunto adiante."

"Ovídio escreveu também sobre a pulga, Lucano sobre o mosquito e Homero sobre as rãs. Porém escreveram matérias de mais peso do que eu, que canto coisa mais delgada, mais chata, mais sutil, mais esmagada. Mas o que importa agora é salvarmos nossa pele e nossa honra. Quer dizer que pretendes mesmo procurar o príncipe?"

"Sim", disse Gonçalo Ravasco, sem hesitar. "Farei o que for preciso para tirar meu pai da enxovia e meu tio da desgraça."

"Te digo, amigo", recitou Gregório de Matos, "teu pai, nos anos climatéricos glorioso, seu nome será tão dilatado que subirá onde o decrépito invejoso o veja nas estrelas colocado."

*

O Mata atravessou o pátio dos fundos do palácio do governo pisando em esterco de animais. Cavalariços e cocheiros vagueavam por ali, enquanto cavalos atrelados permaneciam diante dos carros aguardando a partida. Outros cavalos tinham sido soltos e pastavam.

Algumas criadas fumavam sentadas na escadaria, outras conversavam com escravos ou sentinelas. Apenas os empregados da cozinha trabalhavam a pleno. Da chaminé saía uma fumaça escura. O odor de carne assada, azeite, pimenta, vinha em lufadas.

O Mata entrou no palácio e foi até a sala de Antonio de Souza, passando por uma entrada usada apenas pelo governador e alguns criados de confiança. Bateu delicadamente e esperou resposta. Depois de algum tempo, o mordomo abriu a porta e fez sinal para que o Mata entrasse e aguardasse.

Mata relanceou os olhos nos papéis que trazia sob uma capa de couro. Não teria coragem de mostrá-los a Antonio de Souza. Mentiria, diria que não encontrara nada. Mas o governador ficaria furioso e quando isso acontecia, ah, ele nem queria pensar. Com o coração acelerado ouviu os passos do governador se aproximando.

"E então, Mata?"

Mata olhou-o, temeroso.

"Entremos aqui", disse Antonio de Souza. "Quero ficar a sós contigo. Que ninguém nos incomode."

Mata correu a dar as ordens ao mordomo. Voltou e permaneceu em pé ao lado de Antonio de Souza, que o olhava com certa ansiedade.

"Conseguiste o que te pedi?", disse o governador.

"Eh. Não, senhor, quer dizer, sim, senhor."

"Muito bem. Então... senta-te. Senta-te aí e lê para mim."

"Bem... eh... não creio que deva, senhor governador."

"E por que não?"

"É muito peçonhento para os ouvidos de vossa mercê. Coisas muito baixas, feias, vossenhor compreende?"

Antonio de Souza sentou-se, apoiando as botas na cadeira em frente. Seu olhar dirigiu-se ao Mata, que tremia.

"Podes ler, Mata. Estou esperando."

Mata retirou com vagar os papéis em desordem e colocou-os sobre a mesa. Tentou organizá-los colocando uns atrás, outros na frente. As folhas caíam e ele as recolhia do chão. Após alguns instantes percebeu que não podia mais ficar protelando. Tinha de fazê-lo. "Meu Deus", pensou, "a fúria dele vai cair sobre mim. Levarei a culpa por todas as palavras que o tal Gregório de Matos disse em suas sátiras contra o governador."

Reinava no palácio um silêncio que parecia vir da rua. O Mata pegou a primeira das folhas, respirou fundo e começou a leitura: "'Oh, não te espantes não, dom Antonio, que se atreva a Bahia com oprimida voz, com plectro esguio, cantar ao mundo teu rico feitio, que já é velho em poetas elegantes'", e aqui o Mata deu de ombros quase desculpando-se, "'o cair em torpezas semelhantes'". Olhou para o governador. "Ao menos o poeta reconhece suas torpezas."

Enquanto Mata prosseguia na leitura da sátira, Antonio de Souza pôs-se a andar de um lado para outro meneando a cabeça.

"O bigode fanado feito ao ferro está ali num desterro, e cada pelo em solidão tão rara, que parece ermitão da sua cara: da cabeleira, pois, afirmam cegos, que a mandaste comprar no arco dos Pregos. Olhos... olhos..."

"Por que paraste, Mata? Anda, prossegue."

"Olhos... olhos ca — cagões que cagam sempre à porta, mas tem esta alma torta, principalmente vendo-lhe as vidraças no grosseiro caixilho das couraças: cangalhas que formaram, luminosas, sobre arcos de pipa duas ventosas. De muito cego, e não de malquerer a ninguém podes ver; tão cego és que não vês teu prejuízo, sendo cousa que se olha com juízo: tu és mais cego que eu que te sussurro, que, em te olhando, não vejo mais que um burro. Agora fala sobre o nariz, senhor governador. Devo continuar?"

"Sim."

Mata raspou a garganta, sua voz estava quase um fio. "Chato o nariz de cocras sempre posto: te cobre todo o rosto, de gatinhas buscando algum jazigo adonde o desconheçam por embigo; até que se esconde onde mal o vejo por fugir do... do fedor do teu bocejo."

A sátira falava ainda na boca de Antonio de Souza, nas pernas e pés, no casaco, no odre, na bengala que sempre levava sob a axila; sugeria roubo, tirania, corrupção. Outras sátiras diziam coisas semelhantes. Antonio de Souza quis ouvi-las, todas, pacientemente. A cada instante o Mata esperava uma explosão do governador. No final Antonio de Souza surpreendeu-o pois, calmamente, guardou os escritos num cofre e mandou-o retirar-se.

Quando ia fechando a porta, Mata ouviu o governador chamá-lo.

"Sim, senhor governador."

"As sátiras são inteligentes. Se não fossem contra mim até mesmo teriam me divertido. Muito me serviria se ele voltasse sua mordacidade contra as pessoas certas."

*

Na manhã seguinte a cidade ainda estava agitada. Comentava-se que o novo alcaide seria Antonio de Teles de Menezes, irmão de Francisco de Teles de Menezes, o alcaide morto.

Gregório de Matos disse a Anica de Melo que iria sair.

"Estás saindo muito. Não é perigoso?", ela disse.

Sim, mas era preciso, tinha de conseguir uns papéis. E ele não queria ficar preso em um quarto sem saber o que ocorria. Na verdade, ele não ficara fechado no quarto. Vagara pelas ruas no dia anterior e à noite recebera a visita de Gonçalo Ravasco e Donato Serotino. Por enquanto sua vida ainda não estava tão terrível como imaginara. Mas sabia que aquilo não iria durar muito.

Anica de Melo estava feliz. Acordava sorrindo, andava cantarolando, cheia de paciência e bom humor. Gostava de ficar conversando e fornicando longas horas com seu hóspede.

Ele lia para ela trechos de livros, curiosidades. Declamava, como um ator de comédia, poemas que a faziam chorar com torrentes grossas de lágrimas. Mostrava-lhe gravuras de Portugal e ela apontava alegremente os lugares onde lembrava ter estado quando criança.

Gregório de Matos parecia ter esquecido o encontro com Maria Berco, ter apagado a impressão que a moça lhe causara.

*

O governador Antonio de Souza contou ao arcebispo João da Madre de Deus um sonho que tivera. Quase sempre sonhava com Vieira. Ele pensava no velho jesuíta com mais frequência do que podia admitir para si mesmo. Sonhara que se encontrava com Vieira ao lado do guindaste. Vieira estava mais velho ainda do que quando Souza o vira pela última vez, as mãos trêmulas, uma cor adoentada e o corpo frágil. Os dois duelavam. Antonio de Souza o derrotava. Via o corpo alquebrado do padre estendido, inerte, e tentava enfiar-lhe a espada no coração. Não via suas próprias mãos. Antonio de Souza dizia: "Por que não consigo matar-te? Acaso roubaste minhas mãos?".

Eram assim seus sonhos. Algo que não conseguia fazer. A culpa sempre ficava com Antonio Vieira.

João da Madre de Deus preocupava-se com os sentimentos do governador. "Seria proveitoso esquecer, dom Antonio. Viver assim tão cheio de ódio não lhe deve fazer bem."

"Estive pensando", disse Antonio de Souza. "Dom João III acreditava-se perseguido pelo espírito do duque de Bragança, a quem mandara executar em Évora. O duque dom Jaime escutava os lamentos da alma de sua esposa, dona Leonor de Gusmão, que ele assassinara por suspeitas de adultério."

"Mas vossenhor não fez nada contra padre Vieira", disse o arcebispo.

"Mas vou fazer. É como se visse padre Vieira. Ele aparece com seus cabelos brancos e desgrenhados e ri de mim. Eu o odeio."

João da Madre de Deus mirou-o com seu olho azul apagado. Usava um chapéu como cebola cortada. Tinha um buço áspero sobre o lábio superior, onde gostava de passar a ponta do dedo.

"É muito estranho", disse o arcebispo, "vossenhor vê o espectro do padre. Mas ele está vivo! Fantasmas são de gente morta."

"Ele já começou seu suplício", disse Antonio de Souza. "Um sábio num reino de estúpidos que parece falar chinês onde todos falam latim. Eis o seu castigo."

*

As mulheres na casa de alcouce faziam uma enorme algazarra. Riam, falavam sobre vestidos, receitas, bonecas de pano. Muitas delas não passavam de crianças.

"Calai-vos", disse Anica de Melo. "O poeta está conversando com as mesmas visitas de ontem, os dois padres, e não quer barulho."

As mulheres passaram a rumorejar como passarinhos.

Encostado à janela, Gregório de Matos observava uma negra que passava seminua, descendo a ladeira com um altivo movimento dos quadris. Um padre a acompanhava.

"Lá vai o frade fodinchão", disse Gregório de Matos. "Frade descalço pregando de meia. São uns velhacos. Recebem putinhas franciscanas nos conventos, saem à noite em diligências sedutoras, às vezes disfarçados, transformam igrejas em alcovas. Na manhã seguinte acompanham a procissão com hipocrisia, açoitando-se diante de todos, ainda com os odores da ardente noite anterior: *vinum et vulvae*. E vêm com lérias nos sermões a recomendar cilícios. Os valores da alma estão enterrados. Catervas de asnos, corjas de bestas, mofina e mísera cidade."

"Quanto a mim", disse Gonçalo Ravasco, "o que me preocupa agora é outro assunto. Conseguiste o que te pedi?"

"Sim." Gregório de Matos entregou a Gonçalo Ravasco as credenciais para entrar no palácio. "Uma vez dentro do palácio, será preciso penetrar na sala de despacho. Estive olhando."

"A questão é como sair", disse Donato Serotino.

"Bom, vejamos como isso pode ser feito", disse Gregório de Matos. Pegou uma pena, molhou-a no tinteiro e desenhou um quadrado sobre um papel. "Este aqui é o palácio do governo. Aqui fica a sala do governador. Conheces bem, não, Gonçalo? Afinal, teu pai trabalhava a algumas portas dali."

Durante algum tempo os três discutiram a melhor maneira de entrar na sala do governador, revistar sua mesa, encontrar os escritos, apanhá-los e sair do palácio. Afinal um plano foi traçado.

"Padre Vieira está temeroso de uma invasão no colégio. O que achas, Gregório?", perguntou Gonçalo Ravasco.

"Não acho provável, mas acho possível. Com a invasão, os desmerecimentos junto à Igreja talvez sejam menores que os frutos. No lugar do Braço de Prata eu invadiria. O arcebispo não me parece muito ativo", disse Gregório de Matos.

"Como está tua situação na Relação Eclesiástica?", perguntou Gonçalo Ravasco.

Gregório de Matos apertou os lábios e balançou a cabeça negativamente. "Não acredito que esteja muito bem. Mas logo saberemos. Se João da Madre seguir a tradição, ficará contra o Braço de Prata. Nos últimos cem anos todos os bispos pelejaram contra os governadores. Sardinha contra Duarte da Costa, Constantino Barradas contra Diogo Botelho. Diogo Botelho era aquele odre esfuracado que usava para fins militares o dinheiro destinado a órfãos e viúvas, e por sua vez acusava o regatão de piaçavas, que era o bispo, de santo unhate. Intransigências, hostilidades, excomunhões, interdições, imposições sempre aconteceram entre nossos homens da Igreja e da Coroa. No fundo o problema eram os salários eclesiásticos. Os dízimos eram coletados pelo rei para manter as instituições fiscal, militar, religiosa e judicial. Os ministros da Fazenda controlavam o dinheiro. Os funcionários reais, inclusive desembargadores, garantiam seus salários antes dos da Igreja. Mas tudo isso na colônia é apenas um capítulo a mais na luta entre Igreja e Estado. E essa luta nos favorece, acho que João da Madre de Deus não vai ter coragem de me afastar da Relação Eclesiástica para atrair contra si a inimizade dos Ravasco. Isso é lógico."

"Não acredito mais em nada que seja lógico", disse Gonçalo Ravasco.

"Pouco me importa ficar na Sé. Aquele lugar é um presépio de bestas, se não for estrebaria. Mas se me mandarem embora a culpa é tua e do Tomás Pinto Brandão e desses maganos da minha quadrilha. Se não tivesses ido lá tantas vezes para falar mal de Quevedo e de Gongora y Argote eu não teria acumulado tanto papel sobre minha mesa."

"Sabes que não gosto desses poetas", disse Gonçalo Ravasco. "Fazem o que Lope de Vega diz que é o pior de todos os estilos, escrevem poemas tão equivocados como uma mulher que se enfeita e havendo de pôr a tintura nas faces, lugar tão próprio, mete-a no nariz e nas orelhas."

"Bah, dom Luiz de Gongora, não mais nem menos que Lope de Vega, é popular em seus romances e *letrillas* e apenas suas canções e sonetos eram *rigurosamente vedados al vulgo.*"

"Mas que jogo de fidalguia, falar espanhol por aqui onde nem mesmo sabem dizer uma cartinha de tocar para a freira."

"Sabes muito bem que o espanhol é também a nossa língua, como o português."

"Português? És um poeta brasileiro e aqui tudo é diferente."

Sem dúvida o fato de ser um poeta brasileiro fazia com que Gregório de Matos se sentisse um idiota. Vivia afastado da metrópole e perdia-se em divagações bastante confusas sobre si mesmo. Achava que nada mais tinha a perder depois que voltara para sua terra, viúvo e solitário. Rimar Jesus com cus, Deus com ateus, igreja com inveja, jesuíta com alcovita, juiz com infeliz, poeta com pateta, santo Antonio com demônio, letra com punheta ou história com chicória, tanto fazia. Tinha os mesmos sentimentos para escrever sobre a mulata, o amor, o muleiro, o papagaio, o governador, el rei ou Deus. E era perseguido pelas mulheres com uma assiduidade indecorosa que fazia Gonçalo Ravasco até empalidecer.

"Não é, meu amigo?", disse o poeta. "Elas andam cheias de tesura. É o tempo quente."

"Pague a albarda o que comete o burrinho."

Voltaram a ouvir as vozes das mulheres da casa de alcouce.

"Estive pensando em fazer um concurso de conas", disse Gregório de Matos. "Meretrizes, senhoras casadas, donzelas arrependidas, mulheres nervosas, solitárias, ingênuas, desesperadas, interesseiras, mulheres casadas com cornos, insatisfeitas, todas podem participar. Depois escolheremos a de vaso mais ardido. A melhor na fornicação. Examinarei todas as putanas *ab initio*, rascoas, cadelas, cós, ancas, chumbergas, ah, ainda vou escrever sobre isso. É o único mote merecedor de uma poesia. Ode à urina, soneto aos besbelhos, poema às cricas, romance às gretas, elegia à culambrina."

"Ora, tu não estás falando sério!", disse Gonçalo Ravasco.

"Não? Então lê isto." Gregório de Matos tirou um papel do bolso.

Gonçalo Ravasco leu.

"Meu Deus", disse depois Gonçalo Ravasco, "foi para *isto* que estudaste tanto?"

"Foi. Estudei a fim de ir direto para o inferno", disse Gregório de Matos. "Ah, esqueci-me de que tu achas que inferno não existe. Isso te leva, no final de tudo, ao mesmo lugar que a mim."

"Não existe inferno *depois* da vida", disse Gonçalo Ravasco.

9

A invasão do colégio começou com a chegada da companhia de ordenanças. Antonio de Souza dividiu os homens em dois grupos. Um entraria, o outro ficaria cercando o colégio para evitar fugas. Assim ninguém poderia escapar a não ser pelo abismo, morte quase certa. Eles se movimentavam ruidosamente, tilintando, retinindo, armas apontadas.

Os circunstantes que passavam na rua se juntaram. Rostos surgiram nas janelas do prédio do colégio, alguns de padres, mas a maior parte de estudantes adolescentes e crianças, brancos ou índios.

Antonio de Souza parou diante da porta do colégio. Levantou a mão esquerda e as companhias estacaram.

"Padre Vieira!", gritou o governador.

Ouviu-se o murmúrio da chusma.

Antonio de Souza chamou novamente pelo jesuíta. Depois de alguns instantes a porta do colégio entreabriu-se e da fresta surgiu um padre velho, de cabelos desgrenhados. Fez-se um grande silêncio. O padre tinha um ar tranquilo. Informou que Vieira não estava. Antonio de Souza olhou o pequeno padre, que falava com uma voz quase inaudível. Disse que procurava alguns homens envolvidos no crime e queria vascular o colégio. Que gostaria de entrar por bem. O padre afirmou não haver ninguém ali que pudesse estar envolvido em algum crime. Antonio de Souza disse, então, que queria verificar com seus próprios olhos.

"Não posso permitir, senhor governador", disse o padre. "Este é um lugar sagrado por Deus e pelo papa."

Antonio de Souza desmontou de seu cavalo e seguiu com passos firmes em direção ao padre. Houve um lampejo de medo no rosto do jesuíta, que logo se dissipou. Antonio de Souza afastou o jesuíta de seu caminho e entrou. Atrás do governador entraram os soldados.

Ouviram-se tiros e do lado de fora soaram os gritos de mães preocupadas com seus filhos estudantes. Ajoelhadas, algumas puxavam os próprios cabelos. Pais desesperados rasgavam as roupas, aos gritos, esbofeteando a si mesmos no rosto. Um piquete de soldados não deixava ninguém aproximar-se do colégio.

Alguns instantes depois os soldados começaram a sair com prisioneiros. Levaram Antonio de Brito, João de Couros, Francisco Dias do Amaral, Barros de França, Antonio Rolim, alguns jesuítas e estudantes. Também foram presos os capitães de presídio Diogo de Souza, o Torto, e José Sanches Del Poços.

Gonçalo Ravasco escapou. No momento da invasão estava a tramar com Gregório de Matos. Uma das moças do alcouce entrara correndo com a notícia da invasão do colégio e Gregório de Matos e Gonçalo Ravasco foram assistir ao movimento das tropas do meio da multidão. Viram, com um sentimento amargo, a prisão de seus amigos.

*

O portão do palácio do governo estava aberto. A guarnição desfilava e exercitava-se na grande praça diante da casa do governador, com seus uniformes de linho castanho, assistida por basbaques. Gente entrava e saía do palácio, liteiras e seges paravam e partiam. Às cinco da tarde começaram a chegar os desembargadores, vestidos com suas becas.

Sob a roupeta negra de desembargador eclesiástico, Gonçalo Ravasco dirigiu-se à porta principal e entrou, encoberto pelo capuz, junto à comitiva que acompanhava o arcebispo.

Dentro do palácio, Gonçalo Ravasco acompanhou o grupo até um grande salão onde os convidados se reuniam, bebendo em taças servidas por escravos. Alguns dos desembargadores rodearam o prelado. Outros se espalharam pelo salão. Riam, conversavam, uns falando alto, outros sussurrando aos ouvidos de seus vizinhos. Gonçalo Ravasco caminhou entre eles, atento às conversas. Reconheceu alguns desembargadores. Dom Francisco de Pugas e Antas com sua cruz de cavaleiro da Ordem de Cristo ao pescoço; Sottomayor; Sepúlveda, filho do inspetor de mercado; o Banha, que fora corregedor; os sinistros Palma e Gois. O que estariam fazendo ali? Uma reunião para discutir o quê?, pensou Gonçalo Ravasco. Aproximou-se sorrateiramente de um grupo.

A conversa girava em torno do crime do alcaide, do nível de vida e salários dos magistrados, de detalhes das *Ordenações filipinas*, de decisões chegadas da Coroa e outros assuntos de teor semelhante. Gonçalo Ravasco mantinha-se cabisbaixo para não ser percebido. Mas não poderia ficar ali muito tempo pois havia o risco de ser reconhecido e preso.

Viu uma porta entreaberta. Passou os olhos pela sala, ninguém estava olhando para ele. Transpôs furtivamente a porta para outro cômodo, na obscuridade, um salão enorme em que havia apenas uma mesa e dois grandes quadros na parede. Aproximou-se. Eram os retratos de João IV e Luiza Francisca de Gusmão. O rei tinha um rosto retangular indeciso e malogrado. No entanto, demonstrara notável habilidade política em seu reinado. Gonçalo Ravasco olhou o rosto voluntarioso da rainha, a pele, o nariz, as luvas pretas. Achou estranho que os reis já mortos estivessem ali e não houvesse nenhum retrato de Pedro, o Pacífico, o regente que se casara com a cunhada enquanto o irmão mentecapto apodrecia nas celas úmidas e obscuras da vila de Angra, no paço de Sintra, notícias que chegavam por meio do *Mercúrio Português*.

Gonçalo Ravasco ouviu vozes se aproximando. Havia uma porta num canto, coberta por um reposteiro. O jovem entrou rapidamente para esconder-se. Era um aposento pequeno e sem janelas, com um banco e uma cadeira. Numa mesa detrás de um biombo estavam um bispote limpo, uma grande bacia, uma jarra, toalhas e roupas dobradas. O aposento recendia a um leve odor de flores e urina. Gonçalo Ravasco escondeu-se atrás do biombo e esperou.

As vozes misturadas vinham do salão dos retratos, cujas luzes tinham sido acesas. Homens discutiam acaloradamente, mas não se podia entender o que diziam, apenas algumas palavras esparsas. Ali estava ocorrendo a reunião dos desembargadores. Algum tempo depois as pessoas se retiraram do salão de retratos, mas continuava o rumor da festa, bater de taças, portas, risos, tudo distante e misturado, na sala contígua. Pouco a pouco os ruídos foram desaparecendo, até que tudo ficou em silêncio.

Gonçalo Ravasco esperou. Ouviu então passos na sala ao lado. Era um homem só. Um homem pesado. As luzes se acenderam novamente. Passos de outro homem.

"Mata?", disse alguém. Gonçalo Ravasco reconheceu a voz de Antonio de Souza.

"Sim, senhor governador", disse o Mata. Tinha uma voz aguda e trêmula.

"Me ajuda aqui."

Soou um ruído de metal.

"O que achaste, Mata?"

"Achei que tudo correu muito bem, senhor governador. Os desembargadores ficaram preocupados com o que vossenhoria disse."

"São uns idiotas. Estão todos brasileirados. Não sei se conseguirei o ingresso de alguns deles na Misericórdia. Se conseguir, ficarão me devendo mais essa mercê."

"Acho que vos apoiam."

"Não sei, Mata. Devemos lembrar-nos de que são homens letrados e treinados para pensar bastante antes de tomar partido. Mas a Relação tem uma reconhecida tendência venal. Essa quantidade enorme de papéis, deveres e poderes dos desembargadores criou muitas oportunidades e gerou hábitos que não poderíamos chamar de ilícitos, mas de imorais."

Os passos vieram na direção de Gonçalo Ravasco. A porta abriu-se. Uma luz fraca de candil clareou o ambiente. Os passos cessaram. O jovem tentou respirar sem fazer ruído. Ouviu suas pulsações, sentiu os pingos de suor brotarem nas têmporas. O governador Antonio de Souza de Menezes estava ali, sozinho, certamente de costas para Gonçalo Ravasco e desarmado, talvez até mesmo sem seu braço de metal, que lhe serviria de arma em qualquer ocasião. Era o momento que Gonçalo Ravasco tanto esperara. Encostou a mão na empunhadura fria da faca em sua cintura. O suor da testa escorria-lhe pelo rosto. Em alguns segundos poderia saltar em cima de Antonio de Souza e matá-lo.

Gonçalo Ravasco ouviu um ruído de líquido caindo no recipiente de metal. O governador estava urinando. Gonçalo Ravasco podia saltar sobre ele e cortar seu pênis. Perderia a coragem sem seu membro? Não perdera sem seu braço direito. Certamente tinha dificuldades para urinar, para comer, para escrever. Para fornicar. Como faria para equilibrar-se sobre uma mulher, num braço só?

Novos ruídos de passos, a porta se fechou. Gonçalo Ravasco ficou novamente no escuro. Depois ouviu mais passos, vozes, portas batendo, e então o silêncio ficou completo. Gonçalo Ravasco aguardou mais algum tempo escondido. Quando estava certo de que todos haviam ido embora, saiu de seu esconderijo e penetrou novamente na sala dos retratos. Sobre a mesa havia um cofre chapeado de ouro, trancado com duas fechaduras. O jovem arrombou-o com a faca, fazendo um ruído seco. Ouviu passos e retornou ao seu esconderijo. Os passos percorreram a sala; devia ser um sentinela, pensou Gonçalo Ravasco. Ou então o Mata. A porta do cômodo onde estava foi aberta, entrou uma luz tênue, o coração de Gonçalo Ravasco batia apressado, a mão firme na empunhadura da faca. Alguns instantes depois os passos se afastaram. A porta se fechou. Cuidadosamente Gonçalo Ravasco retornou ao cofre. Abriu-o. Os primeiros documentos, leu, eram cartas do governador, ainda sem assinatura, dirigidas a autoridades da Coroa relatando o crime, acusando Antonio Vieira de ser o mandante. Uma minuta de processo com o mesmo teor. Surpreendido, viu escritos de sátiras de Gregório de Matos ao Braço de Prata. Documentos de uma hasta pública.

No fundo do cofre, entre alguns papéis pessoais de Antonio de Souza, estavam os escritos de Bernardo Ravasco. Contente, Gonçalo Ravasco meteu-os dentro da camisa, fechando o cofre com cuidado.

Com o punhal na mão, esgueirou-se pelos corredores vazios do palácio, segundo o plano que traçara com Gregório de Matos, até chegar a uma porta nos fundos onde não havia guardas. Tirou a pesada tranca da porta. Atravessou um quarto com cama de dossel, vazia, abriu a janela e saiu. A rua estava deserta.

*

"Triste Bahia, oh quão dessemelhante estás, e estou, do nosso antigo estado", recitou Gregório de Matos. Foi até a janela. Sentiu um perfume de rosas. Bebeu mais uma caneca de vinho. O barrilote estava quase no fim. "Pobre te vejo a ti, tu a mi empenhado, rica te vejo eu já, tu a mi abundante." Na Barra, navios mercantes estavam atracados. Pondo os olhos na sua cidade, Gregório de Matos reconhecia que os mercadores eram o primeiro móvel da ruína, que ardia pelas mercadorias inúteis e enganosas. "A ti tocou-te a máquina mercante que em tua larga barra tem entrado; a mim foi-me trocando e tem trocado tanto negócio, e tanto negociante." Ficou à janela, em silêncio.

"Vais mesmo para Praia Grande?", perguntou Anica de Melo.

"Acho que não. Ficar em Praia Grande, refugiado, não vou aguentar aquela solidão. Prefiro a ilha de Itaparica, alvas areias, alegres praias, frescas, deleitosas, ricos polvos, lagostas deliciosas, farta de putas, rica de baleias."

"Em Itaparica te encontram logo. Achava bom ires para Praia Grande, ou qualquer lugar bem longe. Aqui corres perigo com este movimento de soldados. Estão prendendo todos os homens capazes de segurar uma alabarda. Fazem tormentos e depois os soltam na rua, alguns mancos, outros cegos, ou impotentes para o resto da vida."

"Não quero ficar lá. Agora vou com Gonçalo falar ao arcebispo. Ele pode nos ajudar. Afinal, o colégio foi invadido e continua cercado, um atrevimento. Queremos que a notícia da invasão do colégio chegue corretamente às autoridades eclesiásticas da Europa, assim o Braço de Prata cairá, certamente, em desgraça. Mas não é apenas contra o governador que temos de informar. É sobre a situação da colônia."

"E o que vais falar sobre a colônia?"

"Que de dois efes se compõe esta cidade, a meu ver: um furtar, outro foder."

"Não terias coragem."

"Queres ir comigo à festa?"

"Não posso. Em dia de festa aqui há muito trabalho. Volta logo. Mostro que o não padeço, e sei, que o sinto", ela disse.

Gregório de Matos beijou-a no rosto.

"Tu és meu?"

"Sou."

"Todo meu?"

"Todo teu."

"Para sempre?"

"Para sempre. Que a amo, estimo, quero, adoro."

Ela sorriu.

*

Era pelo alto serão, fazia um luar tremendo. Gregório de Matos chegou à rua Debaixo, com formosas casas e vistas dilatadíssimas para o mar, portos e saídas aprazíveis. O fogo crepitava lançando uma luz vermelha nos corpos das negras que dançavam, os quadris mexendo-se em meneios acentuados, as saias girando. Algumas se moviam de maneira quase convulsiva, atadas pela virilha. Os tambores soavam. Meninos soltavam foguetes e busca-pés.

"Que bem bailam as mulatas, que bem bailam o paturi", murmurou o poeta. Algumas pessoas vieram saudá-lo tirando o chapéu, pedindo sátiras.

Gonçalo Ravasco estava sentado num degrau e Gregório de Matos sentou-se a seu lado.

"Vê que belas negras, Gonçalo!"

"Satiriza, poeta."

"Catona, Ginga, e Babu, com outra pretinha mais entraram nestes palhais não mais que a bolir co cu: em vendo-as, disse, Jesu, que bem jogam as cambetas! mas se tão lindas violetas costuma Angola brotar, eu hoje hei de arrebentar se não durmo as quatro pretas."

Gonçalo Ravasco estendeu uma caneca para o poeta.

"Bem que estou precisando", disse Gregório de Matos.

Ali se bebia uma mistura de aguardente e melado que fazia a cabeça girar em segundos. A música era atordoante.

Gregório de Matos pegou a caneca e bebeu o conteúdo. Passou as costas da mão na boca. "Hah, parece fogo. Quente e doce como uma rameira", disse. Encostou a boca no ouvido de Gonçalo Ravasco. "Conseguiste os escritos?"

"Estão aqui", disse Gonçalo Ravasco entreabrindo o casaco. "Li os autos que preparam contra padre Vieira. Li também uma carta que o Braço de Prata escreveu ao príncipe incriminando meu tio e falando da junta na cela do Torto. E outras cartas acusadoras. O homem sabe muita coisa. Não demora, descobrirá quem foram os encapuzados que mataram o alcaide. Aqui estão os escritos de meu pai. Fica com eles, é mais seguro. Procura o rabino da sinagoga de Matoim, no engenho à beira do rio, dom Samuel da Fonseca; é amigo de meu pai e pode publicar os escritos em Amsterdã, onde tem uma casa impressora. Sabes de uma coisa? O Braço de Prata guarda no cofre tuas sátiras contra ele."

"Verdade? Se as leu, estou em perigo."

"Será que ele sabe ler?"

Gregório de Matos deu uma gargalhada.

"Já estás bêbado?", perguntou Gonçalo Ravasco enchendo de novo sua caneca.

"Bêbado está santo Antonio", disse Gregório de Matos, olhos garços, nariz aguilenho. Ficaram um instante olhando o fogo.

"Estão todos presos, Gonçalo, o mocha prendeu todos os que estavam no colégio, apenas tu escapaste porque tens sorte. Os outros estão refugiados na enxovia dos baixos da Câmara, ou nos engenhos de parentes. Sanches Del Poços e Diogo de Souza foram afastados do comando das companhias e tiveram seus postos entregues a afilhados de Teles de Menezes. O novo alcaide foi nomeado: o irmão de Francisco, Antonio Teles. É um tranca-ruas como o irmão, tem bastante veneno no sangue."

Uma sege parou na rua Debaixo; dela saltaram uma jovem e um homem de bengala. Ele caminhava tateante. Ela usava um vestido escuro em sufilié. Enquanto andava, guiando o homem cego, a moça olhou rapidamente na direção deles. Gregório de Matos acompanhou esses movimentos com grande atenção. Percebendo o olhar interessado do amigo, Gonçalo Ravasco disse ao seu ouvido: "Conheces dona Maria Berco, a dama de companhia de minha irmã? Mofina mulher, que tão mal casou".

"Quem veria uma flor dessas que não cortara?"

Gregório de Matos suspirou. Ah muchacha gentil! Aqui-d'El-Rei, que me matam os olhos negros de Maria! Como podia caber tanto sol em esfera tão pequena?

"Lembra-te do soneto que fez Filipe IV a uma dama?", disse Gregório de Matos. "Com neve e rosas quis assemelhar-vos, mas fora honrar as flores e abater-vos: dois zéfiros por olhos quis fazer-vos, mas quando sonham eles de imitar-vos? Que moça bela, que galharda."

"Está na hora", disse Gonçalo Ravasco. "Andemos co'a procissão."

*

Teriam de caminhar um pedaço para chegar ao novo palácio do arcebispo. Foram conversando.

"Então aquele velho cego comprou dona Maria Berco ao orfanato?", disse Gregório de Matos.

"Estás interessado na moça, hem?! Flor desditosa! Mas tão doce como tirana."

"Por que tirana?"

"É mimada por minha irmã, que faz todos os seus desejos. Onde já se viu tratar uma criada dessa maneira? Fica atrelada àquele cego sem lhe meter cornos. Quando se lhe apolega o traseiro vira uma égua brava."

"Se me deixassem uma noite, uma noite só, apenas umazinha com essa potranca envernizada eu dava um jeito nela", disse Gregório de Matos.

"As mulheres devem cumprir sua parte."

"Fornicar, fornicar, dia e noite fornicar."

"Nada disso. Que sejam tolas, alegres e recatadas. Não se deve permitir que a mulher se torne uma igual. Devem ser conservadas sempre a uma discreta distância, tratadas com severidade, alimentadas com um regime escasso de carícias temperado com ameaças, de acordo com o manual de Tiraqueau."

"Sou um escravo das mulheres, sufoco-me só de vê-las passar."

"Mas só lhes permites a volúpia."

"E o que mais elas querem? E não é bem o que dizes, tenho meus amores líricos. Ah! coração louco, suspirai, dai vento ao vento! Não vedes que o suspiro diminui o sentimento?"

Gregório de Matos ficou pensativo. Aquele tinha sido um dia de certa forma agradável apesar das preocupações acerca do destino de cada um deles, dos que estavam presos, dos que estavam envolvidos. Passara a tarde com as moças da casa de alcouce, aplicando sinais de tafetá nos rostos das meretrizes.

Polvilhara os cabelos das hetairas como se fossem de fidalgas francesas, defronte de um espelho. Elas adoravam Gregório de Matos e suas brincadeiras alegres.

"Vou colocar-te uma mosca", ele dissera — tirando da caixinha retalhos de tafetá negro e recortando-os em pequeníssimos círculos com uma tesourinha —, coisa que a engenhosa vaidade humana havia inventado para realçar a beleza, a alvura da pele, para esconder imperfeições e que significavam, de acordo com o lugar em que eram aplicadas, algum recado.

"No canto do olho", lembrava-se Gregório de Matos do que aprendera na Corte.

"Paixão."

"Na testa."

"Majestade."

"No nariz."

"Atrevida."

"Nas faces."

"Galanteio."

"Perto da boca."

"Beijo, é claro."

Gregório de Matos procurara outras partes do corpo para colocar os sinais nas moças e elas, divertindo-se, encontravam nomes. Na nuca deram o nome de tentação, e quando Gregório de Matos colara um sinal no seio de uma delas, não se cabendo mais dentro da pele, marcando o lugar na carne macia com um pouco de saliva no dedo, chamaram-no loucura.

Todas as moças queriam ir para a cama com Gregório de Matos. Ele sabia contar histórias divertidas e elas juntavam-se em roda para ouvir, encantadas. Algumas, mesmo, estavam apaixonadas, e sonhavam casar-se com ele a fim de serem felizes para sempre.

Gregório de Matos contou a Gonçalo Ravasco o episódio das moscas de tafetá e o jovem chamou-o de louco desvario, com tantas conas disponíveis, entregar-se a divertimentos tão brandos.

"Em três dias naquele lugar", disse o poeta, "eu já havia fornicado aquilo tudo ali".

Gonçalo Ravasco riu. Sentia-se realmente bem, após momentos de muita tensão.

Gregório de Matos, de sua parte, estava mais mordaz do que nunca e quando disse, durante a caminhada, que tinha um milhar de inimigos esperando que ele se esborrachasse no chão, Gonçalo Ravasco sabia o que significava essa frase, quais assuntos viriam depois.

O poeta gostava de conversar com seu amigo porque este sabia contestar suas observações puxando às vezes o assunto para temas mais leves, ou para a política, ou para a poesia. Isso tudo, no entanto, sem se recusar a levar adiante uma conversa depravada. Ah, pensava Gregório de Matos, aquele não era um rapaz corrompido pela hipocrisia inaciana. Gregório começou, então: falou mal de Antonio Vieira, dissertou sobre os perigos da sífilis, que ele mesmo corria, falou da maravilha de Gomorra, da impertinência da menstruação (contou que havia épocas em que não podia fornicar pois todas as mulheres se encontravam menstruadas ao mesmo tempo numa conspiração universal contra os homens), da devassidão dos padres; falou de um frei que apelidara de Foderibus Mulieribus, dos meirinhos mesquinhos, de um capitão toleirão. Nada escapou, como sempre, à sua verve. E em meio a essas variedades sustentava o assunto sempre de maneira cáustica e atraente. Não era à toa que tantos homens e mulheres fossem seus inimigos.

Naquela noite o mato estava coberto de luz e Gregório de Matos parecia um serafim, embora evocasse coisas do inferno, com os cabelos de caracol e os ombros iluminados, falando indecências, elegante e infeliz. Assim era Gregório de Matos. O rosto muito branco, testa espaçosa, sobrancelhas arqueadas, as mãos gesticulando e os pés delicados arrastando-se no chão como vassouras.

10

João da Madre de Deus tinha um olho só e arregalava o olho bom como se tentasse ver melhor. Seu olho cego era difícil de ser visto pois ele o mantinha abaixado, o que sua condição de clérigo facilitava. Dava a impressão de estar sempre rezando. Era um olho aguado com uma mancha azul-desmaiado que não se mexia e dava-lhe um aspecto pouco menos que aterrador. O fato de ter um olho cego, de certa forma, lhe facultava a missão de ser um representante de Deus. Era um padre diferente dos outros e por isso mais confiável. Por ele ter um olho só o rei o escolhera para um de seus confessores, favorecendo-o de maneira generosa. Com apenas um olho via somente meios pecados. Também, em parte, a esse defeito se devia seu sucesso como provincial da província de Portugal, como pregador de Sua Alteza, como examinador das ordens militares.

Enquanto comia, pensava no assunto que o desembargador Gregório de Matos iria lhe falar. A proximidade daquela gente lhe trazia recordações agradáveis. Ali estavam o tesoureiro da Sé, desembargador da Relação Eclesiástica e poeta Gregório de Matos, ainda que satírico e malfalado; e também o jovem Gonçalo Ravasco, um dos mais promissores dentre os Ravasco, com fama até em Portugal, ainda que conspirador homiziado. Ambos formados pela retórica inaciana à qual o arcebispo, da seráfica ordem de são Francisco, fazia uma série de restrições. Fava por fava e quiabo por quiabo.

O palácio era um lugar amplo e vazio. João da Madre de Deus acabara de se mudar e ainda não haviam mobiliado os aposentos ou adornado as paredes e tetos. Os móveis eram apenas a mesa e dois longos bancos de madeira bruta. Uma cruz do mesmo material, com incrustações em prata, ornava a parede logo acima da cabeça do arcebispo. Caixotes estavam empilhados por todos os lados. Um homem sobre um andaime pintava o teto com anjos e mais figuras religiosas.

Sobre a mesa havia uma ceia posta: novilho, frangos, peixes, lagostas, compotas. Recendia um cheiro acre misturado com o odor de vinho de caju levemente adocicado.

Gregório de Matos e Gonçalo Ravasco ficaram aguardando na antecâmara, olhando o arcebispo pela fresta da porta.

Um escravo passou com uma palangana de assados, segurando-a com dois panos para não queimar as mãos. João da Madre de Deus estava sentado à cabeceira da mesa e dali podia observar bem todos os cantos da sala, apesar da falta de um olho. Bebeu o púcaro de vinho de um gole só e mandou que o enchessem novamente com um leve gesto. Não deixava de ser cortês em seus modos, porém lembrava mais um lenhador que um clérigo, lusco, com aquelas mãos largas e inchadas. Cortou a comida do prato e ficou algum tempo preparando-a, com um semblante irritado, grave, mesmo soturno. Levou a comida à boca em movimentos rápidos. Mastigou, pôs as mãos sobre a testa e debruçou-se sobre o prato como se estivesse pensando em algo importante. Mas logo em seguida atacou furiosamente a comida, com o mesmo ar infeliz de um macaco enjaulado.

Mais uma garrafa de vinho foi servida. O arcebispo, enfim, terminou a refeição e mandou que deixassem os homens entrar.

Gregório de Matos veio na frente. Percorreu com os olhos a sala, fingindo desinteresse, o que era, de maneira evidente, um gesto de dissimulação pois o rosto de João da Madre de Deus, alvo por cima e escuro por baixo, e aquele cenário de caixotes eram por demais insólitos para serem ignorados por um poeta que escrevia sátiras.

"Sentem-se", disse o arcebispo indicando os bancos. "O que os traz aqui?"

Gregório de Matos arrumou a gola da camisa: "Primeiro, trouxe este soneto que compus para saudar o ilustríssimo".

O arcebispo leu com um sorriso nos lábios.

"Creio que o ilustríssimo não ignora o vendaval que arrasa a cidade", disse o poeta.

"Tenho ouvido notícias. Soube das disputas entre as facções dos Menezes e dos Ravasco. Como começou essa rixa?"

"O alcaide Francisco de Teles de Menezes, após comprar o cargo, passou a prevaricar e a atacar com sua língua viperina importantes cidadãos que estranhavam seus excessos, inclusive os Ravasco. Quando chegou Antonio de Souza para governar, no ano passado, sentindo-se protegido o alcaide iniciou uma campanha de vingança contra seus opositores. Todos os que tinham ligações com esses homens ficaram ameaçados pelos Menezes. Os perseguidos foram obrigados a se homiziar, muitos no colégio dos jesuítas. Na véspera de Natal, padre Vieira visitou o governador numa tentativa de reconciliação. Antonio de Souza expulsou-o com palavras ofensivas. A briga prosseguiu pelas ruas. Um jovem sobrinho do alcaide Francisco de Teles de Menezes emboscou os irmãos Antonio e André de Brito pelas bandas do Carmo, na descida do Pelourinho. De uma casa, o moço e alguns companheiros atiraram de bacamarte contra os irmãos Brito, quase matando Antonio. Uns covardes. O provedor André de Brito, vendo o irmão caído no chão, sozinho entrou no valhacouto e pôs em fuga os agressores, que escaparam saltando a cerca das roças do colégio dos padres. O resto o ilustríssimo já sabe."

"A Bahia, então", disse o arcebispo, "transformou-se num campo de batalhas, com um sabor amargo de sangue."

"Ó sacro pastor da América florida, quanto lamento tudo isso", disse Gregório de Matos. "Antonio de Souza julga-se o próprio rei. Não conhece limites. Usa essas disputas de honra para caluniar os liberais. Conta com a cooperação de desembargadores e funcionários para perseguir seus opositores. E os desembargadores são arrastados para a voragem das intrigas e disputas entre as partes."

"Mas creio que os Ravasco têm como se defender."

"Realmente, os Ravasco têm ligações com a Relação. Mas sua maior defesa é a retidão."

"Sim", concordou João da Madre de Deus. "Não é difícil acreditar. Mas os conhecimentos ajudam. Os Ravasco têm ligações com os Costa Dorea, os Sodré Pereira, os Carvalho Pinheiro."

"Sim, sim, os Vieira Ravasco são muito influentes", disse Gregório de Matos com certa impaciência.

"Têm também laços com outras famílias", prosseguiu João da Madre de Deus. "O pai dos Vieira Ravasco, avô deste nobre bravo rapaz, era muito poderoso. Além, é claro, da influência que Antonio Vieira tem em Portugal."

"Mas isso de nada está adiantando, a violência do governador é incontrolável. O baiano João de Gois e seu mano a mano Palma são desembargadores inescrupulosos. Gois é um tirano e tem laços de parentesco com grandes famílias de São Paulo."

"Vejo que esse caso pode se tornar uma guerra de norte a sul", disse João da Madre de Deus fitando os visitantes com seu único olho.

"Ainda temos outro desembargador na história. É Cristóvão de Burgos, que ajudou seu enteado Francisco de Teles de Menezes a comprar de Anrique Anriques, o famigerado alcoviteiro de Afonso VI, o cargo de alcaide da Bahia. E comprou o cargo para roubar e matar com mais apoio. A tirania com capa. Os poderosos se protegem entre si e as áspides se engolem umas às outras. Desde a chegada do Braço de Prata nossas vidas correm perigo. O alcaide-mor usou o poder do governador para coroar as rivalidades que cultivava com sua espada, certo de impunidade. Cito aqui o caso do desembargador João Couto de Andrade, um homem inatacável, que se opôs ao abuso do alcaide e teve de se refugiar no colégio dos padres para não morrer. Meu primo Antonio Rolim foi acusado de crime fantástico. João de Couros e Francisco Dias do Amaral foram retirados de seus ofícios, provendo neles o governador dependentes do alcaide-mor. Em outros ofícios menores se foram fazendo as próprias execuções e provimentos com prisões injustas. O Braço de Prata trata indecorosamente oficiais de guerra, tornando-os infiéis; profere menos atentas palavras contra a cidade da Bahia, sitia casas e manda lançar rondas de noite, repetidas e dobradas, a fim de prender inocentes. Raros são os principais a quem respeita. André de Brito sofreu devassa geral aos ofícios de Justiça e de Fazenda promovida pelo Palma, um desembargador sob suspeição. Alegando que no colégio se tramava contra o governo, o alcaide e Antonio de Souza ordenaram aos quadrilheiros que espreitassem o colégio e vigiassem os sujeitos homiziados. Afinal, o colégio foi invadido e profanado em seu direito de homiziar. É como se pisassem propriamente no nariz do papa. E no nariz de vossa mercê, se me perdoa a sinceridade."

"Vossenhor sabe muito bem, doutor Gregório, que eu disse publicamente a Antonio de Souza que estava aborrecido pela invasão do colégio. Lembrei-o de que meus primeiros artigos do regimento de Roque da Costa Barreto recomendam a proteção aos índios e aos jesuítas, às casas de misericórdia e aos hospitais."

"Sim, mas isso não basta. O secretário está preso injustamente. Homens de bem que estavam no colégio foram trancafiados por terem praticado um único crime: serem amigos dos Ravasco. Para resumir o que acontece nesta cidade, ilustríssimo, digo: falta-lhe verdade, vergonha e honra."

"Não duvido disso. Mas o que posso fazer? A política não está na minha alçada", disse João da Madre de Deus. "Na verdade sou apenas um sufragâneo."

"Há uma coisa que pode ser feita, ilustríssimo arcebispo", disse Gregório de Matos. "Uma ordem ao governador. E preciso que os ordenanças deixem o cerco do colégio e que os homiziados sejam libertados. Outro fato: Antonio de Souza escreveu a Sua Alteza culpando padre Vieira pelo crime."

João da Madre olhou-o surpreso. "Padre Antonio Vieira?"

"E Bernardo Ravasco. Recopilou uma série de mentiras. O ilustríssimo acredita na culpa de padre Vieira? Ele ser inocente é um fato, claro como seixo em rio."

João da Madre de Deus ficou pensativo, dois dedos apertando a base do nariz, o cenho franzido. "Pensarei o que fazer a respeito da intimação", disse. "Vossa mercê deve compreender que sou da Igreja, como vossenhor, e não do governo. Esse é um assunto delicado, preciso pensar muito antes de tomar uma decisão, talvez consultar o cardeal d'Este."

"Ilustríssimo, não há tempo para consultas. Este é o meu conselho como desembargador da Relação Eclesiástica. Não podemos deixar impune o governador pois será o fim do direito de homizio. O ilustríssimo prelado pode confiar em mim. Ainda não deu para perceber quem é Antonio de Souza? E todas essas visitas ao palácio do governo? 'Para o bom regímen de teu gado, de exemplo fabriques teu cajado.'"

João da Madre ficou pálido. Levantou-se, estendeu o anel para ser beijado.

"Vossenhor está cometendo uma injustiça, doutor Gregório, ao pensar sobre mim, para dizer o menos. Ouvi também as opiniões de outros ministros da Relação. Nem todos pensam exatamente como vossa mercê. Sou um homem prudente e não vim à colônia para pelejar. De minha parte, eu é quem peço confiança. Eu é quem exijo lealdade. Decidirei de acordo com meus pensamentos."

Foi para dentro, seguido por um séquito de padres e guardas. Um padre indicou o caminho da saída aos visitantes.

*

"Filho de uma jaratacaca", disse Gregório de Matos, descendo a ladeira.

"Cala-te", disse Gonçalo Ravasco. "Não vês que a culpa foi tua? Há maneiras e maneiras de falar. Faltou-te diplomacia. Antes tivesses ficado calado."

"De que pode servir calar? Nunca se há de falar o que se sente? Dizem que sou satírico e louco, de língua má, de coração danado, mas os que não mordem é porque não têm dentes. Eu tenho a língua embargada aqui, que se não a tivera, cousa boa não dissera... A mudez canoniza as bestas. Os padres são uns rabadilhas. Sabes quem é aquele padre que nos indicou a saída?"

"O deão, dom André Gomes."

"Esse mesmo. O Caveira. Faz intrigas contra mim junto ao prelado. Anda extramuros com pretensões a bispo. Mas quem há de crer numa caveira falando?"

"O que houve entre ti e o capelão de Marapé?", perguntou Gonçalo Ravasco.

"Uma noite eu estava caminhando na rua depois de um serão na Câmara e um jovem pôs-se à janela e, sem propósito algum, jogou uma pedra que acertou minha cabeça, tirando sangue. Caí ao chão e um amigo gritou para mim: 'Inda agora se purgou, tão depressa se levanta?'. Jurei que daria um pontapé no moço que me jogou a pedra. Sabes o recado que recebi do capelão? Que eu satirizasse a pedrada no lugar de satirizar os clérigos que vinham de Portugal. Respondi que se a carapuça na testa não se ajusta, que não se meta na chuça. Mas ele se meteu e fiz tal quantidade de sátiras com o mariola do altar que ele se viu mal comigo, era fraca roupa para alvo de minha pena. Um zotíssimo ignorante, padre mentecapto, de molde como sapato."

"Não deixas escapar ninguém, não é?"

"Espera que ainda não chegou a tua hora."

Gonçalo Ravasco sorriu e persignou-se.

"Uma vez", continuou Gregório de Matos, "uma freira estranhou que eu satirizasse ao padre Damaso, dizendo que ele era um clérigo tão benemérito que ela já tinha emprenhado e parido dele."

"Poeta, pelo amor de Deus!", disse Gonçalo Ravasco. "Assim eu morro de rir!"

"Confessa sor madama de Jesus", recitou, "que tal ficou de um tal Xesmeninês, que indo-se os meses e chegando o mês, parira enfim de um cônego Abestruz. Diz que um Xisgaravis deitara à luz, morgado de um presbítero montês, cara frisona, garras de irlandês, com a boca de cagueiro de alcatruz."

As risadas de Gonçalo Ravasco ecoavam na rua deserta.

"Outro que satirizei foi o padre Manuel Loureiro, um mariola sagrado que veio de Vila do Conde. Ele recusou-se a ir como capelão para Angola. Foi preso e maltratado porque resistiu às ordens do prelado. O mariola não quis embarcar e foi levado de mãos atadas a empuxões e a gritar. Com gritos preferiu vomitar na moxinga a cagar na proa. Quiseram mandá-lo a Lisboa mas o padre, bêbado como sempre, só queria navegar por um mar de vinho. Imagina o que escrevi dele. Tem também aquele sodomita que é o frei Joanico, o padre Perico comilão, o frei Tomás que te desdenhou por teres vomitado na presença da freira dele e coberto as náuseas com um chapéu."

"Tu o satirizaste? Mostra-me!"

"Satirizei dizendo que tu havias vomitado porque tinhas te lembrado do budum do frei Tomás, o bode fodinchão, pantufo em zancos, mais oco que um tonel. Frei Tomás sabia como estafar uma freira, mas saía estafado e com os ovos moles."

"Acho que acabou para sempre tua carreira na Relação Eclesiástica", disse Gonçalo Ravasco, rindo.

"Isso ainda veremos. Tratarei de mandar algumas adulações ao arcebispo. Dos meus versos será templo frequente, onde glórias lhe cante de contino", declamou Gregório de Matos fazendo pantomimas.

"Quanta lacônica eloquência!"

"Esta é uma grande virtude. *Quae fuerant vitia mores sunt.* Sim, sim, creio que há vícios que se tornam virtudes. Tudo depende de quando, como e por que se faz a coisa."

"Para ti tudo são vícios, e por isso vives atormentado com medo do inferno."

"Mas tudo hoje são vícios. E vícios hoje são virtudes."

"Nos dias de hoje Francesca da Rimini estaria no paraíso."

"E onde mais deveria estar?", disse Gregório de Matos, indignado.

"Todas as traidoras deveriam estar no inferno."

"Os homens, caro Gonçalo, sempre querem destruir as mulheres. Dar-te-ei umas aulas de sedução. Para cada dama, uma maneira diferente. Com as putinhas malsins, um pouco de lirismo. Com as donzelas, frases que as façam corar levemente. Dentre todas as mulheres do mundo, poucas ficariam num berro, por temer o maldito. Cará, mangará, é só uma questão de saber mostrar."

Fazia um calor úmido e abafado. Uma rabeca tocava longe. Caminharam um tempo em silêncio, ouvindo a música triste.

"Não sei que feitiço elas têm", disse Gregório de Matos. "Quanto a dona Maria Berco, uma mulher que continua bonita com aquela roupa de horrível cor de batata é mesmo bonita. O garbo com que se move, o donaire com que anda... Ah, como sou infeliz! É ela quem me mata, e em suas mãos está o remédio. Na mesma cabeça da serpente se encontram o veneno e a triaga."

"Isso é o que tu queres que ela faça contigo", disse Gonçalo Ravasco.

"O quê?"

"Que te morda."

A lua estava no topo do céu e brilhava como nunca. Gregório de Matos ficou silencioso. Pensou em si mesmo. Seus companheiros de estudos da universidade em Coimbra, do colégio dos jesuítas na Bahia, na maioria uns medíocres, já estavam estabelecidos, tinham casas comerciais, cargos importantes, engenhos, mulheres, filhos. E ele, que dentre todos fora o mais brilhante aluno, não passava de uma espécie de vaganau que gastava as tardes num alcouce enfeitando circes encantadoras, as manhãs lendo tolices e as noites tendo fantasias com mulheres que não existiam. Ou existiam?

*

Gregório de Matos não chegava a ser, decerto, o maior fornicador da cidade, como se dizia dele. Às vezes passava dias, ou semanas, sem se encontrar com uma dama. Achava que a culpa de seus pecados não era sua. Na cidade havia muitas mulheres disponíveis, o poeta dizia que todas o eram, mas especialmente as viúvas, as fêmeas gamenhas, as abandonadas pelos maridos, insensatos que não gastavam a cera por não pegar o pavio.

Estava deitado na cama, nu. As mulheres diziam que os negros tinham o pau de jacarandá e que os brancos tinham o pau corticento. Parlendas. Era preciso tanto entesar o esguicho e endurecer o cano? Aquele era um momento em que ele desejava não ficar tanto tempo entre o desar e entre o risco. Aquilo o fazia sofrer, dominava-o. Ele vira no dia anterior uma das moças na casa de alcouce fazendo uma magia para causar impotência no seu homem, metendo debaixo de uma talha d'água o esperma que pertencia ao castigado. Esses malefícios desde os tempos de Ovídio mostravam ser inúteis, pois a terra se enchia de morgadinhos. E havia a meizinha do limão para a cura do pismão. As mulheres, se pudessem, tornariam todos os homens impotentes, pensou. Na verdade, muitas vezes ele tinha sobre as mulheres pensamentos confusos. "Mas amo por amar, que é liberdade", pensou.

"Estás tão distante. O que houve?", disse Anica de Melo, parando de beijá-lo.

"Conheci alguém..."

Anica de Melo sentou-se na cama.

"Uma mulher?", ela disse, ansiosa, tentando esconder seu sentimento.

"Sim."

Anica de Melo levantou-se.

Ele se arrependeu: Qual delas será tão tonta que se acomode aos desares de partir com seus pesares amor, assistência, e tratos, se as damas não são sapatos que se hajam de ter aos pares? Dá-me, amor, a escolher de duas uma demônia. Eu não deixo uma por outra, nem escolho outra por uma; não há dúvida nenhuma, ambas são moças de porte e se não mo estorva a morte ambas me hão de vir à mão. Isto, que remédio tem, sejam entre si tão manas, que repartindo as semanas vá uma, quando outra vem; que eu repartirei também jimbo, carinho e favor, porque advirta algum doutor que, sendo à lógica oposto, na aritmética do gosto pode repartir-se o amor.

Anica de Melo não sabia o que dizer. O silêncio de Gregório de Matos a incomodava. Sabia que ele estava pensando na moça que conhecera. Um dia ele iria deixá-la por outra. Mas doía pensar nisso.

"Comprei um corte de seda e fiz uma nova saia para mim. E uma blusa. Fui à casa do comerciante de panos, a terceira venda, do Simão, uma casa azul, e trouxe uma seda cor de marfim. Queres que eu vista?"

"Anica", disse Gregório de Matos sentando-se na cama, segurando-a pelos ombros. "Cuidado comigo, está bem? Horas de contentamento sempre são poucas, e breves."

"Não quero ter cuidado."

Anica de Melo saiu.

Gregório de Matos pensou em Gongora y Argote. Dom Luiz andava a pé por uma rua onde havia muito lodo. Encontrou algumas mulheres. Ao verem-no elas pararam e disseram-lhe que andasse ele, pois na rua não podiam passar ao mesmo tempo, zombando do tamanho do nariz do poeta. Gongora dobrou o nariz, apontou o caminho com a mão e disse-lhes: *Pasad, putas.* Gregório de Matos sorriu, intimamente. *Donde están los galanes de Castilla?*

Gregório de Matos estava cansado e não queria mais pensar em Anica de Melo, em Gongora y Argote, no Braço de Prata, no crime, em seu pai, em Antonio Vieira, nem nas brincadeiras que fazia na cama. Tomado de um sentimento sensual a respeito de Maria Berco, fechou os olhos.

"Deitai-vos, que vós vereis o que vos faço!" Teria o direito de cultivar aquele tipo de sentimento por Maria Berco? O que podia querer dela?

A VINGANÇA

Um galo cantou. Esbranquiçada, a luz da manhã penetrava pela fresta horizontal no alto da parede da prisão onde os conspiradores se encontravam. A luz não chegava ao chão e os homens sentados mal podiam ver uns aos outros. A ração de azeite de três vinténs era pouca para toda a noite, a tigela de barro vidrado com um bico, como uma candeia, fora apagada.

Com os conspiradores estavam mais quatro prisioneiros. Um assassino, dois ladrões, um herético. Além dos presos, ali habitavam alguns ratos. O aspecto dos homens demonstrava o tempo que haviam permanecido na enxovia: os que estavam havia mais tempo, mais magros e cinzentos, cabelos e unhas mais longos e sujos.

Num estrado úmido, com colchão de palha, os homens se revezavam nas noites de calor ou dormiam costas com costas para caberem todos, nas noites frias.

Antonio de Brito permaneceu imóvel, olhando o raio de luz que incidia no alto da parede. Tateou sua roupa rasgada e cheia de sangue. Sentia os miasmas das fezes e da urina nos recipientes espalhados pela cela. Distante repicavam os sinos da Sé que anunciavam as missas do amanhecer. Antonio de Brito não conseguiu levantar-se para ir até a esteira. Alguém acendeu a candeia e aproximou-se dele. Antonio de Brito viu o rosto de João de Couros. Outros também o cercaram. Examinaram suas mãos ensanguentadas, suas plantas dos pés retalhadas, seus pés queimados. Brito sentia dores terríveis pelo corpo e a cabeça tonta. Levou a mão à boca e percebeu que havia perdido alguns dentes.

Diogo de Souza, o Torto, disse alguma coisa. Antonio de Brito não conseguiu distinguir as palavras, mas sentiu um enorme consolo por perceber que não estava mais na cela de tormentos.

1

A lua inteira, bem no meio da janela do palácio do governador, jogava seus raios pelos vidros. Recostado numa cadeira confortável, Antonio de Souza, com os pés repousados num coxim, contemplava vagamente os reflexos na mão de prata, pensando em coisas distantes. Seu criado, o Mata, lia em voz alta.

"Portanto estamos aqui, lastimosos com as muitas perdas que temos sofrido. Na noite antecedente se resolveu no colégio a dita morte e Antonio Vieira foi um dos consultores com outros padres e seu irmão com outros seculares. Isso se provará facilmente com muitas testemunhas. Gonçalo Ravasco acompanhou a Antonio de Brito no homicídio, estando ele ao mesmo tempo no colégio onde havia muitos dias se tinha retirado por eu o ter mandado prender." Mata olhou o governador.

"Está bem assim, senhor?"

"Sim, está bem", disse Antonio de Souza. "Podes continuar."

A voz do Mata perdia-se na sala ampla, pouco ornada. Terminou de ler a carta. Antonio de Souza assinou-a.

"Ah, que alento. Intrigas, intrigas e mais intrigas. Lá e cá."

"Vossenhor quer que releia, senhor governador?"

"Não. Já basta. O Antonio Teles vai passar por aqui. Quando chegar deixa-nos a sós. Espero que seja breve. Estou muito cansado, mal durmo as noites."

Ouviram alguém bater à porta.

"O alcaide Teles", anunciou o mordomo.

Sentando-se de maneira mais ereta na cadeira, Antonio de Souza arrumou o braço de metal, compondo sua figura.

O alcaide entrou com um leve sorriso. "Trago boas notícias, Antonio", ele disse. "Conseguimos."

"A porta", disse Antonio de Souza. Mata saiu e fechou-a.

O alcaide Teles tirou o casaco que trazia sobre as costas e sentou-se ao lado de Antonio de Souza.

"Pois bem", prosseguiu o alcaide, "Antonio de Brito enfrentou bravamente os tormentos, todavia assustou-se quando ameaçamos acabar com a vida de Bernardo Ravasco e falou tudo o que sabia."

"Realmente?" Antonio de Souza tinha um brilho nos olhos. "O que pensávamos era verdade?"

"Algumas coisas. O secretário Bernardo Ravasco não sujou mesmo as mãos de sangue. Mas tudo foi tramado às suas vistas e com a conivência dos padres do colégio, como havíamos pensado. Bernardo Ravasco esteve na junta do colégio logo depois do crime. Em seguida o velho foi para a igreja, encontrou-se com o irmão, partiram para a quinta dos padres mas antes passaram na Secretaria para pegar os escritos. O resto já sabes."

"Bem, de qualquer forma os Ravasco estão envolvidos."

"Quem esfaqueou meu irmão foi mesmo o Antonio de Brito, como pensávamos. Surpreende-te, Antonio, com o que direi agora: Luiz Bonicho era um dos oito encapuzados, assim como o mestre de esgrima louro."

"O vereador? Ao contrário do que pensas, Teles, não me surpreendo nem um pouco. Parecia estar do nosso lado mas não estava. Nunca esteve do lado de ninguém, só do demo. Aquele sodoma de leque! Ignora a pragmática que proíbe o leque aos homens e anda como uma fidalga. Em Portugal já estaria preso. E deve ter sido Luiz Bonicho quem mandou o mestre de esgrima acabar comigo."

"João de Couros era outro. O seguinte foi Diogo de Souza, o Torto. Foi ele quem retirou a cruz de rubis do peito de Francisco. Parece que a cruz fora do velho pai dele, deve tê-la perdido numa mesa de jogo. O outro matador é o escrivão Manuel Dias.

E finalmente o Moura Rolim, primo do satirista Gregório de Matos."

"Bem, então temos o quadro quase completo. Recapitulando: Antonio de Brito, Luiz Bonicho e Donato Serotino, João de Couros."

"Quatro."

"Diogo, o Torto."

"Cinco."

"Manuel Dias."

"Seis."

"Moura Rolim."

"Sete."

"Sete. Então?..."

"Então falta um", disse o alcaide Teles. "Quem poderia ser?"

"Brito falará. Apertem-no mais duramente."

"Suspeito de Gonçalo Ravasco. Antonio de Brito o deve estar protegendo. Podemos pegar aí um grandão, um Ravasco."

"Vai ser difícil, Teles. Os grandões estão muito bem acobertados. Um grandão de verdade usa luvas e aluga braços. Nenhum Gonçalo ou Bernardo Ravasco iria se deixar pegar emboscando alguém na rua. Têm prestígio — ou dinheiro — suficientes para convencer — ou comprar — os outros. Um Ravasco fica no gabinete e passa o verão na quinta. Um Ravasco gasta a tarde nos jogos ou no campo, caçando, tangendo guitarras e machinhos; um Ravasco não se defende, contrata advogado. Não falam palavras obscenas, não chicoteiam seus escravos, usam meias de seda, camisas da Holanda e têm secretário. Até mesmo seu cachorro anda de liteira. Padre Vieira não toma parte pessoalmente em nenhuma violência, talvez nunca tenha matado uma mosca. Comanda. Mas vamos pegá-los, custe o que custar."

"Como, Antonio?"

"Vamos emitir uma ordem de prisão contra os que estão soltos e proceder a uma devassa contra eles", disse Antonio de Souza.

O alcaide Teles levantou-se bruscamente, interrompendo o governador. Deu alguns passos com as mãos na cabeça, como costumava fazer ao pensar. Depois voltou a sentar-se.

"Como tu mesmo disseste, Antonio, todos são homens de cabedal. Terão suas mentiras para provar que estavam em algum lugar à hora do crime. Têm seus amigos poderosos na Corte e se nada pudermos provar serão logo perdoados e soltos. Como sempre. Conheces muito bem nossa justiça. Além do mais a Relação está dividida. Há os que estão do lado dos Ravasco apenas para estar contra ti."

"Mas temos o Palma e o Gois no Tribunal. São influentes e farão o que eu disser."

"Achas que é uma garantia suficiente?"

Antonio de Souza pensou um pouco.

"Não, Teles. Tampouco confio nos desembargadores. Como controlar a atuação deles dentro do Tribunal? Os juízes estão interessados nos Conselhos Reais, o Brasil é apenas um degrau em suas carreiras, tanto faz estar hoje de um lado, amanhã de outro, desde que os leve aonde querem chegar. Os pilares da promoção e da recompensa são a antiguidade, o mérito e o precedente, além, é claro, do apadrinhamento. O mérito significa apenas que os desembargadores não devem criar muitas divergências. A antiguidade pode ser contada por tempo de serviço prestado por substituto. O que há de mais importante dentro da carreira de um juiz é na verdade a data em que prestou juramento e não raro eclodem brigas de soco e trocas de palavras rudes por esse motivo. O precedente só serve para dar mais poder aos juízes que detêm os documentos da magistratura em sua vida pregressa. Chama o Mata, manda que entre."

O alcaide tocou a sineta.

Mata entrou, tímido.

"Mata, quanto estão ganhando os desembargadores?"

"Perto de seiscentos mil réis de ordenado, senhor governador. Fora as propinas. Os emolumentos chegam a mais de cem mil réis mas eles solicitam gratificações para a festa das onze mil virgens e outras festas. Sem contar as taxas que cobram por serviços especiais e o que ganham em comissões ou visitas, pode ser que chegue a mil e duzentos. Eles pedem para receber o mesmo que recebem no Desembargo do Paço em Lisboa os desembargadores. Mas o príncipe nega."

"Vamos dar mais uma propina, para a festa de Santo Antonio. Providencie uma carta ao príncipe regente solicitando o aumento de ordenado dos desembargadores. E cópia da carta para cada um deles."

"Sim, senhor governador."

"Pode sair agora, Mata."

"Sim, senhor governador."

"Antonio de Brito será julgado", prosseguiu o alcaide Teles, "um processo bem lento. Vai passar algum tempo na enxovia, certamente menos do que merece. Mas dificilmente será enforcado. O cargo de provedor é muito rendoso e André de Brito deve estar rico, isso o ajudará a libertar a si e ao irmão. João de Couros também é rico. A forca é uma morte desonrosa e esses criminosos são bem-nascidos. Mas também conseguirão escapar ao machado do carrasco se pagarem um bom defensor. E nada poderemos fazer."

"Então o que sugeres, Teles?"

"Nada pelas vias legais será proveitoso", disse o alcaide Teles. "Darei a eles o mesmo que deram ao meu irmão Francisco."

O governador fez um gesto hesitante com a cabeça. Depois disse, categórico: "Não. Nada de mortes. Não desçamos tão baixo quanto os Ravasco. Temos remédios mais eficazes, temos o governo, as milícias, a força, o poder. Não quero me envolver em crimes. Tenho minha carreira, estou nas boas graças da Corte, não posso me arriscar. Não poderás matar os que estão presos, de maneira nenhuma, isso deporá contra mim e contra ti. E será difícil encontrares os fugitivos. Gonçalo Ravasco, Luiz Bonicho, Manuel de Barros, Donato Serotino, talvez já estejam em outra capitania".

"Não creio, Antonio. Estão, na certa, ocultados em valhacoutos à espera da frota para Portugal, que parte na primeira dezena de julho, assim que soprem ventos favoráveis. E se não fizermos com presteza o que devemos, escaparão como arraias."

"Eu me contentaria se prendesses Gonçalo Ravasco e Luiz Bonicho. Odeio-os. Tripudiam-me, ridicularizam-me, desrespeitam-me."

"Se pegarmos gente da família desses criminosos, o pai de um, o irmão de outro, podem nos servir de reféns."

"Nem todos têm pai, ou parente que possamos prender."

"Mas o jovem Ravasco tem uma irmã", disse o alcaide. "Uma outra nova importante. Um joalheiro judeu foi preso com o anel de meu irmão no dedo. O anel que estava na mão que deceparam. O joalheiro confessou que a joia havia sido empenhada por uma tal Maria Berco. Investiguei e descobri que é a dama de companhia de dona Bernardina Ravasco, a filha do secretário. Deve ter roubado a joia ao secretário. Isso o incrimina."

"A moça é de família?"

"É casada com João Berco, um velho cego que tem grande cabedal, mas é o maior de todos os avarentos. Vive na miséria, faz a mulher trabalhar sem ser preciso. Vai deixar que os ratos comam seu ouro."

"O marido vai reclamar a mulher se a metermos na enxovia."

"Se reclamar damos-lhe dinheiro. A Alcaidaria paga. Podemos usar como reféns, além de dona Bernardina, as irmãs e mulheres dos Brito, que estão na cidade sem temor. Foram vistas na feira. O próprio secretário Ravasco serve de refém para encontrarmos seu filho", disse o alcaide.

"Manda chamar a filha dele, dona Bernardina Ravasco. Ela me entregará o irmão em troca do pai. Só que não faremos troca nenhuma. O secretário vai ficar apodrecendo na enxovia, ou então vou degredá-lo. Estou disposto a te ajudar no que precisares contra esses conspiradores homicidas: homens, dinheiro, facilidades... A mim me interessa, também, que eles sejam presos, banidos. Mas nada de mortes."

"Assim o farei", disse o alcaide.

"Vê bem se não há mais gente na conspiração. O jesuíta italiano, aquele louro, alto como uma porta de igreja, que anda por aí anotando coisas, sabe-se lá com que intento. Ou o judeu amigo do Ravasco. Ou aquele poetinha Tomás Pinto Brandão. Quero todos os amigos dos Ravasco perseguidos, interrogados. Quero um Ravasco incriminado, com provas. Prende a dama de companhia que penhorou o anel. Prende e interroga Gonçalo

Ravasco. Arranca dele uma boa confissão sob tormento. Depois mando a confissão para o príncipe. Peço a Deus que Gonçalo tenha participado do crime e que o possamos provar. É tudo o que preciso para acabar com os modos violentos desses Ravasco, cujo podre tresanda pelas contreiras do mundo. Que Deus nos proteja em nossa missão de justiça. É certo que gostaria de acabar com eles usando minhas próprias mãos." Antonio de Souza parou, olhou as mãos. "Minha própria mão, quero dizer. Não sou um covarde como padre Vieira. Sou um soldado. Mas estou velho para essas aventuras. Espero ouvir notícias, preciso de resultados. Quero tudo bem rápido. Tens gente de confiança para efetuar as prisões?"

"Farei eu mesmo, Antonio", disse o alcaide Teles. "Preciso da ajuda de alguns homens. Escolhi o capitão de presídio, o João Lobato, alcunhado de Gordo, e seus homens. O Gordo foi quem conseguiu a confissão do Brito. Os rapazes de sua companhia são mestres na busca e no tormento."

"Sim, está bem. Dá-lhes dinheiro e instruções para que não falhem." Antonio de Souza cofiou o bigode ralo. "São mesmo os homens indicados?"

"Os melhores, Antonio. São leais e bons cristãos."

"Esse Gordo é solteiro?"

"Sim, solteiro."

"Anda com rabaceiras, com mulheres da vida?"

"Não. É religioso e como o nome indica só pensa em comer."

"Muito bem. Sabemos que nas camas da Bahia se fazem os despachos e se traçam os destinos. Nas camas da Bahia todos os segredos deixam de ser segredos. E por falar em camas da Bahia, acho que deves incluir nessa tua lista de perseguições o desembargador da Sé, o poeta das sátiras, Gregório de Matos. Certamente está envolvido pois tem fortes ligações com os Ravasco. Disseste que o primo dele esteve na emboscada. Além do mais, tem-me ridicularizado e provocado com suas sátiras pecaminosas. Foi visto saindo do colégio dos jesuítas na manhã do crime. Acossa-o. Escorraça-o e, se não educar a língua, mete-o também na enxovia, degreda-o para Angola, São Tomé, para qualquer lugar bem longe daqui. Não fará nenhuma falta. Já temos letrados demais na colônia, como disse Sua Majestade."

Antonio de Souza fez um gesto para que o alcaide Teles se retirasse.

Sozinho, na grande sala, olhou a lua na janela através dos vidros. Passou a mão no músculo duro da base do pescoço, maltratado pela correia que prendia o braço de prata.

2

"Podes apagar a candeia", disse o alcaide Teles, ar compenetrado.

Gordo, o capitão de presídio, peso de oito arrobas e olhar de um boi, foi até a parede de pedra e retirou a candeia. Soprou-a. A fumaça queimada fez Bernardo Ravasco tossir. Ele estava sentado no chão molhado, a um canto da cela. Tentou levantar-se mas foi impedido pelo alcaide Teles. Uma voz ronca cortou o ar.

"Santos e Satanás!"

"É o Blasfemo", disse o alcaide Teles. "Está preso na cela ao lado. Já foi um homem, sim, um dia, mas hoje não o é mais. Não, hoje ele é apenas uma verga encarquilhada de porcarias, aquela boca nojenta sem dentes, uma trunfa de cabelos sujos. É o destino dos que ficam aqui muito tempo." O alcaide debruçou-se sobre o prisioneiro. "Teu destino."

Bernardo Ravasco era bem nutrido, de pele conservada e fina. Havia sido um homem feliz mas ali a felicidade se acabara por completo. Talvez para sempre, pensava o secretário.

"Estás com sorte, Ravasco", disse o alcaide Teles, "recebi ordens de não acabar contigo. Por enquanto."

"Esta prisão é ilegal, não há culpa formada", disse Bernardo Ravasco.

"Isso não decidimos nós, fidalgo, aqui decidimos outros assuntos", disse o alcaide Teles apontando espetos de ferro que o Gordo trazia na mão. A voz do Blasfemo soou novamente.

"Sal para Caifaz, sal para Pilatos, sal para Herodes e o diabo coxo."

"Só te resta ficar calado. Nem és mais secretário. Estás aqui, Ravasco, e não lá fora", disse o alcaide Teles, "e este aqui é um lugar desgraçado, mais desgraçado ainda do que essas ruas que passam aí em cima. A escória do mundo. Acima de nós não está o céu, mas a sujeira onde todos pisam." Parou de falar, enfiou a mão no bolso e tirou uma caixinha. Abriu-a, encheu os dedos de um pó terroso que inalou com uma brusca aspiração. O Blasfemo gritou.

"Gordo", disse o alcaide Teles, "manda este herético calar a boca."

O Gordo foi até a cela ao lado, falou alguma coisa ao Blasfemo, que gritou palavras sem nexo, mas em seguida calou-se.

"É um pobre coitado. Amanhã vou soltá-lo."

"Muito piedoso", ironizou Bernardo Ravasco.

"Mas, como eu ia dizendo, Bernardo Ravasco, as leis me permitem métodos, digamos assim... cruéis, para obter confissão. Mas eu já sei de tudo. Sorte tua."

"Jamais andaste dentro das leis, Antonio Teles. Esta seria a primeira vez."

"Sei que tudo foi tramado às tuas ordens, e às ordens de teu irmão, um verdadeiro ateu da Companhia."

"Meu irmão não é ateu."

"Hipocritamente denomina-se padre, mas não passa de um herege."

"Herege? E quem é cristão? Tu? O que achas que estás fazendo aqui com teus instrumentos de tormento? Esconjurando a corrupção colonial? Santificando-se?"

"Estou apenas começando minha vingança, Bernardo Ravasco. Mesmo que tenha de despender todos os meus haveres, próprios e herdados, mesmo que tenha de derramar meu sangue, farei com que não reste em pé nenhum Ravasco, nenhum da canalha dos Ravasco. Nada me deterá. Estou a serviço do príncipe, e de Deus. Não tenho medo do inferno. Também não tenho medo de Antonio Vieira. O Gordo tampouco, não é, Gordo?"

O capitão grunhiu.

"O Gordo é muito destemido. Ele já viu o demônio, não é, Gordo? Como foi mesmo?"

"É, já vi o demônio."

O novo alcaide continuou: "O demônio que ele viu dizia chamar-se Asmodeus e queria o sangue do pobre Gordo, ou então pessoas para fazerem pacto e virgindades de moças para atos torpes. Aparecia em vulto de homem, mulher, cobra...".

"Mas eu abjurei", disse o Gordo, "e agora tenho somente Deus diante dos olhos."

"Chega, chega", disse Bernardo Ravasco, "não quero mais ouvir nada disso."

"Vieira foi sempre ardiloso, traiçoeiro, promotor de ciladas", continuou o alcaide. "Tomai cuidado, Ravasco, com o que dizeis e onde vos meteis. Eu estarei vos esperando em cada esquina. Fidalgos espertos, esganados como galgos."

*

Aflita, imersa em preocupações a respeito de seu pai, Bernardina Ravasco aguardava ser recebida pelo governador.

Do lado de fora, na carruagem, Maria Berco esperava sentada ao lado do cocheiro. Torcia as mãos, angustiada. Pensava se aquele chamado do Braço de Prata teria algo a ver com o anel do alcaide. Puxou o véu cobrindo mais o rosto. Por que dera seu nome ao joalheiro? Se descobrissem, estava perdida.

A lança do guarda no chão de pedra do palácio do governo fez um ruído seco, retirando Bernardina Ravasco de seus pensamentos.

"O governador Antonio de Souza de Menezes ordena que entreis, senhora", disse o mordomo.

Bernardina Ravasco levantou-se e entrou na sala de despachos do governador.

Antonio de Souza estava sentado à mesa e não fez nenhum gesto ao vê-la, apenas investigou-a com olhos que exprimiam uma violência fria.

Bernardina Ravasco sentiu um leve tremor.

"Sentai-vos, senhora", disse Antonio de Souza.

Bernardina Ravasco sentou-se.

"Vamos direto à matéria", disse o governador. "Interessa-me encontrar Gonçalo Ravasco. Sabeis onde está o jovem?"

"Não."

Antonio de Souza passou delicadamente a mão no bigode de pelos escuros. Pensou no quanto eram orgulhosos os Ravasco, mesmo as fêmeas da família.

"Podemos fazer uma troca", disse o governador.

Bernardina Ravasco esperou.

"Se o jovem se entregar, darei livramento ao secretário vosso pai", disse Antonio de Souza.

"Apenas isso desejais falar-me?"

"Sim."

"Pensarei no que fazer. Meu pai está bem?"

"O melhor que pode, nas condições da enxovia."

"É que o lugar é úmido, ele sofre dos pulmões."

"A senhora pode fazer muito por ele. Espero que sejais uma boa filha."

"E má irmã?"

"Como disser a vossa consciência."

*

Bernardina Ravasco estava vestida de negro. Apesar da pouca idade, sua pele era marcada por linhas que desciam dos olhos, outras em volta da boca. Cumprimentou Antonio Vieira de maneira fria.

"Uma mulher honrada não deve ir à rua a não ser para seu batismo, casamento e enterro. Sabes que não gosto de mulheres aqui na quinta", disse Vieira.

"Sou vossa sobrinha."

Sentaram-se num banco da varanda da casa. Havia uma neblina rala no alto dos morros. Ouvia-se o rumor da água jorrando no tanque.

"O que queres?", disse Vieira tentando encurtar a conversa. Batia nervosamente o pé no chão.

"Estive com o Braço de Prata."

Vieira olhou-a surpreso. Parou com as batidas do pé.

"Ele mandou chamar-me ao palácio."

"Não devias ter ido. Isso não é assunto para ti."

"Mas eu fui, meu tio."

"E o que queria o governador?"

Bernardina afagou a gargantilha de pérolas que ornava seu pescoço.

"O que queria ele?", repetiu Vieira agastado.

"Disse que libertará meu pai se eu entregar Gonçalo."

Vieira levantou-se, irritado.

"É um presunçoso. Entremetido. O que disseste a ele?"

"Nada. Não sei onde está Gonçalo. Queria vosso conselho, meu tio."

"Meu conselho? Serias capaz de delatar teu irmão?"

"Foi ele e não meu pai quem se envolveu no conflito. Meteu-se a emboscadas, a lutas de espada e agora meu pai paga."

"Escuta bem, minha filha, teu pai estaria na enxovia mesmo que Gonçalo não existisse. O que o Braço de Prata quer é a mim. Sou eu quem o ameaça. Ele não admite a existência de alguém com mais força de espírito que ele, ainda que seja um velho padre. Os corações são obstinados e envelhecidos nos vícios. Serve a desunião de pareceres a uma grande confusão das consciências. Não sabem os homens a quem seguir e seguem, na vida e na morte, a quem lhes fala mais conforme seus interesses. O remédio não é simples e fácil. Não adianta trocar um Ravasco por outro Ravasco, Antonio de Souza fica com um e fica com outro, pois quanto mais Ravascos tiver mais Ravascos desejará. Os reis são vassalos de Deus, e se os reis não castigam seus vassalos violadores, castiga Deus os seus."

*

"Matemático!", disse Antonio Vieira. "É isso, matemático, isso eu deveria ter sido, um matemático. Apenas os matemáticos puderam achar algumas demonstrações, algumas razões certas e evidentes, quando tudo se explica pela própria coisa."

Padre José Soares ouvia em silêncio. A sobrinha acabara de sair do casario avarandado que servia de retiro a Vieira. Ainda se ouvia o ruído dos cascos do cavalo levando a sege de volta à cidade.

"Matemático, isso sim", repetiu Vieira. "Vê, meu amigo, o que foi minha vida. Passei-a a viajar pelos outros reinos e fiquei tanto tempo viajando que acabei por me tornar estrangeiro em qualquer terra. Já fui, sim, um homem de meu país, que afinal nem sei mais qual é, se é onde nasci, onde vivi, ou por onde minha imaginação vagou. Estou homiziado em mim mesmo, derrotado. Já decidi pendências entre reinos, já decidi pendências entre exércitos, já decidi pendências entre papas e reis, até mesmo pendências divinas, creio. E agora mal consigo convencer a um governador colonial de meio braço sobre a inutilidade de seu ódio."

"Mas, padre Vieira, ainda se pode fazer muita coisa."

"Sim, meu amigo, sei que muita coisa pode ser feita. Mas estou cansado."

"Na verdade, padre Vieira, temos tido tantos fracassos quantos aborrecimentos. As coisas hoje parecem mais difíceis."

"Está bem, se é isso que eles desejam, não hei de arrefecer. Tenho um irmão na enxovia e um sobrinho condenado ao degredo. Já que a guerra começou, travarei mais uma batalha."

"O que o senhor fará, meu padre?"

"Irá um mensageiro a Portugal. Vai levar minhas cartas aos poderosos. Vou escrever para Roque da Costa Barreto. Tendo sido governador do Brasil, conhece como ninguém as entranhas do mundo colonial, tem boas influências e muito crédito na Corte. Devo explicar por que não posso escrever todas as cópias com minha própria letra, que não passa mais de garranchos de um estudante do rudimentar?"

"Acho que não é preciso, padre."

Vieira abriu um livro em pergaminho. Leu a admoestação: "Quando te assentares a comer com um governador, atenta bem para aquele que está diante de ti. Não cobices os seus delicados manjares, porque são comidas enganadoras". Voltou-se para José Soares. "Não me resta mais tempo para dormir, nem tempo para toscanejar, nem tempo para encruzar os braços em repouso. Avisa ao poeta Gregório de Matos da intenção do governador. Manda que ele procure Gonçalo para alertá-lo ainda mais. Veremos quem sai ferido nessa refrega."

3

O Blasfemo foi solto da sua cela na enxovia. Ao sair, teve de fechar os olhos, pois a luz o cegava. Vagou pelas ruas com seu aspecto encarquilhado e só depois do anoitecer lembrou-se de que tinha uma incumbência importante.

Arrastou-se pelas ladeiras da cidade com uma lanterna na mão. O vento forte sacudia as árvores e fazia a chama da lanterna tremular, quase apagando-a.

Finalmente, depois de muito caminhar, avistou o que procurava, uma casa grande, a leste do porto principal, isolada. Na fachada tinha uma porta de madeira e duas varandas no segundo piso. Ao lado, um forno. Sobre o beiral do telhado havia estátuas irreconhecíveis.

O Blasfemo bateu a aldraba e esperou. Não apareceu ninguém. A casa estava às escuras, apenas uma luz tremulava numa das janelas do alto.

"Luiz Bonicho, seu corcunda velho narigudo fedorento", gritou o Blasfemo. "Luiz Bonicho, Luiz Bonicho, seu furão das tripas, abre esta porta antes que o diabo aperte o garrocho e o faça estalar."

Uma sombra apareceu detrás da janela. Ficou ali algum tempo. Depois a porta se abriu. Donato Serotino surgiu, com o cano de uma garrucha apontado para o Blasfemo.

"O que estás fazendo aqui a esta hora, Blasfemo? Eu te disse para não apareceres aqui. Não estavas na enxovia?"

"Trique trique, zapete zapete. Antes burro que me leve a cavalo que me derrube."

Donato Serotino abaixou a arma. Luiz Bonicho apareceu por detrás dele.

"Deixa entrar esse miserável, ele é o que há de melhor sobre a terra, depois dos ratos, é claro", disse Luiz Bonicho.

"O que queres, Blasfemo?", disse Donato.

"Tudo o que souber me contará, tudo o que tiver me dará, todos os homens abandonará e só a mim me amará."

"Estás vendo, Donato?", disse Luiz Bonicho. "Não é mesmo o maior de todos os sábios? Senta, meu amigo, senta, não queres um prato de comida? Verás que às vezes cavalos não derrubam, tua sabedoria de mula ficará mais completa. Uma sopa, Donato, dá uma sopinha a esse miserável, se é que ainda sabes acender um fogo. Ou então acorda aquele horrível odre e manda que aqueça o caldo, este traste merece um pouco de calor. Senta à cabeceira da mesa onde como, Blasfemo; tua alcunha é um bom passaporte. Aqui os estábulos e chiqueiros são para os governadores, alcaides, padres, militares e para os que se dizem sãos. Na verdade esses é que estão doentes, a humanidade está doente, somos um cancro velho ulcerado que herdamos de nossos pais. Nascer é adoecer. A vida é uma doença contínua. *Totus homo ab ipso ortu morbus est*, Demócrito. Não é, Blasfemo?"

O Blasfemo sorriu e abanou a cabeça afirmativamente.

Uma escrava muito gorda apareceu com um prato fumegante e colocou-o sobre a mesa.

"Come logo e vai-te embora", disse Donato Serotino.

"Espera, Donato, paciência, ele talvez tenha algo a nos dizer."

O Blasfemo comeu o pão ensopado, ruidosamente.

"Vinho, idiota, traz vinho para este furtador de burros. Estas escravas não querem mais saber de trabalho, mais belicosas que o fogo e mais correntes que a água", disse Luiz Bonicho.

A escrava trouxe uma tigela de vinho.

Quando terminou de comer a sopa, o Blasfemo encarou Luiz Bonicho com seus olhos maltratados. "Asno és e filho da burra que continuas aqui enquanto te procuram para matar."

"Matar-me?"

Luiz Bonicho e Donato Serotino entreolharam-se.

"Quebraram a língua do Brito, ele disse tudo." O Blasfemo

deu uma gargalhada. "Morte ao lambe-cu, ha ha ha", outra gargalhada.

"Anda, fala direito, desgraçado, antes que eu ferva o muquete", disse Luiz Bonicho.

"Sabem de tudo", disse o Blasfemo. "O nome dos embuçados. Sete vergas do demônio, sete chicotes."

"Ah, agora falaste claro", disse Luiz Bonicho.

Serotino estava pálido.

"Os nomes? Os nossos nomes? Maldição!", disse Luiz Bonicho.

"Precisamos avisar os outros", disse Donato Serotino.

"Nada disso", disse Luiz Bonicho. "Vamos nos esconder e cada um por si. Não podemos nos aproximar do colégio, nem dos jesuítas, nem dos Ravasco. Nos arriscaríamos muito."

"Mas é isso que um homem de bem deve fazer. Encontrarei uma maneira de avisá-los", disse o mestre de esgrima.

O Blasfemo afastou-se levando uma pataca que Luiz Bonicho lhe deu. "Que esta cara te pareça luz, este corpo te pareça estrelas, quem te mal de mim disser, não *lo creas*", dizia em cantilena enquanto caminhava. "Arriba! Arriba!"

*

A missa terminou ao entardecer. Maria Berco percorreu o caminho de casa sem perceber nada à sua volta. Estava imersa em pensamentos. O padre, de Bíblia em punho, zurzira no púlpito: "Os lábios da mulher adúltera destilam favos de mel e suas palavras são mais suaves do que o azeite; mas o fim dela é amargoso como o absinto, agudo como a espada de dois gumes. Seus pés descem à morte, seus passos conduzem-na ao inferno. Ela não pondera a vereda da vida; anda errante nos seus caminhos e não o sabe".

Caminhava murmurando um nome: Gregório de Matos. Um nome suave como o azeite. Se pudesse arrancar seus lábios e lançá-los de si, assim não iria todo o seu corpo para o inferno. Porém sua mão só queria tocar um homem. Se pudesse cortá-la e lançá-la de si! Pois lhe convinha que perdesse um dos seus membros e não fosse todo o seu corpo para o inferno. Se pudesse repreender-se com veemência, como Jesus repreendera os ventos e o mar! Onde estavam sua prudência de serpente e sua simplicidade de pomba? Nem mais poderia ser saudada com dignidade na casa de seus senhores, pois roubara.

"Tomará alguém fogo no seio sem que suas vestes se incendeiem? Ou andará alguém sobre brasas sem que se queimem os seus pés?" A voz do padre soava em sua cabeça como um trovão. Havia roubado, sim, fora isso que fizera. Não merecia nada mais que o inferno. E agora seu corpo a queria lançar no abismo do adultério. Já não parava em casa. Ora estava nas ruas, ora nas praças espreitando por todos os cantos na esperança de reencontrar Gregório de Matos. Deus a enviara àquela missa onde o padre admoestara contra a traidora. Era preciso esquecer Gregório de Matos. Onde estaria ele àquela hora? Talvez andasse pela rua junto à esquina de sua casa, dela, seguindo o caminho da taberna na escuridão da noite, nas trevas. Se o visse, se aproximaria dele e o beijaria e de cara, impudente, lhe diria: "Já cobri de colchas a minha cama, já perfumei meu leito com mirra, aloés e cinamomo. Vem, embriaguemo-nos com as delícias do amor até pela manhã, gozando amores". Não acontecera na Bíblia? Dissera a voz do padre: "A mulher virtuosa é a coroa de seu marido. Mas a que procede vergonhosamente é como podridão nos seus ossos".

*

Maria Berco abriu os olhos. Estava diante de um espelho. Viu a si mesma montada numa besta com sete cabeças e dez chifres. Achava-se vestida de púrpura e de escarlata, adornada de pedras preciosas e pérolas, tendo nas mãos um cálice de ouro. Na sua fronte estava escrito: Babilônia, a Grande, a mãe das meretrizes e das abominações da terra. Tentou desmontar mas não conseguiu. Sentia-se embriagada. Olhou para cima. Percebeu que se encontrava no fundo de um abismo. À sua volta havia uma água fétida. Em volta da água, fogo. Aves mergulhavam em sua direção berrando como cachorros. Bebeu um gole de vinho e cuspiu: era sangue. Seu corpo começou a se transformar em madeira e depois a queimar. Abrasada, acordou. Levantou-se da cama e foi ao espelho. Era seu rosto de sempre.

Acendeu o candil e dirigiu-se à sala. Pegou um chicote e voltou para o quarto. Havia anos não tinha uma noite de amor, o marido velho já não mais a dormia. Diante do espelho desamarrou a blusa e a saia. As roupas caíram a seus pés. Despiu-se das roupas de baixo. Viu-se nua, uma imagem difusa no vidro, deformada. Sua pele parecia feita de leite. Aproximou-se do espelho. A boca destacava-se da pele do rosto. Viu seus dentes, os caninos levemente pontudos lhe davam um ar animal. A língua era muito vermelha, trêmula. Os seios redondos, pequenos, começavam nas clavículas. Pelo meio das curvas brancas da cintura e dos quadris descia uma penugem escura até o ventre, que se abria num tufo negro. Sua respiração apressou-se, seu coração disparou. Gregório de Matos. Jamais se desnudara diante de um homem. E poucas vezes diante de si mesma. A nudez era pecado, estava caindo no abismo, aquele com o qual sonhara. Diziam que em Roma havia estátuas de homens nus dentro das igrejas. Beijou sua própria boca no espelho. Pensou que havia demônios dentro de si. Esperava-a um fim amargoso como o absinto. Pegou o chicote e flagelou-se, como via fazerem nas procissões os penitentes, caminhando atrás dos andores, descalços, arrastando-se de joelhos, macerando o corpo, deixando vestígios de sangue nas pedras das ruas. Tinha de devolver o anel, tinha de esquecer Gregório de Matos.

*

Anica de Melo parecia muito nervosa. Ao ver Gregório de Matos, abriu os braços. Usava um vestido de cores esmaecidas, bordado de fios brilhantes, e trazia uma flor roxa na orelha.

"Vamos lá para dentro, depressa", ela disse, com um rosto sério.

Gregório de Matos olhou em volta. Soldados do governador estavam sentados a uma mesa, embriagados. Uma jovem arrumava os cabelos no alto da cabeça. As axilas peludas turvaram por um instante a visão de Gregório de Matos. Porém os homens ao lado dela bebiam e jogavam sem se importarem com o gesto sensual da mulher.

Havia uma luminosidade ambarina em todo o ambiente. As roupas, as peles, os cabelos absorviam a luz.

Gregório de Matos e Anica de Melo foram para a cozinha. Ele pensava, enquanto caminhavam, que estivera com todas aquelas mulheres na cama, exceto a negra que penteava os cabelos mostrando as axilas. Era nova por ali.

Na cozinha, iluminada apenas pelo fogo da lenha, uma moça tomava um caldo fumegante, sentada ao lado do fogão, entre panelões de cobre vermelho-ouro. Ao vê-los, ela levantou-se. Tinha os pés calçados em sandalinhas de veludo.

"Esquenta uma boa comida e põe a mesa para o doutor Gregório", disse Anica de Melo.

A moça deixou de lado seu prato de sopa, limpou as mãos no avental e tirou das panelas grandes vários tipos de comida que metia em panelas pequenas sobre o fogo.

"Eles estiveram aqui", sussurrou Anica de Melo.

"Quem?", disse Gregório de Matos.

"Tu sabes quem. Os homens do Braço de Prata."

"Procuravam por mim?"

"Entraram em teu quarto e revistaram tudo."

"Foram, também, à Relação me procurar. Estou já frito, e assado", disse, sem olhar para ela.

"Falavam nuns escritos. Que escritos são esses? Estás tão pálido."

"Diabo, como me descobriram aqui? Que me quer o Brasil que me persegue? Com seu ódio, a canalha, que consegue? Que aqui honram os mofinos e mofam dos liberais."

A escrava colocou um prato na frente de Gregório de Matos. Da comida desprendeu-se um odor agradável. Anica de Melo encheu de vinho duas taças. Ele devorou a comida rapidamente, enquanto Anica de Melo o observava.

"Eles molestaram alguém? As meninas? A ti?", ele disse.

A moça voltou a sentar-se no fogão para tomar a sopa,

olhando para Gregório de Matos e Anica de Melo com ar desconfiado.

"Pra fora, Jerônima", gritou Anica de Melo. A moça saiu, levando o prato de sopa. Anica de Melo continuou, com uma voz mais baixa. "Estou temerosa."

"Pois eu não tenho medo, porque a morte é tão sucinta. Além do mais, eles nunca vão poder provar nada contra mim pois nada fiz."

"Não é preciso provas para ser preso. Basta que seja suspeito." Anica de Melo serviu outro prato para ele.

"Esteve uma mulher aqui."

"Uma mulher?"

"Sim. Uma tal Maria Berco. Disse que tu sabes quem é."

"E o que queria ela?"

"Falar-te. Pediu que estejas sem falta esta noite na rua Debaixo. Olhava para mim como se eu é quem fosse a bruxa e não ela."

Gregório de Matos fechou os olhos e respirou profundamente.

"Quem é essa moça?", disse Anica de Melo.

"Bem... ligada aos Ravasco."

"Estás me traindo. Pensas que não sei o que andas fazendo por aí? Ela é tua amante?"

"Não. Ela é casada."

"Mas não apolegaste as tetas de Córdula, a cabrinha do padre Simão Ferreira? Bem na minha frente?"

"Padre Simão não é marido de Córdula."

"Estás apaixonado por essa mulher?"

"Não", disse Gregório de Matos. Comeu mais algumas colheradas.

Anica de Melo suspirou, reanimando-se.

"Ainda bem que te sobrou algum juízo. Se me deixares, se me traíres com outra mulher, vou querer te matar."

Gregório de Matos pensou na negra das axilas. Sentiu-se envolvido pelo hálito de Anica de Melo em seu rosto. Cheirava a hortelã, como as camponesas do alto da Panaventosa, onde o pai dela plantava parreirais. Ou cheirava a uvas. Um perfume capaz de embriagar. Anica de Melo tinha calor e afeto. Recitou: "Servi-vos, senhoras, de ter-me um pouco de amor, ao menos de consentir que eu vos tenha amor a vós. Meu coração me palpita quando as vejo passar, com tal garbo, e com tal ar, que deixam-me alma perdida, e se me podem dar vida, por que me querem matar?".

Jerônima cantava no quintal. O ruído das pessoas no salão estava distante.

"Mais vinho", ele ordenou.

Anica de Melo encheu novamente a taça.

"Quero beber de tudo, quero morrer em jeribita ensopado, me embriagar. Ai, amor tirano! Mas de que serve uma vida aborrecida?"

Sentiu a mão de Anica de Melo em seu membro.

"Vais me deixar porque sou feia?"

Ele disse que não, que ela era galharda sobre bonita, uma água de flor, que jamais a deixaria. Como uma graça tão linda da província estava perdida naquele desterro colonial?

"És um parvo mentiroso." Anica de Melo sentiu os olhos marejados. "Quando eu tinha sete anos era muito magrinha. Levantava as saias e olhava minhas pernas finas e compridas que alargavam nos joelhos e afinavam novamente até os pés. Em poucos anos cresci tudo de uma vez só, mas meus pés continuaram pequenos. Eu vivia caindo e batendo com a cabeça. Batia com a cabeça nos armários, nas portas, nas réstias de cebola. Vês esta cicatriz aqui? Igual à tua." Ela mostrou uma pequena marca junto à raiz dos cabelos. "Depois meu corpo se encheu, seios, coxas, e os rapazes do Alto começaram a me procurar, sabes o que queriam, não sabes? Sempre fui de me apaixonar. Mas eles fornicavam e sumiam."

"Eram umas remelas de olho, esses jumentos."

"Depois fui para Lisboa. Na rua os rapazes me chamavam de labrega. Eu tinha vergonha das duas maçãs do rosto vermelhas como as das labregas, o nariz sempre escorrendo. Queria ter o rosto pálido das fidalgas."

"Aquilo é pó de arroz, sua tonta."

"Meu destino é ser sozinha."

Gregório de Matos olhou-a com atenção. Pela primeira vez percebeu que havia no rosto dela sinais sutilíssimos de envelhecimento, linhas delicadas em torno da boca e pele levemente mais áspera, uma certa maturidade nos olhos.

"Nunca te casaste, Anica?"

"Não. Eu queria casar e ter filhos. Mas não tenho paciência para crianças. As crianças e os homens me aborrecem. Eu não seria uma esposa da qual algum homem pudesse se orgulhar. Os homens gostam das meretrizes, desde que elas fiquem no seu lugar."

"Nem todos são assim", disse Gregório de Matos, beijando sua mão.

"O mundo é sempre igual em todos os lugares. Vida tão bruta e tão fera."

Anica de Melo ficou séria, os olhos parados. "Ser uma filha de labregos também me aborrece. Acho que por isso saí de Portugal. Escolhi o Brasil porque aqui todos se sentem labregos. Mas sonho um dia ir embora para um lugar muito bom."

"Na Abissínia", ele disse, "talvez esteja o reino fabuloso de Preste João."

"Queres ir para lá?"

"Estou tentando. Mas acabo ficando por aqui mesmo."

"E o que tem lá?"

"Um rio azul."

"Só isso?"

"Só."

"Aqui tem muitos rios azuis."

*

Quando Gregório de Matos entrou em seu quarto verificou que não se tratara de simples vasculhar à procura de algo, os livros estavam jogados no chão, alguns rasgados, tudo fora feito com ferocidade. Sentiu duramente o golpe, estava acostumado a pensar que mesmo os mais rudes e vis tinham algum respeito pelos livros. Mas as pessoas odiavam tudo o que não compreendiam. Os homens do Braço de Prata não sabiam ler. Ninguém sabia ler. Os livros eram inimigos.

As moças que alugavam os quartos contíguos olhavam Gregório de Matos com pena. Algumas vieram se oferecer para ajudá-lo a arrumar tudo e consertar os livros. Uma das moças trouxe uma panela de grude para colar as páginas arrancadas. Era a negra novata. Gregório de Matos empurrou as outras moças para fora. Ficou sozinho no quarto com a mulher. Sem falar com ela, sem ao menos perguntar seu nome, tirou a roupa dela e colocou-a, nua, deitada na cama, depois de jogar os livros no chão. Ela era suntuosa, noturna. Ele agarrou o corpo dela com fervor e possuiu-a muitas vezes seguidas, sem dizer uma só palavra. Depois pegou um dos livros e leu em voz alta enquanto a moça se vestia, um pouco assustada:

"Quem, com piedade, ao andaluz não mira? E quem, ao andaluz, seu favor nega?"

4

Roupas de veludo, seda, linho, se espalhavam sobre a cama. Maria Berco ajudou Bernardina Ravasco a tirar a saia. Desmontou em seguida a armação de arame bojuda como uma pera, que caiu ao chão; ferrou-lhe a perna nos quadris e soltou as fitas do espartilho. Acocorou-se depois para tirar-lhe as meias soltando as ligas abaixo dos joelhos; por último vestiu-lhe a camisa de dormir.

"Ah, que conforto", disse Bernardina Ravasco. "Odeio roupas."

"Vossas roupas são lindas, senhora."

Bernardina Ravasco olhou a dama de companhia, mais jovem do que ela.

"Dize-me, Maria, estás mesmo decidida a ir?"

"Sim, senhora. Tudo farei por vós."

"Se algo te acontecer, tenho minha consciência em paz. Foste tu mesma quem te ofereceste a procurar meu irmão."

"Não há perigo nenhum, senhora."

"Basta estar vivos para correr risco nesta terra. Sei que não temes o perigo. Por onde o procurarás? Pelos alcouces? Tabernas de vinho? Pelos becos escuros e imundos de nossa cidade? Pode estar longe, num engenho. E se te pegarem na estrada?"

"Não vão me pegar."

"Não deves dizer a ninguém de meu encontro com o Braço de Prata. Vou convencer Gonçalo a se entregar pela libertação de meu pai. Os amigos dele não iriam aceitar. São desumanos. Meu próprio tio, um jesuíta, um homem de Deus, recusou a troca. Prefere que morra o irmão. Gonçalo é jovem e forte e além disso foi ele quem se meteu nessa confusão, apesar dos conselhos de nosso pai. Mas é um bom rapaz, se souber do que ocorre concordará em se entregar."

"Tranquilizai-vos, senhora, tudo terá remédio."

"Vai, Maria, vai. Nem sei se terei meu pai de volta. Pode ser apenas um golpe sujo do Antonio de Souza. Ele não tem escrúpulos, é capaz de tudo. Mas vou arriscar-me. Toma cuidado, Maria."

"Sim, senhora."

Bernardina Ravasco pegou uma pistola, carregou-a e meteu-a num saquinho de pele. Deu-o a Maria Berco.

"Para qualquer sucesso", ela disse. "Com os homens da família mortos, presos ou homiziados, somos nós os homens da família."

*

Gregório de Matos estava novamente na rua Debaixo, mas agora não havia nenhuma festa ou negras dançando. Ainda sentindo a embriaguez do vinho, esperava Maria Berco chegar.

A cidade parecia parada, naquela noite fresca. Um cheiro de baleia morta se espalhava por ali. Gregório de Matos avistou um vulto de mulher se aproximando. Era ela. Sentiu um leve tremor. Foi ao seu encontro. Lembrou-se das palavras de Vieira: "Nunca houve enfermidade no coração que não houvesse fraqueza no juízo".

"Senhor, desejo falar-vos sobre algo que muito aflige minha ama. Dom Bernardo disse, numa feita, que se poderia confiar em vós. Esta é a ocasião e agora comprovarei se ele dizia a verdade. Bem sabeis que a família Ravasco está passando por um momento dificultoso, e caso eu não possa falar com dom Gonçalo essas dificuldades aumentarão. Andei a procurá-lo, sem fruto. No colégio me garantiram que se escondeu em outro lugar. Podeis dizer-me onde se encontra dom Gonçalo?"

Gregório de Matos ficou em silêncio. Maria Berco sentiu-se constrangida com aquele silêncio em que ele a observava.

"Então?", ela disse.

"Não sei onde está o mancebo."

"Rogo-vos, senhor."

"Não sei onde está Gonçalo, como vos disse, mas se soubesse não diria. Já sei o que quereis falar-lhe. Antes de sair recebi a visita de... um amigo, que me contou sobre o encontro de dona Bernardina com o Braço de Prata. Querem entregá-lo em troca do secretário."

"Não é tão simples assim", disse Maria Berco.

"Eu tudo faria por vós. Menos trair um amigo. A amizade é mais subida que o amor."

"Duvido que saibais o que é sentir amor." Pôs a mão sobre a boca, arrependendo-se de suas palavras.

"O que dizeis, senhora? Permiti-me que fale sobre meus sentimentos. Meu espírito anda inquieto, meu coração de cera arde em labareda de fogo. Ando sem sossegar, sempre tremendo, e não de frio. Mal posso dormir. As asas do desejo voam mais que as asas do tempo. Desde que recebi vosso recado sobre este encontro as nuvens e as estrelas foram vagarosas, os relógios mudos, as horas eternas."

"Não faleis assim, senhor."

"Quisera-vos persuadir, como vós haveis de haver, que sou mais firme em querer que vós ligeira em fugir", declamou.

"Aqui estou para falar de matéria dos Ravasco."

"Era isso o que eu temia. Ainda mais porque estais sendo torpemente enganadas pelo Braço de Prata. Ele jamais dará livramento a Bernardo Ravasco. Ficará, sim, com dois Ravascos na enxovia, que é o que quer. Isso se não matar antes o Gonçalo. Dom Bernardo sairá de lá, mas por outras fortunas. Estamos lidando com insensatos, dona Maria Berco, estamos em terra grosseira e crassa, que a ninguém tem respeito. Aqui o cão arranha o gato, não por ser mais valentão, mas porque sempre a um cão outros acodem. O menino Gonçalo está refugiado e vai continuar assim. É o desejo de Bernardo Ravasco, e assim o faremos."

"Dizei-me onde encontrar o menino, e a família decidirá o que fazer."

"A família? Quem? Dona Bernardina? Essas presunções de mulheres são sezões que passam como maleitas."

"Fazei-o por mim, se me tendes apreço."

"Está bem. As salvas foram pedidas com penas e prometo a vossa mercê que irei procurar Gonçalo Ravasco para tentar convencê-lo a conversar com a irmã. Previno-vos, será difícil que aceite. Não que não ame seu pai, mas porque é sensato."

*

O sobrado estava escuro quando Maria Berco entrou. Abriu a porta da cozinha como costumava fazer ao chegar e preparou algo para comer. Havia dias nada faltava naquela casa. Retirou da cintura um saquitel de patacas e contou-as. O dinheiro estava acabando. Como faria para resgatar o anel? Ganhava pouco a cada mês como dama de companhia, gastava quase tudo em comida. Mesmo que costurasse à noite, não conseguiria tanto dinheiro em menos de um ano. Por que não pensara nisso?

Na ponta dos pés, subiu as escadas com o candil aceso na mão. Entreabriu a porta do quarto de João Berco. O homem adormecera sentado na cadeira. A escrava estendida a seus pés abriu os olhos. Maria Berco fez sinal para que ela dormisse novamente. Foi para seu quarto.

"Ah, que coisas me acontecem", suspirou. "Chorai, tristes olhos meus, que o chorar não é fraqueza quando o amor nos tiraniza." Lembrou-se do encontro com Gregório de Matos. Ele a amava. Ela ansiava por revê-lo. Vestiu uma camisa longa, deitou-se e rezou pedindo a Deus que a noite passasse logo.

*

Na manhã seguinte Gregório de Matos partiu em direção ao Recôncavo. Sob o sol ardente, suor escorria de sua testa, de seus cabelos, de seu pescoço. Não foi difícil encontrar Gonçalo Ravasco num engenho.

"Que belo esconderijo", disse Gregório de Matos. "Qualquer um sabe de teu paradeiro. Além disso, perambulas de noite pela Bahia como um homem comum."

"Que se danem nas areias-gordas", disse Gonçalo Ravasco. "A essa hora o Braço de Prata deve estar vazando a tripa."

"Não achas que virão atrás de ti? Donato Serotino mandou avisar que o alcaide Teles tem os nomes."

"Deve estar lá também o teu."

"Revistaram meu quarto, reviraram tudo, rasgaram meus livros. Fazem terríveis intrigas contra mim aos ouvidos do prelado. O povo maldito me pôs em guerra com todos. Hipócritas embusteiros, velhacos entremetidos, visitadores prolixos, políticos enfadonhos, cerimoniosos vadios me procuram para se divertir, para pedir sátiras. Os asnos me chamam de asno. Eu era, lá em Portugal, sábio, discreto e entendido. Poeta melhor que alguns, douto como os meus vizinhos. Chegando a esta cidade logo não fui nada disto. Aqui sou um herege, um asnote, mau cristão, pior ministro."

"Para de te lamentar, poeta, todos sofremos as mesmas penas. Conta-me as notícias."

"O ouvidor-geral do crime não é outro senão o braço direito do Antonio de Souza, o Palma. Juntamente com o Gois, fez mesmo padre Vieira réu do processo na Justiça, acusado da morte do alcaide."

"Mais um inocente. Será que meu tio vai pagar por nós?"

"Não seria nada mau", disse Gregório de Matos. "Ele é padre. Tem imunidades, é amigo de reis. Além do que, é o verdadeiro alvo disso tudo."

"Não seria justo. Eu morreria se isso acontecesse. Ele é um homem que nem merece estar na terra. Um filósofo, um santo. Por isso anda tão molestado."

"Ora, por que Deus pouparia os filósofos ou os santos do sofrimento? São gente como nós. Bendito seja *el carajo de mi señor* que agora *mija sobre mi*." Gregório de Matos parecia divertir-se.

"Não entendo como o Santo Ofício ainda não te queimou. Isso é um verdadeiro milagre."

"Deus está do meu lado. Temos conversas bem amigáveis e Ele sabe que não sou dado a hipocrisias."

"Tu ainda estás melhor do que eu, poeta", disse Gonçalo Ravasco. "Eu nem ao menos consigo mais acreditar que Ele exista."

"Blasfêmia, blasfêmia", disse Gregório de Matos, persignando-se. "Mas o que me trouxe aqui, na verdade, foi um pedido para que eu te alertasse. O Braço de Prata anda espalhando que dará livramento a dom Bernardo em troca de saber onde estás."

"E o que achas? Devo entregar-me?"

"Não!", disse Gregório de Matos. "Fui procurado pela dama de companhia de tua irmã. Dona Bernardina caiu na esparrela do descarado. Elas que não se metam nessa história. O alcaide quer matar-te. Mas nada ganhará matando Bernardo Ravasco."

"Não sei, poeta. Sabemos como são as condições na enxovia. Meu pai está velho e não deve aguentar muito tempo."

"Aguentará."

"As mulheres são ingênuas e sentimentais. O Braço de Prata é um mentideiro frequentado de quantos senhores burros."

"O que digo para elas?"

"Diga que não me encontrou."

"A cabrinha é garrida, teimosa e encrespadinha. Vai insistir. Mas não será mau vê-la outras vezes. Vou conseguir o que desejo. Não há mulher virtuosa nesta terra a andar pelas ruas. As donzelas sabidas escondem-se atrás das gelosias."

*

Maria Berco acordou com batidas fortes à porta. Desceu correndo, afoita. A escrava estava à porta e, detrás dela, homens de uniforme castanho falavam. Maria Berco estacou ao pé da escada.

João Berco surgiu, apoiado na bengala, tateando o caminho.

"Quem está aí?", ele disse com sua voz rouca.

"Temos uma ordem de prisão contra dona Maria Berco", disse o soldado.

Maria Berco ficou gelada.

"Deve haver algum engano", disse o cego. "Rapa daqui!"

"Engano nenhum, senhor", o soldado entrou, empurrando

a escrava que lhe barrava a entrada. Parou diante da pálida moça à beira da escada. "É a senhora?"

"Sim", disse Maria Berco.

"Sapé, arrasta daqui", gritou João Berco para o soldado. "Senão a porca torce o rabo."

"Sem a moça não saio", disse o soldado.

"Meu trabuco!", gritou João Berco. "Alguém traga meu trabuco! Vou mandar este zote para o inferno."

Maria Berco aproximou-se do marido. "Eu sabia que ia acontecer, João. Eu sabia."

"O que fizeste, desgraçada? O que fizeste?"

O soldado pegou-a pelo braço.

"Deixa-me ao menos vestir-me", disse Maria Berco.

O soldado largou-a e ela subiu as escadas. Depois que se vestiu foi levada por entre os curiosos que haviam se juntado à porta.

"Adeus, vagabunda!", gritou João Berco, brandindo a bengala.

5

Vieira seguiu pelo Matoim, acompanhado de José Soares, beirando o rio até chegar a um pequeno povoado onde entraram num bosque, por uma estreita trilha, parando diante de uma casa de engenho abandonada. Escondido entre as árvores, o prédio quase em ruínas levantava-se à margem do rio, sobre grandes pilares de tijolos. Coberto de telhas assentadas sobre tirantes, frechais e vigas de madeiras de lei, tinha duas varandas ao redor, uma que fora a casa da moenda, outra a casa das caldeiras.

Os jesuítas entraram pelo galpão até um portão de ferro no fundo. Padre Soares bateu. Viram uma sombra atrás de uma fresta. Depois de alguns instantes uma voz veio de dentro.

"O que querem?"

Vieira anunciou-se.

Os padres ficaram, então, algum tempo aguardando. Dois bois magros pastavam. Havia eixos, canos, rodas espalhados pelo mato; aguilhões, arruelas e chavetas no chão.

Os jesuítas ouviram o ruído de botas e metais por detrás da porta. Entreolharam-se e com ansiedade viram a porta abrir-se. José Soares recuou. Cinco homens surgiram, armados.

Antonio Vieira estendeu uma carta que o mais velho pegou e leu. A carta passou de mão em mão e todos a examinaram cuidadosamente. Depois disso, deixaram os visitantes entrar.

Os padres foram levados através de um pátio para uma sala ampla onde havia apenas um armário com uma lâmpada acesa e uma longa mesa com uma bacia. A pouca luz vinha através de frestas entre telhas quebradas.

Entraram noutra sala, que cheirava a mofo, mais escura que a anterior, com o teto forrado de madeira. Havia uma mesa cercada de cadeiras maciças. Na obscuridade, Vieira viu o rabino ao fundo da sala, vestido com uma túnica branca. O homem tinha o crânio calvo ovalado, orelhas pontudas, as mãos repousadas sobre um livro. O rabino fez sinal para que os padres se sentassem.

"Bem-vindos", disse, com uma voz cálida, colocando os óculos, que fizeram crescer seus olhos melancólicos, sob os quais havia duas bolsas conjuntas cheias de rugas. Tirou o iármulque da cabeça.

"Samuel da Fonseca?", disse Vieira.

"Sim, padre Vieira, sou eu mesmo. Então estou diante do ilustre jesuíta de quem tanto fala meu amigo — e vosso irmão — Bernardo Ravasco. Apesar das divergências entre as nossas doutrinas sois capaz de não vos entregar a instintos recalcados e cobiçosos como muitos de vossa gente. Nosso povo só vos tem a agradecer. Não creio que possais lembrar-vos de mim mas, há muitos anos, estive convosco em Rouen, quando lá fostes vos encontrar com judeus portugueses fugidos à Inquisição, e estivestes na casa do poeta Antonio Anrique Gomes, o protegido do cardeal Richelieu. Isso foi há uns vinte anos, e eu também lá estava de passagem, pois morava em Amsterdã com meu tio."

"Ah, sim, recordo-me vagamente, apesar de já estar bastante velho."

"Em Amsterdã", continuou o rabino, "tive o prazer de assistir à predica do afamado Manasseh ben Israel, à qual, com muita cordialidade, fostes também ouvir. Sabendo do ouvinte que tinha na assembleia, Manasseh procurou exibir seus dotes de orador e tentou provar a superioridade da antiga lei. Soube que vós procurastes o *hakham* Manasseh à saída e que se deu uma disputa retórica que durou longo tempo e à qual, infelizmente, fui privado de assistir. Dois mestres em teologia, dois sábios. Ambos possuíam igual força de argumentação, igual amor pela disputa de ideias, ambos versados na Escritura e, vencidos pelo cansaço, saíram sem um poder convencer ao outro."

"Esse foi um tempo de duras provas para mim", disse Antonio Vieira. "Lamentei muito não ter podido encontrar em Amsterdã vosso ilustre tio Isaac Aboab da Fonseca, gramático, poeta, o primeiro rabino do Brasil, o fundador da primeira sinagoga, em Recife, como sabeis melhor do que eu. Infelizmente a intolerância tornou a vida dele impossível no Brasil. Eu soube que centenas de judeus o acompanharam no exílio para Amsterdã. Outros, muitos, foram para a Nova Amsterdã, no Novo Mundo. Uma grande perda... uma vergonhosa perda..."

"Não faz mal", disse Samuel da Fonseca. "A fênix é consumida pelo fogo e renasce das próprias cinzas. Essa ave é o emblema da Neweh Shalom. A Inquisição pode queimar-nos, mas não acabará conosco. O amor é mais poderoso que a morte."

"Vosso tio ainda está vivo?"

"Até o ano passado, quando recebi notícias, estava vivo. Talvez ainda seja professor das escolas rabínicas Torah Or e Yeshiva de los Pintos. Perdeu sua primeira mulher e está casado pela segunda vez."

"Tenho boas lembranças da Holanda", disse Vieira.

"O senhor estava bem diferente naquele tempo."

"Sim", concordou Vieira. Como já não tinha mais alguns dentes, adquirira o hábito de sorrir com a boca fechada, ou então colocando as mãos sobre ela. Na maioria das vezes, porém, evitava sorrir. "Admito que estava diferente. São os sacrifícios de um soldado. Como a intolerância calvinista não me permitia aparecer com minha roupeta de jesuíta, era obrigado a trajar-me de grã, escarlate flamante, levando à cinta a espada, o cabelo cheio, sem tonsura, e aquele horrendo bigode. Posso dizer que a vida de leigo não me atrai, porque a experimentei. Sinto-me melhor com esta velha roupeta. Ela me preserva de frequentar damas e cavalheiros, de assistir a reuniões volúveis, de dissertar à sobremesa sobre frivolidades, ditos galantes e remoques. Enfim, a vida como um leigo na Holanda foi dura porém lucrativa. Pude depois disso trovejar com mais fúria e conhecimento sobre os vícios e os prazeres vãos e mundanos."

José Soares, que se mantinha num canto, olhava o judeu

com ar ambíguo. Nunca vira um rabino e o piedoso homem à sua frente não tinha o aspecto de quem crucificava crianças cristãs para beber-lhes o sangue, ou de quem açoitava crucifixos e profanava hóstias consagradas; não possuía patas de demônio nem chifres na cabeça, tampouco rosto de idólatra ou herético. Tinha o ar sofredor e triste, e seu rosto era o de um sábio. Apesar de todas as perseguições, aqueles homens não haviam perdido sua personalidade como povo e como crentes.

"Pelo que li na carta", disse o rabino, "temos uma conversa muito importante a travar."

"Sim, Samuel da Fonseca", disse Vieira. Relatou ao ancião as desavenças entre seus amigos e o governador, as emboscadas, as lutas de espada que se travavam nas ruas da Bahia entre as duas facções, as perseguições, os assassínios, as prisões, os maus-tratos por que passava Bernardo Ravasco na enxovia, o perigo de morte dos homens suspeitos de matar o alcaide-mor. E, enfim, os autos na Justiça que acusavam os Ravasco do crime. O Palma, ouvidor-geral do crime, decretava prisões, retardava audiências; o novo alcaide promovia buscas e prometia castigos exemplares.

"Lamentável tudo isso, padre Vieira, lamentável. Jamais se poderia supor que um homem escolhido pelo próprio príncipe, dentre tantos, pudesse se entregar a tão vis interesses. Creio que deveríeis usar de vossa influência junto a Sua Alteza para afastar esse ser medonho do governo."

"Não, meu caro amigo", disse Vieira, acenando com a cabeça, "eu não poderia fazer mais do que já fiz. Estou caído das graças que me favoreceram outrora, de ministros e validos, dentre os quais o marquês de Gouveia. Em Portugal todos sabem que acreditei ser el rei dom Afonso preferido a seu irmão, como era justo. E que, por esse motivo, fui perseguido e avexado como menos poderoso. Não sei se tenho merecido os desfavores do príncipe, lembrado da diferente fortuna que tive com o pai, de quem Sua Alteza é herdeiro e a quem servi tantos anos com tantos trabalhos e perigos. Não posso deixar de sentir e estranhar muito essa grande diferença. Sinto-me de pés e mãos atados."

"Em Portugal está viva a memória de vossos préstimos, o duque de Cadaval vos protege com sua cordialidade, no Desembargo do Paço encontrareis afeições antigas da casa de dom Teodósio. Sereis tratado como quem sois."

"Não estou muito certo disso."

"Bem, talvez eu possa ajudar, afinal estou neutro e tenho, assim como vós, amigos no governo, apesar de judeu e perseguido, ou mesmo por isso. Não posso me esquecer de o quanto devemos a vossa atuação e a vossa inteligência quando da criação da Companhia Geral do Comércio para o Brasil, que foi para nós um grande benefício, mais ainda, um duro golpe na Inquisição, nossa velha inimiga, que deixou de recolher o confisco de nossos bens para, com nosso próprio dinheiro, nos queimar em fogueiras nos suntuosos autos de fé. Na verdade, todos os judeus vos devemos um grande favor."

"Não", disse Vieira, um pouco impaciente, "não me deveis favor nenhum, mas se vos ofereceis a ajudar-me é o que vos peço, humildemente. Os autos da morte do alcaide-mor não passam de um estratagema para destruir os que se opõem ao atual governo. E o Palma, ouvidor-geral, filiado ao Braço de Prata, tem sido a arma principal. Não me importo de que haja uma devassa do crime, desde que seja levada de maneira honesta. Um desembargador neutro seria mais justo."

"Sim, é claro. Mas quem, por exemplo?"

"João da Rocha Pita. Dirá a verdade, doa a quem doer."

"Talvez eu tenha uma maneira de conseguir que Rocha Pita seja o ouvidor-geral do crime e faça as investigações. Vossos procuradores devem jurar a suspeição do Palma, e eu me encarrego de fazer com que o chanceler acolha."

O rabino abriu o livro grosso que estava à sua frente, a Torá, trazido de Portugal por Heitor Antunes, em 1557. Folheou-o e retirou de dentro um papel com manuscrito.

"Eis algumas palavras que escreveu meu tio, talvez o primeiro poema escrito nesta colônia: 'Ó senhor, meu Deus'", traduziu o rabino, "'regozijar-me-ei em cantar o teu nome no Kahal. Por meus pecados fui lançado a terra distante. Caí do céu num abismo, minha cabeça sepultou-se sob as ondas do mar. No ano de 5405 el rei de Portugal planejou destruir o que restava de Israel. Suscitou da sarjeta um homem perverso, filho de mãe negra — homem que não sabia o nome de seu pai. Esse homem arrecadou muito ouro e prata e chefiou a revolta. Tentou com artimanhas subjugar o governo holandês, mas seus cálculos foram descobertos. Em seguida causou grandes dificuldades aos judeus. A revolta levou ao cerco das cidades por terra e por mar. Pedi ao povo que jejuasse para redimir seus pecados. A espada raivava lá fora e o medo aqui dentro. Faltou pão, o Recife debaixo de assédio padecia de fome. Comia-se peixe em lugar de pão. No nono dia de Thammuz chegaram dois navios trazendo socorro para meu povo. Quem, entre os deuses, é igual a ti, Senhor?'. Esses navios eram o *Valk* e o *Elizabeth*."

Samuel da Fonseca estendeu a mão para Vieira e mostrou, incrustada num anel, uma medalha de ouro onde havia a inscrição: *Door de Valk en Elizabeth is het Recief ontzet*.

Vieira tateou a moeda, aproximou a vista, mas não conseguiu ler o dístico.

"Recife foi salva por *Valk* e *Elizabeth*", disse o rabino.

"E agora, quem irá nos salvar?"

"Creio, padre Vieira, que Rocha Pita poderia, quem sabe, ajudar a depor Antonio de Souza."

"Não espero tanto. Para mim seria o suficiente provar minha inocência. Mas com a deposição de Antonio de Souza o povo da cidade respiraria melhor."

"Enfim, já temos algo a fazer. Gostaria de colocar meu engenho à vossa disposição. É um lugar isolado e fortificado. Posso homiziar vossos amigos."

"Agradeço-vos mais esta bondade. Não são muitos os que têm a coragem de desafiar o governador."

"Espero que nada do que decidimos aqui seja faca de dois gumes. Podeis confiar em mim, padre Vieira."

"Sei disso, Samuel da Fonseca, sei muito bem disso."

*

"Por que chamam padre Vieira de 'o judeu brasileiro'?", perguntou Anica de Melo.

"A maneira de matar aves e reses", disse Gregório de Matos, "de testar o fio do cutelo na unha do polegar, o não comer carne de lebre, toucinho, congros, raias, a altura da mesa de refeições, o banhar defuntos, limpar candeeiros, trocar espartilho e comer pão trançado no sábado são delitos merecedores de excomunhão e morte. São indícios de judaísmo."

Anica de Melo fez o sinal da cruz e beijou seu escapulário que usava preso por um alfinete entre os seios. Temia a Deus e acreditava no pecado com paixão. Achava-se cheia de demônios a expelir, contudo acostumara-se a conviver com eles. O fato de ser uma dona de casa de alcouce, uma prostituta, ainda que de mais cabedal, a deixava desolada algumas vezes, pedindo a Deus que lhe desse forças para largar aquilo tudo. Em certas ocasiões, enquanto as mulheres no alcouce se divertiam, ela se trancava no quarto chorando. Mas, na maior parte do tempo, era alegre e suave.

"Quando foi que tu o conheceste?", perguntou Anica de Melo.

"Na primeira vez em que nos encontramos eu estava em Lisboa, de férias da Universidade de Coimbra. Eu tinha dezoito anos e Vieira acabava de chegar da missão do Maranhão. Ele andava pela Corte e pelo Desembargo a fim de obter a lei de liberdade dos índios. Eu já o vira algumas vezes no Desembargo, mas não ousara aproximar-me. Ouvindo seus sermões, descobrira que era uma espécie de profeta."

Em 1661, o jesuíta e o poeta se reencontraram em Lisboa. Gregório de Matos acabava de se formar em cânones e casara com dona Michaela de Andrade. Vieira havia sido expulso, juntamente com outros jesuítas, do Maranhão, e estava amargurado.

Com a revolução palaciana, Vieira foi desterrado para o Porto e Gregório de Matos, logo em seguida, nomeado para juiz, procurador e representante da Bahia na Corte. João IV protegera Antonio Vieira da Inquisição, mas depois que esse rei morreu a rainha Luiza de Gusmão revogou as medidas adotadas em favor dos judeus e extinguiu a companhia de comércio. A Inquisição excomungou o rei depois de morto e iniciou contra Antonio Vieira uma investigação de sangue. Suspeitavam que tivesse ascendência hebraica mas, na rigorosa devassa de seus ancestrais, descobriram apenas que a avó paterna havia sido uma mulata serviçal na casa dos condes de Unhão, vinda da África, talvez árabe. Não foi comprovada a existência de nenhum sangue hebraico. Aquilo que Vieira fazia pelos judeus não era do sangue, mas do pensamento. Abandonado pelos poderosos, o jesuíta começou a sofrer todo tipo de perseguição. As acusações contra ele foram inúmeras. Capelães, desembargadores, padres dominicanos e de outras ordens, até mesmo alguns marranos, iam à presença do Santo Ofício para registrar as culpas de Antonio Vieira: que ele costumava dizer heresias, que acreditava na sobrenaturalidade, que acusava o papa de errar na canonização dos santos, que entrava em Portugal com livros proibidos, que se havia casado com uma hebraica rica em Amsterdã, que tratava Deus como se Ele fosse um simples homem, ciumento, invejoso, irado. Nada disso ficou provado, mas Vieira foi jogado numa prisão por ter feito profecias.

"Eu tentava conversar com os advogados ou desembargadores sobre Vieira", continuou Gregório de Matos, "mas todos se recusavam até a mencionar esse nome. Tinham medo. Havia olheiros por todo lado. Eu amava Antonio Vieira, mas nada podia fazer para ajudá-lo. Nem mesmo falar sobre ele. Tinha pesadelos terríveis, sentia-me impotente e traidor. Na verdade, *eu* tinha medo do Santo Ofício."

"Como eram os pesadelos?", perguntou Anica de Melo.

"Lembro-me muito bem de um deles. Vieira aparecia ajoelhado defronte de inquisidores. O inquisidor-mor tinha o aspecto de um demônio, patas, rabo, chifres, olhos vermelhos, orelhas de macaco, uma figura aterradora. Trazia um chicote na mão e golpeava Vieira perguntando quem eram seus acusadores. Vieira respondia que era todo Portugal: os dominicanos; os aduladores do rei, do príncipe e da rainha; os que se sentiam despojados de seus privilégios por ele; os que tinham pedido algo que ele não pudera conceder. Todos os embaixadores e ministros das embaixadas cujas cifras ele controlava; todos os inimigos de seus parentes; todos os inimigos de sua ordem jesuítica; os governadores e ministros do Maranhão; os que tornavam cativos indígenas e que eram a favor da servidão; os que não sabiam ou não queriam pensar com isenção. Os pregadores medíocres, os iletrados que se pretendiam cultos. Os covardes, os ignorantes, os invejosos. Todos os canonistas que se recusavam a mencionar seu nome. Ele gritava apontando para mim: 'Todos os jovens covardes que me amam e acreditam em mim e nada fazem por mim'. Eu olhava para o inquisidor e ficava estarrecido: ele era eu mesmo! Acordava desses pesadelos completamente molhado de suor. As ceroulas pintadas de sangue. As pulgas tinham me devorado."

"Mas como podem ter coragem de colocar um santo na enxovia?"

"Muitos santos foram jogados na enxovia. E Antonio Vieira estava desmoralizado. Não apenas pela morte do rei, mas pelo insucesso de suas profecias de que dom João IV ressuscitaria para criar o Quinto Império."

Esse ano passara sem que nada de extraordinário acontecesse, senão a publicação de *Réflexions ou sentences et maximes morales* de La Rochefoucauld, a nomeação de Juan Cabanilles como organista da catedral de Valência, a morte do pintor neerlandês Pieter Jansz Saenredam — apesar de que nenhuma morte é extraordinária —, a grande peste de Londres e alguns cometas no céu.

"A sofrer e calar, numa cela de quinze palmos iluminada por uma fresta na porta, de dia, e de noite por uma candeia de barro, entre ratos e insetos, entre a canalha mourejante, sem poder ler nem falar com alguém, Antonio Vieira atormentava minha alma como um demônio."

6

Quando o sol nasceu, Luiz Bonicho já estava acordado. "Pernambuco? Rio de Janeiro? Lisboa? Paris? Ah, nossa velha Paris. Um nome falso, um disfarce e tudo estará resolvido, pelo menos por enquanto. Depois voltamos."

Luiz Bonicho falava sozinho, ao espelho.

"Para onde iremos, vereador?", disse para sua imagem.

Luiz Bonicho tinha vendido apressadamente seus bens, temendo represálias do governador. Guardara consigo as joias e o dinheiro. Eram o suficiente para viver alguns anos em Portugal, ou em Paris.

"Ah, Paris! Palácios de cristal e ruas imundas."

Luiz Bonicho estava no pardieiro velho na cidade baixa, onde se refugiava. Via pela janela os barcos sendo carregados e descarregados.

"Azeitonas murchas, couro de cordovão", continuou Luiz Bonicho. "Lá vou eu, de novo, fugir, como um bacalhau velho num porão, servir de isca para tubarões e piratas."

Mantinha alguns homens fortemente armados à entrada do valhacouto. Donato Serotino, um temerário jovem de nobres ideias a respeito do mundo, andava pelas ruas como se nada estivesse acontecendo, pensou Luiz Bonicho. Por que não podia ficar dentro de casa? O que tanto o atraía na rua? Acabaria por chamar a atenção para o sobrado miserável onde se escondiam.

A porta se abriu. Entrou um homem forte com o chapéu enterrado na cabeça, casaco longo e botas escuras.

"Por que demoraste tanto? Já é noite. Estás disfarçado de criminoso querendo passar despercebido", disse Luiz Bonicho.

O mestre de esgrima Donato Serotino tirou o chapelão e sorriu.

Que dentes!, pensou Luiz Bonicho. Brilhavam mesmo à pequena luz da candeia, perfeitamente brancos e regulares, como monumentos gregos. O corpo também era assim, a maneira de mover-se tinha uma grande harmonia. Serotino era uma perfeição. As mais belas pernas de todas as colônias, de toda a Europa, mais belas que as pernas de todas as vênus do pagão sentimental, mais belas que as pernas de todas as estátuas romanas, mais belas que as pernas desenhadas nos afrescos das capelas, mais belas que um palácio inteiro, mais belas que toda Paris!

"Meu disfarce está perfeito. Caminhei descansado pelas ruas", disse Donato Serotino. "Andei nos becos, diverti-me conversando com conhecidos que não me reconheceram e, pensando que eu era um mercador rico de Veneza, me trataram com muita reverência. A cidade está calma. Há soldados pelas ruas, mais do que os costumeiros, uma meia centena, talvez. Estão atentos, mas não desconfiaram de mim. Pareciam mais preocupados em prender uns estudantes que ousaram sair de capa pelas ruas, apesar da proibição do Braço de Prata."

"Esperaremos que termine seu mandato enquanto nos divertimos na bela Europa. Sem o cargo, voltará a ser apenas um maneta. A dívida do príncipe estará paga e o Braço de Prata será mandado para algum lugar pior que este *culis mundi* aqui. Para mim, sendo o que sou, tanto faz estar no Brasil ou em Portugal. Só é diferente, só é bom, estar na França. Deves estar perguntando a ti mesmo, então, o que estive fazendo aqui esses anos todos, não é? É que aqui sou mais poderoso e notável. Dentre os três mil ricos da cidade talvez eu seja o único corcunda. Em Paris há mais de uma centena de corcundas. Basta contar os da comédia. Lá, nosso lugar está sempre ocupado, temos de viver dando pontapés nos traseiros dos outros para que desocupem nosso lugar. Aqui vivo com liberdade e me sinto melhor, pois há uma deformidade maior que a minha em cada habitante desta maldita colônia. Mas, enfim, passaremos alguns anos em Lisboa, Paris, depois voltaremos. Todas as mágoas enterradas. Eu, quem sabe, como governador, hem? Tu andas pela cidade e não vês nada, não sabes de nada. Eu, aqui deste inferno fétido, tenho notícias para te dar."

"Quais são?", disse Donato Serotino, sentando-se ao lado de Luiz Bonicho.

"Acharam um cadáver roxo perfurado, boiando como um gato afogado, no rio Vermelho."

Donato Serotino empalideceu.

"Era o Blasfemo", continuou o vereador. "Morreu assassinado. Descobriram que ele não era nada louco e que trabalhava para mim. Esses berzabus não estão brincando. Quem não conhece o Braço de Prata, aquele mínimo Potosí, aquele excremento argênteo? Pouca prata e muita liga. Está com as mãos cheias de pedras. Já acertou a primeira e vai acertar todas as outras que jogar."

*

Uma chuva leve caía sobre a quinta do Tanque. A casa com seus telhados de barro e a floresta da encosta estavam mais escuras. Água transbordava dos tanques de granito. Antonio Vieira olhava os pingos que batiam nos vidros, entregue a lembranças.

Anos antes, na capela real do paço da Ribeira, em Lisboa, os presidentes e ministros assistiam ao *Te-Deum laudamus*, e ao saírem pela galé beijavam a mão do rei, quando chegou Antonio Vieira e disse:

"Agora soube, senhor, que todos beijaram a mão a vossa majestade pela tomada de Dunquerque, pelo que eu, ao contrário, dou-vos os pêsames."

O rei perguntou o motivo e Antonio Vieira respondeu que os holandeses sustentavam uma armada defronte a Dunquerque para assegurarem a passagem de seus navios pelo canal; agora, confederados de França, cessava esse temor. A consequência seria desocuparem dali a armada e a mandarem ao Brasil, como soubera o padre em Amsterdã que muito desejavam os holandeses.

Sigismundo, que pela segunda vez governava Pernambuco, faria, então, o que no tempo de Diogo Luiz de Oliveira prometia: assenhorar-se da Bahia sem lhe custar uma só gota de sangue. Apenas impedindo, com sua armada, a entrada dos navios portugueses com mantimentos.

"E o que vos parece que façamos?", disse o rei.

Em Amsterdã, um holandês muito poderoso oferecera vender a Portugal quinze fragatas de trinta peças, equipadas de todo o necessário, que seriam entregues em Lisboa por trezentos mil cruzados. Essa quantia se poderia conseguir facilmente lançando o rei um tributo sobre a frota que acabara de chegar, opulentíssima, com mais de quarenta mil caixas de açúcar, compradas muito barato no Brasil e que seriam vendidas a preços altíssimos em Lisboa. Pagando cada arroba um tostão ou seis vinténs, bastaria para perfazer os trezentos mil cruzados. O intento de Antonio Vieira era que, vindo as fragatas da Holanda, tivesse Portugal duas armadas: uma em Lisboa e outra que socorresse a Bahia.

O rei pediu então a Vieira que pusesse aquilo tudo num papel, "sem lábia", e tendo o documento em suas mãos consultou os ministros. Estes responderam que aquele negócio "estava muito cru".

Não haviam passado seis meses quando o rei, numa madrugada, mandou chamar Antonio Vieira em Carcavelos.

"Sois profeta", disse o rei. Na noite anterior chegara uma caravela da Bahia com um padre da Companhia de Jesus trazendo a notícia de que Sigismundo estava fortificado em Itaparica. "Que vos parece que façamos?"

"O remédio, senhor, é muito fácil", disse Vieira. "Não disseram os ministros a vossa majestade que aquele negócio era muito cru?"

"Disseram."

"Pois os que então acharam cru cozam-no agora."

Sim, existiam motivos para que odiassem a ele, Antonio Vieira. Depois disso tudo o jesuíta conseguira, com judeus, o dinheiro para a armada.

Não existia gratidão nem lealdade, não mais. Ele mesmo,

que arriscara sua vida tantas vezes em fidelidade à Coroa, via-se agora como um exilado. E nem ao menos podia, em paz, prosseguir seus escritos de sermões e a interpretação das Escrituras, *Clavis prophetarum*.

Quando jovem, Antonio Vieira acreditava nas palavras ditas com fé. No entanto, todas as palavras que ele dissera, nos púlpitos, nas salas de aula, nas reuniões, nas catequeses, nos corredores, aos ouvidos dos reis, clérigos, inquisidores, duques, marqueses, ouvidores, governadores, ministros, presidentes, rainhas, príncipes, indígenas, desses milhões de palavras ditas com esforço de pensamento, poucas — ou nenhuma delas — haviam surtido efeito. O mundo continuava exatamente o de sempre. O homem, igual a si mesmo.

Ele pensou que movera sua língua tantas vezes, abrira e fechara a boca milhares e milhares de vezes e disso tudo restava apenas uma sensação de vazio aterradora. E a certeza de não ser compreendido. Como pudera ter sido tão prolixo? Pensou na parábola da figueira estéril.

A interpretação das Escrituras andava meio parada, pois Vieira preocupava-se com os fatos ocorridos nos últimos dias. Mas, enfim, estava se sentindo vivo, pisando nos terrenos muito familiares da política. Esse era seu destino e assim era sua alma. Uma alma jesuítica. Se Ignácio de Loyola estivesse vivo aplaudiria e apoiaria seu soldado.

*

Bernardina Ravasco deitou a cabeça sobre os braços a chorar. Gregório de Matos a consolava.

"Pobre Maria", disse Bernardina. "Primeiro meu pai, agora ela. Tenho tanto medo do que lhes possa acontecer."

"Ainda tendes vosso tio, vosso irmão, vossos amigos, que podem achar remédio para os males."

"Se Gonçalo não aparecer até amanhã, eu mesma irei tomar providências."

"Por que não deixais esse assunto para que os homens resolvam, senhora?", disse Gregório de Matos.

Um cãozinho veio se aboletar no colo de Bernardina Ravasco. Ela o afastou. O cão encolheu-se a seus pés.

"Não deixo esses assuntos para que os homens resolvam porque os homens não os estão resolvendo. Vão acabar matando meu pai na enxovia." Pensou por um instante. "Acreditais que ela roubou o anel da mão do alcaide?"

"É uma moça pobre, talvez precisasse do dinheiro. Não devemos julgá-la."

"Pois eu não acredito", disse Bernardina Ravasco. "Não quero acreditar. Mas como poderiam ter inventado isso? O que podemos fazer por ela, doutor Gregório? Vós, que sois advogado, deveis conhecer uma solução. Vão enforcá-la com certeza."

"Estou perseguido pelo Braço de Prata, senão, defenderia a moça no Tribunal. Vou tentar um procurador que a defenda."

"Dinheiro não é problema, doutor Gregório. Que um bom advogado a defenda. O marido cego não tem recursos, apesar do que comentam dele, que é um avarento e esconde seus cabedais. Afinal, tudo aconteceu por culpa do pedido que meu pai lhe fizera. Pobre Maria, passou a infância açoitada pelo pai, depois foi jogada nas celas escuras do orfanato, em seguida, ao lado de um velho rabugento. Não teve sorte no casamento, nem na vida. Quanto fosse a esperança alento à vida, té nas faltas do bem seria engano o presumir melhor desta sorte. Os rapazes, tais como cães, rastejam a seus pés e ela sempre virtuosa. Como pode suportar um homem daqueles?"

*

Logo que Gregório de Matos saiu, bateram à porta do solar dos Ravasco.

"Quem pode ser?", disse Bernardina. "Será Gonçalo?"

A criada abriu a porta. Era um homem muito gordo, de uniforme castanho com botões dourados e chapéu. A casa estava cercada por soldados do governador.

Bernardina foi levada para a enxovia. Lá, jogaram-na numa cela onde estavam sentadas algumas mulheres. Eram as esposas e irmãs dos Brito.

7

As rodas da velha sege pareciam bambas. O cavalo, acostumado a andar solto pelos jardins da quinta, balançava impaciente a cabeça tentando livrar-se dos ferros que o atrelavam.

Vieira lembrava um cervo abatido numa caçada em Sintra, quando entrou na sege. Pensava se deveria seguir os conselhos de seus amigos e partir do Brasil. Talvez devesse ir para a Suécia, onde a rainha Cristina o pretendera para seu confessor. Sua saúde estava muito pior do que quando o geral da Companhia de Jesus o escusara do governo da Casa Professa. Sua idade passava dos setenta anos, tinha perdido totalmente uma das vistas e a outra se debilitava a cada dia; a memória já não funcionava como antes; a perna direita ainda sentia uma antiga doença da qual fora acometida. Roma era um lugar frio e úmido, e seu estado não lhe permitiria suportar outros invernos europeus. Lisboa tinha o inconveniente da Inquisição, dos velhos inimigos, das velhas maledicências. Apesar de tudo, a Bahia era o lugar onde podia, com certo conforto, continuar o trabalho de escrever seus sermões. Esses dias angustiantes por que passava não iriam durar para sempre.

"Em que está pensando, senhor padre?", disse José Soares.

"No ano passado houve uma arruaça em Coimbra, onde um grupo de estudantes e gente baixa simulou um auto de fé queimando a minha figura. O que mais podem fazer contra mim? Queimar-me vivo? Honradas exéquias. Enquanto isso, na Universidade do México me dedicaram umas conclusões de teologia. Não faço caso das palmas e das trombetas, porque tudo é vento e fumo. Mas não pode deixar de me magoar muito que ao mesmo tempo em uma universidade de Portugal me afrontem, como no Brasil, e em outra universidade de castelhanos me homenageiem. Por certo que nem a uns nem a outros merecia eu semelhantes correspondências. Fosse eu sueco, ou espanhol, aqui não me estariam tratando assim."

"Engano seu", disse José Soares. "Nesta colônia não respeitam nem a Deus."

"Raptar mulheres! A tanto chega o ódio e paixão do governador. Esta é a terra de onde, com razão, fogem todos quanto podem. Aquele homem, ou meio homem, se entrega este Estado, a ele se fiam as fazendas, as honras, a liberdade e as vidas de tantos e tão leais vassalos. Só pela obediência e respeito de quem tão mal representa a pessoa de Sua Alteza sofremos essas injúrias. Prender mulheres!"

Depois de meia hora de viagem, a sege que os levava entrou pelos arruamentos mal calçados da cidade. Percorreram uma rua movimentada, ladeada por um renque de casas altas com empenas pontiagudas, janelas de adufas, portas cheias de mercadorias penduradas. Atravessaram uma praça onde escrivães ambulantes redigiam requerimentos em troca de pequenas quantias. Nesse lugar agitado faziam o comércio de açúcar e tabaco do Brasil, canela do Ceilão, e de uma infinidade de artigos. Ao cheiro fétido das ruas sobrepunha-se um aroma de especiarias.

A tarde começava a cair. Vieira viu pescadores que vendiam peixes, lagostas, lagostins, mariscos; beneditinos ofereciam verduras nos alforjes dos burricos; ganhadeiras vendiam rendas, panos pendurados em grades, pequenas peças de prata ou madeira.

Era dia de procissão. Alguns usavam suas melhores roupas, lavadas, botas limpas fora a parte de baixo, que chafurdava na lama. Os mais pobres andavam descalços mas seus penteados e roupas, como os de todos os outros, tentavam imitar a moda afrancesada dos nobres. Moças passavam segurando as saias bojudas para que não arrastassem no chão, algumas sob rebucilhos negros. Mulheres ostentavam joias às janelas. Pobres se misturavam a ricos, frades pedintes circulavam entre estudantes, nobres tropeçavam em cães vadios.

Vieira cruzou com carruagens que rodavam nas ruas. Os cascos dos animais estalavam nas pedras fazendo ruído. Serpentinas, florões, liteiras levavam pessoas mais abastadas: mercadores, políticos, funcionários da Coroa, prostitutas ricas, senhores de engenho. Rodas sulcavam a lama do chão, grilhões trincolejavam, cavalos atrelados relinchavam e batiam com as patas no charco, salpicando as calças dos liteireiros, dos cocheiros, dos estribeiros, dos escravos, dos criados, dos parvos, dos vadios, de toda a gente que se apertava contra as paredes para ver aquele movimento tão incomum de carros.

O sol avermelhava o mar, a sombra das casas alongava-se sobre a multidão aglomerada. Quando Vieira desceu da sege defronte do colégio, alguém gritou:

"Morte ao judeu Vieira!"

*

Escoltado por guardas pessoais, o rabino Samuel da Fonseca, numa carruagem, olhou apreensivo para a chusma. Ao se aproximar da praça o judeu ouvira uma dezena de desaforos, ameaças, impropérios. Apertou os lábios, fechou os olhos e respirou profundamente. Quando iria terminar tudo aquilo?

Parou em frente à cadeia. Sem saltar da carruagem, confabulou rapidamente com um sentinela que estava à porta, entregou-lhe alguma coisa e partiu apressadamente.

*

Uma comitiva entrou no palácio de Antonio de Souza, escoltada por um pequeno pelotão. Os desembargadores Palma e Gois vinham na frente. Logo depois chegou o alcaide Teles, pálido. Reuniram-se na sala do governador.

"Más notícias", disse Palma.

"A suspeição do Palma foi acolhida pela Relação", disse Gois. Antonio de Souza ficou parado, com ar reflexivo.

"Precisamos fazer alguma coisa", disse Teles.

"Vieira deve estar comemorando", disse Palma.

"Comemora de maneira apressada e imprudente", disse o governador.

"Está na cidade", disse Palma. "Anda pelas ruas com a antiga majestade dos imperadores."

"Este é o que propala viver em retiro", disse o governador. "No entanto, está presente em todas as ocasiões. Teria vindo para a festa? A próxima festa será sua despedida para o Espírito Santo, por ordem do príncipe. A essa, o padre não desejará comparecer com tanta coragem e diversão. Fui piedoso com ele solicitando a Sua Alteza que o enviasse ao Espírito Santo e não de volta a Portugal, onde a Inquisição o espera."

"Iria me divertir muito vendo-o na fogueira", disse o alcaide.

"O pregador não está morto, como diz", falou Antonio de Souza. "Nem sempre é num púlpito que se faz política. Precisamos mantê-lo calado, mudo." Voltou-se para o alcaide. "Que nenhuma carta de Vieira seja levada na frota. Traze o carteiro-mor à minha presença."

O alcaide mantinha os olhos no rosto de Antonio de Souza com desconfiança. Não estava contente com o estratagema do governador para burlar o inimigo. Antonio de Souza parecia distante e desinteressado, preocupado apenas com padre Vieira. Por sua astúcia insidiosa estavam perdendo a guerra, não como os holandeses, que se retiraram da Bahia deixando a terra coberta de sangue, porém uma derrota indecorosa, pachorrenta, infame. Obstinado como mula, o governador recalcitrava em seus pudores políticos.

"O réu é condenado se não falar", disse Palma. "O padre andou mudo por estar velho, mas agora volta a falar para abrandar sua própria consciência."

"Sua consciência deve ser muito benevolente consigo mesma", disse Antonio de Souza. "Não é que se preocupe com condenações de consciência. Sabe que seu sobrinho matou o alcaide, no entanto fará tudo para livrá-lo. Não teme o inferno, o castigo de Deus."

"E agora, teve sua primeira vitória. Decerto está a apregoá-la, como na parábola da candeia", disse Palma. "Ninguém, depois de acender uma candeia, a cobre com um vaso ou a põe debaixo de uma cama."

"A parábola que ele devia pregar é sobre não matar homens honrados", disse Antonio de Souza. "Agora Vieira precisa de mercês. Faz negócios escabrosos, como um mariola. Não sou um escanção, que deita o vinho na copa e o apresenta ao rei. Eu bebo à mesa com os reis. Nenhum padre de meia alma me vencerá."

"A acusação contra os Ravasco é muito grave, Sua Alteza não irá ignorá-la", disse Palma.

"Eles não descansarão enquanto restar osso sobre osso", disse Teles.

"Decerto Antonio Vieira não veio para a festa. O que estará fazendo por aqui?", disse Palma.

"Segue-o e descobre", disse Antonio de Souza ao alcaide.

*

O alcaide permaneceu na sala, após a saída dos desembargadores.

"Preciso falar-te", disse ao governador. "Tua resolução, já não se pode duvidar, nos vai lançando não só à declinação mas à total ruína. Tanto descuidamos do futuro que nos ocorre agora o que Vieira nos prognosticou. Mas ainda há alguma esperança", prosseguiu o alcaide. "Se me deixares agir."

"Agir? Como?"

"Deixa-me agir a meu modo, Antonio, responderei por minhas culpas e não te incriminarei. O Tribunal te trai, demonstra não ter força diante de padre Vieira. Por meios militares se terão melhores frutos."

"Queres que eu te entregue o rei dos judeus?"

"Nem és Pilatos, nem Vieira é Jesus. Meu alvo são os matadores encapuzados, apenas eles. Nada farei contra teu padreco que dizes odiar mas pareces mais amar."

"Está bem", disse Antonio de Souza. "Mas tudo será por tua conta, tua responsabilidade, tua consciência. Estou inocente. Fique o caso contigo."

*

O sol desaparecera. Um vento frio soprava. As pessoas haviam abandonado o terreiro da mesma maneira como tinham chegado, aos grupos, deixando o chão coberto de lama pisoteada.

Vieira chegou à cadeia, vindo do colégio. Bernardo Ravasco, com suas roupas de veludo de Manchester sujas, cabelos desarrumados, recebeu o irmão com uma alegria desesperada. Tinha o ar ligeiramente turvado pelo medo. A solidão da enxovia o atormentava, a umidade o fazia tossir e sentia dores no peito.

"Como está minha filha?", perguntou Bernardo Ravasco.

"Está no engenho, não te preocupes", disse o jesuíta, constrangido. De nada adiantaria contar a verdade sobre a prisão da moça.

"Temo por sua saúde."

"Bem, trago notícias", disse Vieira, entregando ao prisioneiro uma arca que continha uma coberta, livros, papéis, uma pena e um tinteiro.

"E as notícias que trazes, são boas?"

Vieira contou alguns acontecimentos posteriores à prisão do secretário. "E sabes o Palma, o filho do piloto?"

"Sim, claro, um asneirão, que causou aquele problema das remunerações de devassas quando esteve na Paraíba. Mil cruzados mensais. Vive ao rabo do governador. Os poderosos estão sempre cercados de remendados sicofantas. Estamos nas mãos dele."

"Não mais. O Palma foi retirado do caso."

"Retirado? Não posso acreditar", disse Bernardo Ravasco. "Como aconteceu isso?"

"Fizemos umas petições na Justiça. Depois, o povo criou tumulto na Bahia. Todos conhecem as ligações desse desembargador com os Menezes, havia muitos testemunhos falsos e não restou ao chanceler senão designar outro magistrado para prosseguir nas investigações."

"E quem vai ficar no lugar do Palma?"

"O Rocha Pita", disse Vieira, com ar aliviado.

"Rocha Pita, o baiano."

Rocha Pita estava acima das sujeiras da política local. Não se envolvia em laços de amizade ou interesses da cidade. Essa era a fama que tinha. Conduzia investigações perigosas. Penetrava sem temor nos covis de ladrões, de escravos foragidos, de vadios e assassinos que infestavam a cidade e as picadas do interior. Enfrentava os senhores da cana, do tabaco, os fazendeiros de gado, os mais temidos e insolentes criminosos, mesmo no interior, onde a proteção de um fazendeiro rico e seus capangas tinha muito mais valor do que um decreto da Coroa.

"Vejamos se Rocha Pita sobrevive a essa devassa", disse Bernardo Ravasco.

"A queixa contra mim divide o corpo de juízes do Tribunal, meio a meio. Quem diria, hem, o nosso maior inimigo lá dentro do Tribunal é exatamente o Gois, cunhado de nossa irmã. Um membro de nossa família, por assim dizer. O Banha vai para Luanda conduzir a residência do governador, e isso nos é favorável. Alguns militares estão nos apoiando. O clero está do nosso lado, desde a invasão do colégio. O arcebispo... não sei bem, agradou a todos quando aportou na Bahia, mas fica neutral e mudo quanto às afrontas. Alguns fidalgos e comerciantes também nos mandam suas graças. Logo sairás daqui, eu te prometo. Estou velho e alquebrado, doente, mas vou lutar."

Ficaram em silêncio por alguns instantes.

"Como conseguiste entrar aqui, meu irmão?"

"Samuel da Fonseca. Tem-nos ajudado como pode."

"Ah, esse homem piedoso, bem poderia ser chamado de um verdadeiro cristão", disse Bernardo Ravasco. "A dama de companhia de minha filha está aqui na enxovia, passando por maus pedaços. O que será que houve? O que fez a moça para ter sido presa e sofrer tormentos?"

Vieira contou sobre o caso do roubo e penhora do anel do alcaide.

"Mas que pérfida", disse Bernardo Ravasco. "Fazer uma coisa dessas! Merece, então, o que sofre. Vês? É isso o que podemos esperar das mulheres. Traição, lascívia, vaidade."

Um alvará promulgado pela Corte autorizava o uso da tortura judicial para se conseguir uma confissão, conquanto fosse desaconselhada nos regulamentos. Quando ocorriam, os tormentos deviam ser acompanhados por um médico, um padre e um irmão da Misericórdia. O acusado podia recorrer na Justiça pela anulação dessa ordem, todavia quase não se solicitava esse tipo de recurso.

"Neste lugar todos padecem de violências", disse Bernardo Ravasco, com o pensamento distante. "Ouço gritos à noite."

"Pobre rebanho, tão desamparado e perseguido. Saberá Deus que esta colônia existe?"

*

Das paredes de pedra escavada no subterrâneo brotavam algumas gotas de água. Uma luz enfumaçada refletia-se na cuia de metal sobre a mesa. O Gordo comia, descontraído. O alcaide Teles estava atento, mas não conseguia compreender o que diziam os dois irmãos dentro da cela. Caminhava de um lado a outro. Meteu os dedos numa caixinha, depois os levou ao nariz, espirrando em seguida. A ausência de ruídos na cela de Bernardo Ravasco inquietava o alcaide. Colocou-se ao lado da porta de ferro da cela onde Vieira conversava com o irmão.

Quando Vieira saiu, o alcaide Teles fez um sinal para o Gordo e escondeu-se.

O jesuíta partiu, depois de abençoar o carcereiro. Amai vossos inimigos e orai pelos que vos perseguem, pensou Vieira. Era difícil seguir os ensinamentos cristãos. O serviço de Deus exigia abnegação.

*

De noite, o escrivão Manuel Dias saíra de seu esconderijo e fora visitar sua amante, a escrava Ursula do Congo.

"Já é quase manhã. Tu não vais?", disse Ursula do Congo.

O escrivão enlaçou-a pela cintura e encostou a cabeça nos seios da mulher.

"Tive um sonho terrível", ele disse.

"Então não me contes." Ela desvencilhou-se. Ele, como sempre, ignorou o que ela dissera.

"Eu era devorado por ti. Tu eras uma mulher que voava com asas de morcego e sugavas todo o meu sangue."

"O que significa esse sonho?", ela disse.

"Eu não tenho dinheiro para fugirmos, mas padre Vieira vai me conseguir algum. Devo partir para Lisboa."

"Vais me deixar aqui sozinha?"

"Recebo um salário de quarenta mil réis. Não dá para levar-te. Mas logo que tudo arrefecer, volto."

"Nunca vi tanto dinheiro na vida."

"É, mas essa boa remuneração faz com que meu cargo seja muito procurado, há uma rede de intrigas e apadrinhamentos para negociá-lo."

"Como conseguiste o cargo?"

"Eu? Tenho uma boa caligrafia."

"E os outros empregos que tens?"

"Ganho pouco. E fico sobrecarregado. Às vezes preciso contratar um serventuário para ficar em meu lugar e recebo apenas uma parte do dinheiro. O trabalho de escrivão toma quase todo o meu tempo. Os assuntos da Corte são resolvidos por escrito, especialmente os da Coroa, a quatro mil léguas daqui. Escrevo tanto que já tive uma doença chamada cãibra de escrivão. Não conseguia mexer o polegar. Essa doença dá também nas mãos de cravistas e rabequistas. Mas com cãibra ou não, a necessidade de declarações, testemunhos, questionários e depoimentos escritos torna a minha função muito importante. Além disso, somos intermediários entre juízes e litigantes, e podemos apressar ou retardar processos. Aí, sim, dá para ganhar um dinheiro a mais. Mas mesmo assim não tenho o suficiente para fugir."

"Gastas muito, hem. Quantas trongas ferras por noite?"

"Gasto é contigo. Estou cansado da minha mulher. Estou cansado de ficar escondido. Estou cansado de ser pobre."

"Pior estou eu aqui, os loucos berrando a noite inteira. Eu

te falei para não te meteres nesse crime", disse Ursula, baixando o tom de voz.

"Um crime a mais não faz diferença. Um crime desses é até mesmo cheio de fidalguia. Além disso, eu tinha motivos de sobra para querer a morte de Teles de Menezes. Desde que ele descobriu minha amizade com os Ravasco passou a perseguir-me e não permitia que eu prosperasse em minhas funções. Tirava-me oportunidades, a bem dizer. Era arrogante e violento comigo. Eu o odiava. E ele a mim."

Manuel Dias foi até a janela e viu, à porta do colégio, os soldados.

"Se te pegarem quando saíres daqui?", disse Ursula.

"Não sei. Tudo pode acontecer. Se fores presa, prometes que não falas nada sobre mim?"

"Prometo."

Manuel Dias abraçou-a.

"Tu me enfeitiçaste. Há algum tempo não durmo minha mulher, que é bonita e nada desprezível para se fornicar, apesar de metida a santa, sempre com aquela *chemise cagoule*." Ele segurou-a pelos braços. "Eu a estou fazendo infeliz por tua causa. Perdi o desejo por ela."

"Estou cansada de ouvir casos de homens que abandonam a família para viver com uma negra. O que te prende a ela?"

"Não sei. Alguma coisa que minha mãe meteu na minha cabeça."

"Vou-me embora", disse Ursula, com uma sombra nos olhos.

"Eu te amo", ele disse.

"Mas não deixas aquela moça mimada. Um espantalho vivo. Sempre deitada na esteira com as negras, contando histórias para as crianças como se fosse uma moura-torta."

"Não uses contra mim coisas que eu te disse."

"São a teu favor."

Ele amava Ursula, mas tudo podia ficar assim como estava. Saiu, depois de beijá-la, e voltou para seu esconderijo num sobrado nos arrabaldes.

*

Saindo do presídio, o Gordo seguiu Vieira pelas ruas. A sege que levava o jesuíta era, muitas vezes, parada para que os ocupantes descessem e o cavalo pudesse subir a ladeira. Nesses momentos, alguns passantes vinham conversar com o padre, ou pedir-lhe uma bênção. Às vezes ouvia-se um grito, vindo de algum lugar escondido:

"Judeu!"

Gordo o seguia à distância. Sentiu fome. Gostava de comprar cachos inteiros de bananas-d'ouro, que comia a caminho de casa ou do trabalho, jogando as cascas por sobre os ombros. Meteu a mão na algibeira, tirou um pedaço de rapadura de engenho e comeu-o, não chupando os nacos como se costumava fazer, mas mastigando com seus dentes miúdos e enegrecidos. Depois retirou uma laranja, descascou-a com o punhal deixando a pele branca e comeu os pedaços, cuspindo os caroços para os lados. Trazia sempre consigo cartuchos com carne assada e farinha de mandioca pisada no pilão e quando sentia fome tirava uma porção e a enfiava na boca, sem interromper o que o estivesse ocupando no momento. Os cartuchos se esvaziavam durante o dia e o Gordo jogava-os no chão. Se alguém o procurasse, seguiria facilmente seu rastro observando os resíduos que atirava à rua: sobras de gergelim pilado, cascas de noz de Pachira, amêndoas de palmeiras, espinhas de peixinhos salpresos, talos de pimenta, vértebras de animaizinhos caçados, nervos do aferventado de bode, o saquitel de bolachas, a folha que enrolava a farinha com manteiga. Quando avisado, dizia não acreditar nas consequências mágicas que esses resíduos poderiam atrair se caíssem nas mãos de inimigos e se esses inimigos fossem conhecedores de ritos de magia. Almoçava peixe, cabrito, vaca, carneiro, galinha, aves, caça, o que fosse possível trazer-se à mesa. Nunca se sentia empanturrado, empachado, enfartado; nunca sentia os rins, o estômago, nem cólicas, ou distúrbios. Parecia ter uma saúde tão boa como a dos anjos do céu. Jamais tinha coceiras, esquentamento, brotoejas, dor no fígado, diarreias, moléstias de pele, tosse, indigestão. Ignorava os conselhos de não tomar banho após uma farta refeição. Tomava leite com manga, água depois do café, comia bolo quente, fruta de vez, melancia quente, jaca dura, peixe de couro, caroço de limão, comida requentada, banhas de carne de vaca, pele de galinha tostada, e dizia que seu segredo era cortar tudo com um púcaro de aguardente de engenho. Só temia a Deus e aos santos. E ao demônio.

Depois de percorrer um longo caminho até uma quinta ressecada, Vieira parou defronte da pequena casa onde Manuel Dias se refugiava. O escrivão estava à mesa com a mulher, uma jovem bem fornida. Os filhos pequenos comiam, no colo de escravas. Elas tiravam a comida das cuias, amassavam com as mãos e metiam as bolas nas bocas abertas dos meninos, contando-lhes histórias.

Quando viu o padre, Manuel Dias mandou a mulher entrar para os fundos da casa, levando os filhos.

Do lado de fora, pela janela, Gordo viu os homens conversarem sentados à mesa, falando baixo. A visão da comida sobre a mesa encheu-lhe a boca de saliva.

Foi uma conversa breve. Vieira entregou ao escrivão um pequeno pacote, levantou-se, abençoou-o e saiu.

Gordo marcou bem o caminho da casa e continuou a seguir Antonio Vieira até a cidade, onde desceram pela rua que se estendia por baixo do paço dos governadores, paralela ao engenho de guindar mercadorias, até a parte baixa. Entraram num beco deserto que fazia esquina com a rua da Praia. Mulas comiam mangas caídas no chão.

Antonio Vieira parou defronte de uma casa em ruínas, onde homens fortemente armados abriram a porta e fizeram-no entrar. O jesuíta levava um pacote na mão. O Gordo não pôde se aproximar pois os homens permaneceram à entrada. Mas gravou bem a rua, o sobrado, e esperou.

Um menino passou com uma cesta de cocadas e Gordo foi até ele para comprar algumas. Quando terminou de escolher as mais robustas e pagou ao garoto, voltou para a casa que vigiava, porém a sege não estava mais lá. Fora uma visita mais breve do que a primeira.

Dali, o Gordo não teve mais alternativa senão voltar ao presídio, mas com pelo menos duas boas notícias.

*

Sentado num banco alto, vestido com um hábito surrado de jesuíta que lhe cobria os pés, arrastando-se pelo chão, Luiz Bonicho segurava um espelho.

Donato Serotino, com uma tesoura na mão e um pente na outra, tonsurava os cabelos de Luiz Bonicho.

"Que papéis são aqueles que o padre Vieira te deu para levares a Portugal?"

"Cartas a fidalgos, ministros e validos, intrigando contra o Braço de Prata e o alcaide Teles. Padre Vieira deveria pensar como se fosse o príncipe. Sua Alteza pensaria assim: estão conspirando contra meu governo. Se estão conspirando contra meu governo, estão conspirando contra mim. Se estão conspirando contra mim, querem que eu os considere e perdoe? Querem que desconsidere meu governador? Porque o regente não é totalmente uma mula, Donato, ah, não. Seria uma mula se fosse filho de gente mecânica, como tu. Mas nasceu filho de reis e teve preceptores, mestres, músicos, poetas, filósofos e retóricos para lhe ensinarem a não ser uma mula. Então Sua Alteza não vai acreditar em conspiradores. Essas cartas só vão servir para que o príncipe mande ordens de prisão e devassas contra os conspiradores. Nós. Vieira não percebe isso? Vai perder essa batalha, sabe que entrou na briga para perder, ninguém pode contra o Braço de Prata. Mas como vou negar alguma coisa ao padre? Ele acaba comigo em dois dias e meio. Levo as cartas."

"É perigoso. Se te pegarem? Não estás com medo, Luiz?"

"Desgraça, tenho de confessar uma coisa. Estou com medo. Estou apavorado. Eles estão investigando, agindo, por baixo da terra, cavando seus túneis como toupeiras, chegando, chegando até nós, sinto isso na minha pele. Meu coração está gelado e o mundo não merece isso. Não se pode alterar a natureza do governo colonial. Depois de duzentos anos, tudo está estabelecido como uma matemática das iniquidades. O dinheiro, o poder real, o negócio público e seus pecados nojentos, a distribuição farta de cargos, os cabedais formados em cima de roubo, tudo isso, e mais a depravação natural de cada ser humano, todos eles poços de veneno, tudo isso determina a natureza e o funcionamento da colônia. A Relação é o ápice dessa maranha, mas não é a Justiça que me mete medo, ela é comprável, e nem tão cara assim; o que me apavora é a alma de rato de Antonio de Souza, suas unhas longas e precisas. Sinto o cheiro dos truz-truzes de Antonio de Souza cada vez mais perto, e creio que eu deva ser o primeiro da lista. O Blasfemo morreu antes porque não é gente, nem conta. Tu sabes que os romanos queimavam os mortos numa pira, e os inquisidores queimavam os vivos nessa mesma pira? Bem, não sou judeu, não preciso temer o calor da fogueira em Portugal."

8

O trapiche estava repleto de caixotes de açúcar. O trapicheiro andava por ali, grunhindo como animal, dando ordens aos
carregadores. Gregório de Matos olhou em volta. Diante dos
armazéns, estaleiros e outras edificações comerciais menores,
gente caminhava. Um pouco distante, o forte do mar entrava
pela água azul. Grandes barcos estavam fundeados na baía. Nas
praias em volta espalhavam-se casinholas de pescadores, velames
amontoados, cabos velhos. No porto principal, barris de breu,
azeite e aguardente, caixas empilhadas. Rodas de carros rangiam, madeiras batiam, fornalhas crepitavam. Havia no ar um
cheiro de tabaco misturado com fumaça e couro.

A população parecia já ter-se esquecido do crime do alcaide
e, sem grandes assuntos para comentar, voltava à sua rotina nas
treze igrejas e capelas, nas tabernas e nas ruas da cidade. Às mesas de jogos, discutiam.

A progressiva concorrência das ilhas açucareiras no mar das
Caraíbas, a instabilidade por que passavam os senhores de engenho, a queda do preço do açúcar, haviam trazido uma crise que
estava levando à falência muitos dos fabricantes. Os senhores da
cana sofriam a competição dos cultivadores de tabaco, em geral
pequenos produtores que não necessitavam de altos investimen-
tos para seus negócios. Assim, começavam a tornar-se poderosos
alguns homens de origem mais humilde. Surgia um novo grupo
de aristocratas rurais, aliados aos senhores de engenho: os cria-
dores de gado. Na cidade, de onde se fazia a exportação de produtos agrícolas, florescia uma camada de ricos comerciantes e

exportadores que ampliavam suas conquistas e disputavam os mais altos cargos da hierarquia. Naquele ano de 1683, a cidade da Bahia devia ter quase cem mercadores, que dominavam o comércio com Portugal e África, sendo essa atividade atrelada ao aumento do tráfico com a Costa da Mina, onde o rum e o tabaco baianos competiam com os produtos europeus. Só do porto de Uidá entravam, anualmente, cerca de oito mil escravos na Bahia, que se tornava a cada dia mais africana. Toda a agricultura e o comércio dependiam do escravo negro que, tanto nos engenhos e plantações como nas vilas, sofria uma curta vida miserável e torturada. "Na falta de Angola", afirmavam os conselheiros ultramarinos, "o Brasil se perderá sem outra guerra." Sem africanos não havia Bahia. Sem Angola não havia Brasil.

No entanto, apesar da prosperidade aparente, a população pobre estava cada vez mais faminta e miserável. Os pobres esperavam que algo viesse do céu mandado por Deus para solucionar seus conflitos e suas privações. Deus haveria de saber o que eles mereciam.

*

Primeiro pararam duas seges com homens armados que saltaram e saíram caminhando pelo cais e em torno do trapiche. Entraram no trapiche, examinaram tudo minuciosamente. Então um deles fez um sinal e só aí apareceu a carruagem com um par de cocheiros muito bem-vestidos de veludo vermelho, sentados no topo. Dentro vinha Samuel da Fonseca.

Gregório de Matos observou, curioso, a chegada do rabino. Um escravo de cabelos brancos ajudou o ancião a descer do carro. Samuel da Fonseca atravessou com dificuldade o pátio que dava acesso ao trapiche, até chegar perto de Gregório de Matos. Saudaram-se com poucas palavras. Ouvia-se o som arrastado das rodas de um carro de boi que transitava levando caixotes para o armazém.

Fonseca e o poeta entraram por um intrincado caminho que dava numa escada maior, tudo cheio de madeiras empilhadas. A construção do trapiche parecia mais um esqueleto de alguma coisa gigante, escura e abafada. Subiram as escadas, pacientemente, degrau por degrau.

"Ah, estou muito velho e gordo", lamentou Samuel da Fonseca enquanto subia. Uma escrava o seguia de perto, atenta. Vestia saias de cetim branco e blusa de liniste. Trazia argolas e anéis de pedras coloridas; correntões sustentavam uma cruz que se metia entre os seios.

"Desculpe-me vossenhoria o aparato da guarda pessoal, mas os tempos exigem", disse Samuel da Fonseca, sem fôlego. "Os judeus têm suportado coisas aterradoras. E agora, também os Ravasco."

Chegaram, enfim, ao alto do trapiche. Entraram por uma porta baixa, e viram-se numa sala confortável, com uma janela de onde se podiam avistar todos os cantos do trapiche. Homens trabalhavam lá embaixo empilhando caixotes.

"Não é meu este trapiche. É de um amigo. Mas é como se fosse meu. Pode ficar à vontade."

Gregório de Matos sentou-se. A escrava girou sobre os tornozelos e saiu, lançando um olhar de avaliação para o estranho. Gregório de Matos olhou-a de volta.

Os homens ficaram sozinhos.

"Negra mina", disse Samuel da Fonseca, percebendo o interesse do poeta. Ele só possuía escravas dessa tribo, os agoins, da Costa do Ouro. Os agoins dessa região chamavam-se fantees. Eram pescadores exímios e as mulheres perfeitas cozinheiras. As escravas talvez fossem as mais bonitas de todas, a tez entre o azeitona e o bronze, delicadas. Aproximando-se do ouvido de Gregório de Matos, o rabino disse em voz baixa: "As minas são conhecidas por sua libidinagem", e sorriu, pegando com dois dedos cálices de licor sobre uma bandeja e servindo um deles ao visitante. "Por isso", continuou o rabino, "são as preferidas dos portugueses e franceses. Eu as prefiro por outros motivos. Gosto muito de comer bem." E acariciou o próprio estômago arredondado.

"Já para o engenho", continuou o rabino, "compro escravos ussás. São muito fortes, valentes, bons trabalhadores e quase todos maometanos. Mas creio que vossé não veio aqui para falarmos de escravos."

Ouviram-se passos leves e entrou um rapaz. Vestia uma roupa reluzente.

"Este é meu filho Gaspar", disse o rabino. "Ele sente uma grande admiração por vossenhoria."

"Como vais passando, Gaspar?", disse Gregório de Matos. O jovem ficou com o rosto vermelho.

"Dei-lhe este nome, Gaspar, para homenagear o primeiro judeu que pisou esta Terra dos Papagaios. Era um capitão-mor de esquadra, a serviço de Sabayo, o governador árabe de Goa. Fundeado na ilha de Angediva, o judeu avistou a esquadra de Vasco da Gama e foi saudá-la, sendo recebido a bordo pelos portugueses com cordialidade. Mas logo Vasco da Gama o aprisionou, amarrando-lhe as mãos, acusando-o de espião. Despiram-no, açoitaram-no, fizeram-lhe tormentos e não mais o libertaram, pois o judeu conhecia línguas, conhecia a Índia, a Turquia, Meca, reinos distantes. Levaram-no a Portugal e o fizeram receber o batismo, onde o judeu recebeu este nome: Gaspar da Gama. Homem bonito, de longos cabelos dourados, inteligente e letrado, caiu nas boas graças de el rei dom Manuel I, que o libertou, dando-lhe roupas de seu próprio vestuário, cavalos de seu estábulo, criados e dinheiro. Gaspar da Gama seduzira el rei contando-lhe histórias do que vira pelo mundo. O rei designou-o perito, conselheiro e intérprete do almirante Pedro Álvares Cabral na expedição que veio dar na costa do Brasil. Nas *Lendas da Índia* relata-se que Gaspar da Gama era filho de judeus de Bosna, que por decreto haviam se exilado em Jerusalém, depois Alexandria, onde Gaspar teria nascido. Como vossenhoria pode ver, todas as histórias de judeus se parecem, de século para século."

Gregório de Matos ouvia, atento.

"Retirei-me da cidade logo depois de chegar da Holanda, com minha família, fugindo das ocupações públicas, dos divertimentos urbanos e da hostilidade. É muito difícil esconder alguma coisa nesta cidade, vossé sabe, e quase todos já conhecem nossa condição de judeus. Ou marranos, como nos chamam; marranos, de porcos. Porém meu filho Gaspar ficou na cidade e prosseguiu os estudos da Torá talmúdica. No ano que vem vai ser enviado de volta à Europa — Holanda, decerto, onde os judeus são acolhidos. Portugal, jamais. Seria o mesmo que atirar-se à fogueira da Inquisição." O rabino serviu novamente licor para o visitante. "Para que não esquecesse seus rituais religiosos e para que não se enchesse de vícios, ou das vergonhosas doenças que grassam entre os jovens, Gaspar ficou na cidade com parentes severos, que não lhe permitem vida livre: obrigam-no a estudar seriamente e a viver uma vida regrada e quase sem dinheiro. No entanto, como todos os outros de sua idade, encontra sempre uma hora qualquer para frequentar as tabernas, não é, meu filho?"

Gaspar continuava em sua vermelhidão.

"E embora ele tente esconder, sei bem que encontra ainda tempo para participar de grupos que discutem política e tramam, com ingenuidade, contra o domínio de Portugal sobre o Brasil. O rapaz está tendo uma boa educação", continuou Samuel da Fonseca. "Estou sendo alongado em palavras, não me toca falar aqui, mas ouvir."

Gregório de Matos retirou de uma algibeira um maço de papéis embrulhados.

"Estes aqui são escritos de Bernardo Ravasco. Foram confiscados ao secretário pelo governador e, com muito risco, Gonçalo Ravasco os resgatou. Não podem ser publicados em Portugal, os Ravasco temem que sejam destruídos. A mim me foi confiado entregá-los a vossenhoria e lhe solicitar a mercê de guardá-los."

Samuel da Fonseca, zeloso, pegou o pacote que Gregório de Matos lhe estendera. Abriu-o e, colocando os óculos, examinou meticulosamente algumas das folhas escritas. "Meu Deus!", espantava-se a cada trecho que lia. "Mas é valioso como o tesouro de uma noiva rica de Rouen. Como podem estar querendo destruí-lo! Mandarei isto, com muito desvelo, para Amsterdã."

"Creio que seria de bom grado a Bernardo Ravasco se os imprimisse em seu nome. Esta é a última cópia que resta. O original foi entregue por Sua Alteza ao inquisidor-geral com o pacto de o haver de restituir em sua real mão, porém tal não ocorreu. Foi dado o original como perdido."

"Doutor Gregório, aqui temos bons cofres", disse Samuel da Fonseca, "e lá tudo se comporá com o crédito que se pretendia. Algo mais tenho a lhe oferecer. Creio que vossé ficará venturoso."

"De que se trata?", disse Gregório de Matos. "Nada me tem feito fortuna, ultimamente."

"Algo que eu sempre quis: desejo imprimir seus poemas, um belo livro, tudo do melhor. Sabe que tenho uma casa de impressão em Amsterdã. Pode recompilar seus originais e os mandaremos com Gaspar para a Holanda, junto com os de Bernardo Ravasco. Lá, os estamparão num belo trabalho."

Gregório de Matos, para decepção do rabino, não pareceu se alegrar com a oferta.

"Não tenho sequer um escrito guardado", disse o poeta. "Os que se têm por aqui me são totalmente alheios e supostos, na substância cheios de infinitos erros, trocados, diminuídos ou acrescentados, corruptíssimos, como diria padre Vieira."

"Poderíamos fazer uma lista com os poemas corretos ou emendados e em tudo conformes com os seus originais."

"São todos, ou a maior parte, inconvenientes para impressão. Servem mais para a boca do povo do que para os olhos diligentes dos eruditos. Não compete publicá-los", disse Gregório de Matos.

Ser formado em cânones e habilitado *de genere* para a leitura de bacharel não o satisfazia. Jovem, entregara-se à poesia, cheio de sonhos clássicos; com o tempo, passara a escrever apenas por um sentimento compulsório. Seus ouvidos eram somente razoáveis, para tornar-se algo que gostaria muito de ser: músico. Seu irmão Eusébio sempre fora melhor na viola e na composição. Gregório de Matos compunha canções por divertimento. As poesias líricas que escrevia lhe pareciam muito abaixo das de Gongora y Argote. E inúteis. Nas duas mil casas da Bahia, as pessoas estavam mais preocupadas com a concupiscência e a avidez pecuniária do que com o espírito. Decidira escrever poemas líricos, mas um poeta não escreve o que quer, senão o que consegue.

Sentava-se à escrivaninha, cheio de intenções, e no final via que escrevera versos libertinos, sobre a picardia, o furto, a fornicação. A angústia tomava conta dele. Odiava as funções de desembargador na Relação Eclesiástica, conhecia bem os pecados e a hipocrisia do clero. Como tesoureiro da Sé via os roubos e o uso desavergonhado que muitos padres faziam do dinheiro. Mantinha-se naqueles cargos apenas pelos proventos e imunidades que recebia. E pela boa vontade do arcebispo, que talvez já houvesse terminado. Sentia-se um covarde, em comunhão com o que ao mesmo tempo detestava e admirava. E para que precisava um homem de dinheiro? Lembrou-se de Francisca, sua filha natural com Lourença. O que pensaria do pai desaparecido? Precisava mandar dinheiro para ela, em Lisboa. Mas como, se vivia cada vez menos de acordo com suas funções? Era visto em lugares sórdidos da Bahia, embriagado. E agora estava fugindo, iria para o Recôncavo, depois mais longe, e mais longe e mais longe.

O mundo sempre estivera cheio de poetas como ele: Afonso Eanes de Coton vivera nas casas de tavolagem, assíduo de rameiras; o galego Pero da Ponte, odre e vagabundo, escrevera sentenças acerbas contra os sodomitas por quem havia sido violado; o clérigo Martim Moxa fora amante dos prazeres da carne; Chiado fugira do mosteiro para viver embriagado às custas de prostitutas, entregue à sodomia e ao rufianismo; o fidalgo Tomás de Noronha dormira em camas alugadas e dissipara toda a sua fortuna numa vida venérea; Francisco Manuel de Melo participara de um homicídio e fora degredado para a Bahia. Gregório de Matos não estava entre os piores. Era até mais compreensível que ele fosse assim. Os poetas como ele tinham sido amados pelo povo, não apenas pelo que escreviam, mas pelos pecados que cometiam. Com a aura divina da poesia, não haviam deixado de ser homens comuns.

Mesmo Camões, sob a roupagem filosofal de pureza, deixara vir à tona o frêmito do amor sensual. "Lã fina e seda diferente, que mais incitam a força dos amores. Famintos beijos na floresta, afagos suaves, risinhos alegres." Gregório de Matos sabia muito bem sobre o que Camões estava falando sob essas palavras: a inevitável natureza do homem. Gongora y Argote escrevera: *es mi aforismo el refrán: vivir bien, beber mejor.*

"Minhas composições são profanas", disse Gregório de Matos.

"Falo dos poemas líricos", disse o rabino. "Não fariam objeções."

"Eu não sou um poeta. Não como queria ser."

"Há muita poesia em seus escritos, como há poesia nos olhos de uma mulher, da Nação, ou *gaya*. Concorda?"

"Concordo", disse Gregório de Matos.

"E, no entanto, quem pode negar a presença do mal na mulher!", disse o rabino. "Desde Eva, ou Lilith, a rainha dos demônios."

"Estou apenas sendo justo, senhores filósofos", disse Gregório de Matos. "Faço versos para os que não sabem ler."

9

Um monte de couros sobre palha servia de cama. O escrivão Manuel Dias estava deitado com a mulher. Suados, lado a lado, permaneciam imóveis. Ele pensava em Ursula do Congo. Depois de algum tempo, Aldonça virou-se e olhou o marido. Viu seu perfil pálido e entristecido.

"O que há, Manuel? Que notícias trouxe o padre Vieira?"

"Nada, mulher, nada."

Morcegos estavam pendurados nas madeiras onde se apoiavam telhas de barro escuro. Um deles bateu de leve as asas, fazendo um ruído soprado. Aldonça assustou-se.

"São apenas ratos", ele disse. "Ratos voadores." Lembrou-se de seu sonho em que Ursula aparecia.

"Morcegos, padres, gente vindo aqui. Conversas em segredo. Não estou gostando nada disso. Esta casa velha, com um sapotizeiro ao lado."

"O que tem o sapotizeiro?"

"É onde os morcegos preferem ficar. Por isso a sombra é agourenta. Os meninos estão proibidos de brincar lá."

"Crendices tolas. Mas tu tens razão. Muita gente está vindo aqui. Que diabo de esconderijo é este? Amanhã bem cedo vou procurar um outro lugar para nós."

"Quanto tempo teremos de nos esconder?", disse Aldonça, com tristeza.

"Pouco tempo, mulher, pouco tempo."

Ouviram o choro de uma criança. Aldonça ia levantar-se mas o escrivão segurou-a pelo braço.

"Deixa, as escravas cuidam do menino", ele disse.

Abraçaram-se. "Há muito tempo não eras tão carinhoso comigo", ela disse.

"Tenho andado muito preocupado."

"Mais do que agora?"

Ele olhou-a e sorriu.

*

A alguns metros dali, escondidos entre as folhagens, estavam dois cavalos.

Na cozinha da casa, o Gordo encostou a ponta da faca na garganta da escrava que, com os olhos arregalados, segurava a criança em seu colo.

"Manda ele calar a boca, senão eu mato todo mundo", disse o Gordo. A outra escrava deu uma cuia de leite para o menino, que parou de chorar.

"E agora?", disse o Gordo para o homem a seu lado, o alcaide Teles. "Elas viram a nossa cara."

"Não vamos falar nada, capitão, não vamos falar nada", disse a escrava, assustada. "Podem levar tudo o que quiserem, aqui não tem nada, é gente pobre."

"Ha ha ha, não tem nada. Ouviste o que ela falou? Aqui não tem nada", disse o alcaide Teles.

As negras ficaram caladas. Pressentiram o que eles buscavam.

"Onde está teu senhor?", disse o alcaide Teles.

"Está lá em cima", disse uma escrava.

"Saiu", disse a outra, quase simultaneamente.

"Põe o menino no chão", disse o alcaide Teles. A mulher obedeceu.

Foi a primeira a morrer. O Gordo deu-lhe uma estocada rápida e fulminante e ela caiu no chão, jorrando sangue de seu peito. O menino voltou a chorar.

*

"Estou ouvindo barulho lá embaixo", disse Manuel Dias, levantando-se subitamente. "Vou ver."

"Não", disse Aldonça. "Estou com medo."

Quando abriu a porta, Manuel Dias deparou-se com os dois homens. Havia sangue em suas mãos e roupas. As mangas das blusas estavam arregaçadas.

Aldonça gritou.

O alcaide Teles fechou a porta atrás de si.

"Trouxemos uma lembrança de um amigo", disse mostrando a faca.

Manuel Dias recuou.

O Gordo aproximou-se e enfiou a faca no corpo do escrivão com força e velocidade. O ruído do corpo caindo no assoalho foi abafado pelos gritos da mulher. Mas logo ela parou de gritar, ajoelhando-se ao lado do corpo do marido. O Gordo golpeou-a. Ela contorceu-se, sangrando e gorgolejando.

O alcaide Teles mandou que o Gordo desse mais um golpe na mulher. "Ela não precisa sofrer mais do que ele."

O Gordo, então, cortou a mão direita de Manuel Dias, enrolou-a em fronhas e levou-a consigo.

Quando os homens cruzaram o pavimento térreo, viram o menino sentado no chão ao lado dos corpos das escravas. Havia parado de chorar e soluçava.

*

Soprava o vento sul, o mar batia violento contra as rochas. No céu cinza as nuvens se empurravam, sem espaço.

Gregório de Matos caminhava, pensando em Maria Berco. O desejo por ela o incitava e o movia. Fora ousado falando-lhe com impaciência sobre seus sentimentos. Teria sido melhor morrer sem ter falado que, falando, perder toda a esperança. Estava amorosamente perdido e quase sem remédio pela grande impossibilidade de poder lograr seus amores. Ela fora jogada na enxovia. Seria enforcada? Nem queria pensar nisso.

*

Anica de Melo ficou resplandecente ao ver Gregório de Matos. "Fodamo-nos, minha vida", ele disse e foram para o quarto.

Anica de Melo desapareceu por uma porta estreita e depois voltou enfiada numa lustrosa camisa de dormir branca, com debruns.

"Pensei que me houvesses abandonado", ela disse.

"E se eu tivesse morrido?"

"Não! Não fales nisso. Tu me amas? Quero ouvir que me amas."

"Vos juro, minha menina, que vos quero e vos amo por minha vida."

Ele sentou-se. Ela sentou-se ao seu lado.

"Estás me traindo, eu sei. Por isso não dormiste aqui."

"Que hei de fazer?", ele falou. "Passei a noite nos baixos da Câmara, numa junta com amigos. Mataram Manuel Dias, o escrivão que estava metido no crime do alcaide."

"Achas que foi o Braço de Prata?"

"Vi guardas me seguindo. Não posso mais ficar aqui."

"Não, pelo amor de Deus, não vás embora. Para onde irias? E teu emprego?"

"Só tenho ido lá para receber meus soldos."

"Eu te arranjo um esconderijo."

"Onde?"

"No armazém de Vicente Laso. Queres?"

"Sim."

"Depois que isso tudo passar, casarias comigo?"

"Sou apenas um poeta inveterado", ele disse.

Anica de Melo levantou-se e foi até um baú. "Tenho um presente para ti." Retirou de um caixote uma cabeça de madeira com uma cabeleira. "Gostas?"

"Não vão troçar de mim?", disse ele, metendo a cabeleira na cabeça. Olhou-se ao espelho. "Achas que meus cabelos estão muito ralos?"

Anica de Melo deitou-se. Ele deitou-se ao seu lado. Ficou parado, olhando para o teto. Ela o acariciou.

"O que há?", ela perguntou.

"Estou sem vontade."

"Então por que vieste? Por que me chamaste? Ah, por caridade, que zombaste de mim. Sei que estás apaixonado por outra, toda mulher conhece quando seu homem pensa em outra."

"Ah, este ruge-ruge de seda!"

"Então cansaste de mim. Sou uma mulher tão tola, pensei um dia que fosses diferente."

"Sou igual, Anica, sou igual. Não é todo dia que se consegue fornicar, faze-me justiça! Achei-te cortês e foste tirana. Que têm as mulheres comigo? Ordinário, que me querem, que de ordinário me matam e a cada hora me perseguem. Para uma vida tão curta, duram muito teus amores."

Anica de Melo chorou, com o rosto escondido pelas mãos. Ah, era demais, ele não podia ver uma mulher em lágrimas. Pulou em cima dela, levantou-lhe a camisa e meteu-se dentro de seu corpo, sem saber se o que sentia era prazer ou ódio.

*

Na rua fazia um calor infernal, mas Anica de Melo usava um capote guarnecido por uma gola de pelo de coelho. Ela não suava nem um pouco. Havia olheiras em seu rosto, imensamente pálido apesar do brilho fulgurante da gola do casaco. Os lábios estavam levemente tingidos de vermelho. Iam para o armazém de Vicente Laso, numa rua deserta.

"Um lugar distante, sem mulheres", ele disse.

"Não é tão horrível assim. Logo te acostumarás."

Caminhavam nas ruas pela sombra, atentos a patrulheiros ou sentinelas. Alguns moradores passavam presunçosos e bem-vestidos, em suas liteiras carregadas por escravos de pés e tornozelos esbranquiçados. Outros gritavam apregoando seus negócios; caminhavam com rumo certo, usavam roupas que pareciam ter passado por um tanque de manteiga, recendiam a álcool de longe e pisavam em mais sujeira do que os moradores de qualquer outra cidade.

Entraram por uma rua onde os rebocos das casas eram rachados, as madeiras podres e tudo coberto por uma camada fina de sal e poeira. Era uma das ruas de que Gregório de Matos mais gostava, que dava na praia, com o mar espirrando espuma nas pedras negras. Mas andar ali com Anica de Melo, infeliz da maneira que ela parecia estar, era um desconforto.

Ele experimentava uma melancolia enorme. Sentiu-se horrível com a cabeleira que ganhara, com a barba que crescia em seu rosto dando-lhe um ar sujo e descuidado. Não vendo homens do governador pela rua, convidou Anica de Melo a sentar-se nos rochedos da praia.

Em meio a emanações de urina que o vento trazia da cidade, crescia o amor de Anica de Melo por Gregório de Matos, que ele presumia como uma catástrofe, agora que sentia uma grande paixão por Maria Berco. Ele considerava seu sentimento por Maria Berco bastante vil, mas não podia resistir; e abraçava Anica de Melo tentando esquecer a outra, ela falando com uma voz mais fina, como se estivesse voltando a ser criança aos poucos. Acariciaram-se sentados nas pedras e Gregório de Matos respirava a plangente mistura de cheiro de pele de coelho, tinta e perfume de mulher. Pensava no que o levava a proceder daquela maneira, quanto mais procurasse Anica de Melo mais a magoaria se quisesse livrar-se dela, coisa que ele teria de fazer, a qualquer momento. Mas ele sempre se sentia em dívida para com as pessoas que o amavam e demonstravam de qualquer forma esse amor, conquanto suas dívidas, com mulheres ou agiotas, nunca fossem pagas.

10

"O menino Gonçalo veio despedir-se de vossé, padre Vieira, antes de partir para Portugal", disse José Soares.

"Mas por que o deixas esperando à porta? Não sabes o quão é arriscado para ele? Manda que entre, sim, talvez esta seja a última vez que o verei", disse Vieira.

Vieira passou a mão no queixo, com ar preocupado. Tinha vivos apenas dois sobrinhos homens, que prezava. Ao voltar da Europa, na frota de 1681, Vieira encontrara alguns parentes e amigos mortos. A mais sentida de todas as perdas fora a de seu sobrinho dileto, o capitão Cristóvão Ravasco, morto muito jovem a serviço de el rei, mais um tributo que os Ravasco haviam pago sem nada receber em troca. Também mortos estavam quase todos os seus irmãos e irmãs.

Gonçalo Ravasco entrou na cela de Vieira. Ajoelhou-se ao lado do catre, beijou a mão do tio.

"Cá tão cedo, meu filho", disse Vieira.

"Está tudo acertado, meu tio?"

"Tenho pensado nessa tua ida a Portugal, Gonçalo. A navegação representa riscos, há tempestades, calmarias, mares grossos e infestados de corsários, tu o sabes muito bem, perdeste tios, primos, amigos em naufrágios e descargas de artilharia. Mas se uma viagem por si só é arriscada, o que dizer de uma viagem como clandestino? Não, Gonçalo, creio que não deves arribar."

"Mas, tio, não posso deixar de ir. Da minha estada em Lisboa vai depender toda a defesa de nossa família. Nosso nome!

Nossa honra! Ficar aqui talvez represente ainda mais risco. O Braço de Prata está com a mão no alto, pronta a descer sobre nossas cabeças."

"A mão boa ou a mão ruim?", gracejou Vieira, meio amargo.

"Ele não tem mão boa."

"Todos têm uma boa, outra ruim. Olha para as tuas. Olha para as minhas. Dom João III era conhecido como o Piedoso, todavia mandou queimar milhares de judeus para sustentar a fé. Ele também era cristão. Um bom cristão. Não sejas afoito, meu filho, é hora de haver prudência."

"Nada me fará desistir, meu tio, perdoe-me a teimosia."

"Está bem, Gonçalo, vai. Mas cuidado. Dize a Sua Alteza algumas palavras do sermão da terceira dominga da Quaresma, que fiz na capela real, na presença de el rei dom João IV. As palavras tornam a ter ocasião, e as ocasiões, em tantos anos, necessitam as mesmas palavras. Dize ao príncipe que sendo as terras de Portugal as mais diversas, distantes e dilatadas de todas as monarquias do mundo, ponha vice-reis, ponha governadores, ponha generais, ponha capitães, ponha justiças, ponha bispos e arcebispos. Mas que muito juízo, muita verdade, muita inteireza, muita consciência é necessária a Portugal para distribuir cada um. Se o príncipe põe o cobiçoso onde há ocasião de roubo", prosseguiu, "e o fraco onde é preciso haver defesa, e o infiel onde é possível renegar, e o pobre onde há ocasião de se desempobrecer, se Sua Alteza põe assim dessa maneira as pessoas, o que há de ser das conquistas e dos que com tanto sangue as ganharam? Precisamos de homens que obrem proezas dignas de seus antepassados", elevou o dedo indicador. "Que despendam liberalmente com soldados, que pelejem, que defendam, que vençam, que conquistem e que façam justiça." Fez uma pausa.

"E não homens que nos aproveitem e nos arruínem", continuou Vieira. "Não homens que se enriqueçam e deixem pobre o Estado. Não homens que percam as vitórias e venham carregados de despojos. E quanto mais longe for o lugar, tanto hão de ser os sujeitos de maior confiança e maiores virtudes, dize a dom Pedro, Gonçalo. Dize-lhe que quem há de governar a quatro mil léguas longe do príncipe, onde em três anos não pode haver recurso de seus procedimentos, nem ainda notícias, então que verdade, que justiça, que fé e que zelo deve ser o seu!"

Gonçalo Ravasco mantinha-se atento às palavras do tio. Vieira sentou-se na cama, com esforço.

"Nos Brasis, nas Angolas, nas Goas", continuou o jesuíta, "nas Malacas, nos Macaus, onde o príncipe só conhece por fama e se obedece só por nome, aí são necessários os criados de maior fé e os talentos de maior virtude. Dize isso a Sua Alteza, Gonçalo. Se em Lisboa, onde os olhos do príncipe veem e os brados do príncipe se ouvem, faltam à sua obrigação homens de grandes obrigações, que será *in regionem longinquam*? O que será, nas regiões remotíssimas, onde o príncipe, onde as leis, onde a justiça, onde a verdade, onde a razão, e até mesmo Deus, parecem estar longe?"

José Soares ouvia, preocupado. Vieira estava furioso. Os cabelos, cada vez que sua cabeça se agitava, desarrumavam-se mais. A testa cobria-se de suor.

"Como foi Habacuc para a Babilônia? Tomou-o um anjo pelos cabelos e o levou à força. Que venham, pois, para as colônias, os homens de Portugal para governar, mas que venham com os anjos os trazendo à força pelos cabelos, a guiá-los, a alumiá-los, a guardá-los. Mas o que seria se, em vez de vir à força pelos cabelos, vierem por muito gosto, por muito desejo e por muita... negociação? E se em vez de os trazer um anjo, os tragam dois diabos, um da ambição, outro da cobiça? Se estes dois espíritos infernais os levam a toda parte, como não os levarão também ao inferno?"

Vieira não parecia, naquele momento, um velho sujeito a achaques e enfraquecido por fadigas e resíduos de paludismo, complicações brônquicas, hemoptises que o faziam temer a tísica, mal comum na Companhia de Jesus e que contagiava os padres nos refeitórios, nos bebedouros, nos mijadouros.

"Quais são as causas? Quais são os motivos? Quais são os porquês?", continuou Vieira. "Não há coisa no mundo que leve um homem ao inferno sem seu porquê, Gonçalo. Os porquês cegam, arrastam, precipitam os maiores homens do mundo."

"O porquê de tudo isso é o dinheiro, meu tio."

"Não nego ao dinheiro seus poderes. Mas não me temo tanto do que se furta como do que não se furta. Muitos ministros há no mundo que jamais se deixaram subornar pelo dinheiro. Mas deixam-se subornar pela amizade, pela recomendação, e não sendo nada disso nem ouro nem prata, são os verdadeiros porquês da injustiça do mundo. As tentações dos favores são maiores do que as do dinheiro e valem mais. As coisas que se concedem por respeito são coisas que não se veem, que não armam a casa, nem se penduram pelas paredes, nem tilintam nas bolsas. Se houveres de vender tua alma, ou teus amigos, seja antes por dinheiro que por favores."

Vieira fez um sinal para José Soares. O padre entregou um escapulário ao jovem.

"Isto irá te proteger, Gonçalo. Estou enviando, por Luiz Bonicho, algumas cartas, pois o correio anda vigiado. Uma para Roque da Costa Barreto, outra para o duque de Cadaval, e mais duas, para o marquês de Gouveia e Diogo Marchão Temudo. Tu defenderás nossa causa aos pés de dom Pedro. Se algo suceder ao vereador, encarrega-te das cartas. Se algo suceder a ti..."

"Não se preocupe, meu tio, não irei sozinho. Barros de França, um dos primeiros fidalgos da Bahia, despojado de seu cargo de vereador, irá comigo. Também irão os capitães de presídio Diogo de Souza e José Sanches Del Poços, que estão sem seus comandos, igualmente usurpados pela matilha voraz dos Menezes. Nada de desventuroso nos sucederá."

"Deus vos abençoe", disse Vieira, fazendo um gesto de cruz com a mão. Deitou-se novamente, ajudado por José Soares.

Gonçalo Ravasco retirou-se.

*

Luiz Bonicho, vestido com hábito de jesuíta, e Donato Serotino verificaram se tudo estava em ordem. A bagagem foi levada para ser embarcada. Dentro de um dos baús estavam as cartas de Vieira. A partida seria dali a uma hora, mas eles só iriam para o embarque no último instante.

Dois homens armados vigiavam à porta e o terceiro permanecia no cais, atento a qualquer movimento diferente.

"Ah, nem posso imaginar, Paris me espera."

"Está na hora", disse Donato Serotino. "O guarda que vigiava o cais veio avisar. Nosso escaler está pronto para partir."

Luiz Bonicho e Donato Serotino saíram apressados, acompanhados pelos homens armados. Levavam o pequeno cofre que continha joias e dinheiro.

Ultrapassaram a rua da praia e, ao chegarem à barra, uma dupla de guardas montados acabava de parar em frente a uma oficina onde um ferreiro batia com vigor sobre a bigorna. Fagulhas brilhavam detrás dos homens a cavalo, o som metálico e ritmado ecoava na rua.

Os guardas, de uniforme da milícia, armados de garruchas e espadas, apearam. Eram o Gordo e seu ajudante de ordens.

Luiz Bonicho os viu primeiro e olhou para Donato. Os soldados procuravam por alguém, perscrutando os transeuntes e os que embarcavam. Em seus gestos havia uma atenção impetuosa e, embora se encontrassem a alguma distância, podia-se ver que estavam suados e vermelhos. À porta do embarque, mais soldados entrincheirados verificavam os papéis dos passageiros. Luiz Bonicho ficou lívido.

Ao avistar o vereador, os guardas entreolharam-se, tensos, trocaram algumas palavras e foram em sua direção.

Luiz Bonicho sussurrou alguma coisa ao ouvido de Donato. O mestre de esgrima e seus homens ficaram parados diante de Luiz Bonicho formando uma espécie de muro, as mãos sobre as empunhaduras das armas. Pessoas passavam entre eles, desavisadas.

Os homens do governador estacaram, olhando o grupo que protegia o fugitivo. O Gordo parecia indeciso quanto à maneira de agir. Olhou para os lados, para trás.

"Eles vão nos rebentar no meio da rua", disse Luiz Bonicho.

"Nós somos cinco, eles são dois", disse Donato.

O Gordo, nervoso, parecia esperar alguma coisa. Olhou novamente para os lados. Nesse momento surgiram mais soldados, pelos dois lados da rua. Os soldados saltaram de seus cavalos e caminharam em direção a Luiz Bonicho e Donato Serotino.

"Nós somos quatro e meio, e eles eram dois. Duas hienas pobres, uma matilha faminta. Agora são dez. Que faremos?"

"Vamos atraí-los para os becos, e tu corres para o escaler", disse Donato Serotino.

"Bem pensado", disse Luiz Bonicho. "Estou indo. A velocidade não é um bem que a natureza me tenha concedido, mas estou indo, diabo, que baú pesado, estou indo, Donato, te encontro na almiranta, ou em Paris."

Donato Serotino e os escravos caminharam em direção ao beco em frente. A um sinal do Gordo alguns soldados seguiram-nos, a cavalo.

Luiz Bonicho continuou o mais depressa que pôde em direção ao escaler. Quando se voltou para trás viu o Gordo muito perto, apontando-lhe a arma. Já poderia ter atirado, se quisesse, pensou Luiz Bonicho, mas parecia estar determinado a pegá-lo vivo. Para quê? Jogá-lo na enxovia? O que ganhariam com isso? Um julgamento legal? Impossível.

Os circunstantes tinham percebido o que se passava e corriam para as oficinas, onde se abrigavam. Muitos rostos apareceram nas frestas das portas e janelas. O som do bater do martelo na bigorna cessou.

Luiz Bonicho ficou sozinho com o Gordo, à beira d'água, diante de um escaler cheio de atônitos passageiros encolhidos uns contra os outros, os olhos arregalados.

"Acompanha-me", disse o Gordo, apontando-lhe a arma.

Entraram num beco sujo.

Luiz Bonicho estendeu o pequeno baú para o capitão.

"Podes ficar com isto para ti, caso queiras carregar um peso maior que um pobre e magro cadáver sem valor. Aí dentro tem uma fortuna que muitos ignorantes como tu jamais sonharam ver, tampouco meter as mãos."

O Gordo sorriu.

"Já sei o que estás pensando", disse Luiz Bonicho. "Um valioso baú e um defunto valem mais do que um valioso baú e nenhum defunto."

"Continua andando, miserável", disse o Gordo.

"Aonde estás querendo me levar, hem, Gordo? Ao paço? Muito bem, vou sozinho, eu sei o caminho, não é preciso que me mostres. O governador me espera para o chá?"

"Chega de mexer essa língua nojenta, sodoma", disse o Gordo. "Não estou achando nenhuma graça. E se eu começar a rir, o dedo pode se mexer sem querer e bum — estoura quem estiver na frente."

Luiz Bonicho decidiu ficar calado, quiçá pela primeira vez na vida.

"Entra aí", disse o Gordo, mostrando a porta de uma casa incendiada da qual restava apenas a fachada. Dentro, a casa não passava de um monte de capim e entulhos. O capitão trancou a porta corroída pelo fogo.

"Para o fundo", disse.

Luiz Bonicho caminhou pelo matagal.

"E se tiver alguma cobra?"

"Tem", disse o Gordo.

"Duas, então", disse Luiz Bonicho. "Tu e eu. Tu és uma cobra que engoliu um rinoceronte."

O Gordo o empurrou com força e o fez virar-se de frente. Encostou-o na parede coberta de marcas escuras das chamas.

"Fica quieto aí." Afastou-se alguns passos, abaixou a arma, abriu os barbantes da calça e urinou. O líquido salpicava o hábito de Luiz Bonicho e o cheiro da urina emanava, acre. No chão havia pedaços de ferro retorcido, lascas de madeira, sapatos destruídos, papéis amarelados.

"Põe o cofre no chão", disse o Gordo. Luiz Bonicho obedeceu.

O capitão de presídio terminou de urinar. Uma mancha úmida redonda apareceu na sua calça. Mandou que Luiz Bonicho levantasse os braços. Apalpou-o. "Por Deus e pelo Diabo", disse o Gordo, "meter minhas mãos neste inveterado corcunda."

"'Fresca rosa", disse Luiz Bonicho. "Sabes que Sileno era corcunda?"

"Não sei de nada."

"O gênio frígio das fontes e dos rios, pai dos sátiros. Corcunda e tenebroso. Scaramuccio também, o magnífico arlequim do teatro italiano de Paris. Piero Della Francesca tinha um nariz que parecia uma escada. Luiza de La Vallière, embora coxa, dançava com muita graça e tomou o monarca Luís XIV à duquesa de Orléans. Tu és feio como Satanás, redondo e com as pernas tortas e estás ficando rico neste instante, nunca mais vais ouvir os gritos de teu cabeça, hem?"

Gordo o olhou com curiosidade.

"Queres um lenço?", disse Luiz Bonicho.

"Fica calado!"

"Para dar adeus à miséria."

"Vira de costas."

"Vais atirar pelas costas num pobre corcunda desarmado?"

O capitão não respondeu.

Luiz Bonicho virou-se para a parede.

"As mãos para cima."

Luiz Bonicho obedeceu.

Gordo agachou-se e tentou abrir o baú. Estava trancado. Com uma faca arrebentou a fechadura. Abriu-o, sob os olhos atentos de Luiz Bonicho, que virara o rosto por sob o braço em sua direção. O capitão encheu os bolsos com joias e moedas.

"Sem olhar. Vira o rosto para a parede", disse o Gordo. "Está faltando uma coisa aqui. Onde está?"

"Lá no barco. Vou buscar, espera aqui, está bem?"

"Nada de gracejos, nojento." O Gordo levantou-se e encostou o cano da arma na ponta do nariz de Luiz Bonicho. "Queres que eu tire um pedaço?"

"Ficaria mais bonitinho, não achas?"

"Estou falando dos papéis. Onde estão?"

"Na tipografia, na casa de livraria, no Desembargo, na mesa do juiz."

"Sabes muito bem de que papéis estou falando."

"O Papel Forte? O papel do amor? Letras de câmbio? Títulos ao portador? Papel de Rosamundo? Papel pergaminho? Papel-chupão? Papel crepom? Papel de arbustos? Papenbroeck?"

Gordo deu uma pancada na boca de Luiz Bonicho com o cabo da garrucha. Um fio de sangue escorreu e a carne ficou intumescida e roxa no lugar. Luiz Bonicho cuspiu sangue e dentes.

"Pápias, Papillon, Papin, Papiniano, papa, papoula, patifão."

Levou outra pancada, dessa vez no estômago.

"As cartas do padre Vieira, seu quebra-cus." O capitão deu-lhe um pontapé. "Vais falar ou não vais?"

"Não sei de nenhuma carta."

Levou mais dois socos e caiu no chão.

"Covarde", disse, contorcendo-se.

"As cartas, fala, miserável."

"Não sei de carta nenhuma."

Ouviram pancadas à porta. O Gordo foi até uma das janelas da fachada da casa, empurrou-a e olhou a rua. Abriu a porta. Entrou o alcaide Teles. Então era isso, pensou Luiz Bonicho, sentindo o coração gelado.

"Muito bem, Gordo, muito bem. Vaca no curral, leite à mesa", disse o alcaide Teles. "O mestre de esgrima está morto. Estirado na rua. Resistiu à prisão. O corcunda está com as cartas?"

"Não encontrei nada, senhor alcaide."

O alcaide Teles tirou a espada da bainha.

"Estende a mão, Luiz Bonicho. A mão direita."

"Para quê?"

"Não te lembras? Aquela manhã, não te lembras? Covardes, oito homens. Estende a mão direita, Luiz Bonicho. A mesma que decepaste a meu irmão Francisco."

"Não! Não! Eu não decepei mão nenhuma", gritou Luiz Bonicho.

O Gordo imobilizou Luiz Bonicho, segurando seu braço sobre uma pedra.

"Ei, espera aí, espera aí, isso é uma —"

O Gordo tapou a boca de Luiz Bonicho.

O alcaide levantou a espada segurando-a com as duas mãos até acima da cabeça. Susteve-a ali um instante, mirando o pulso do vereador, estreito e alvo.

"Como um graveto", disse o alcaide.

Os gritos de Luiz Bonicho eram abafados pela mão do oficial. O vereador se debatia, tentando desvencilhar-se.

A espada desceu num segundo, zunindo, batendo contra os ossos e a pedra, arrancando a mão de Luiz Bonicho. Em poucos instantes o vereador desfaleceu.

"Podes terminar, Gordo."

E saiu, sem olhar para trás.

11

"Onze horas", sussurrou o vedor ao mordomo-mor. A um sinal do governador, o mordomo abriu a porta. Por ela entrou o arcebispo João da Madre de Deus.

"Sente-se", disse o governador, depois de beijar a mão estendida do arcebispo.

Sentaram-se frente a frente. Antonio de Souza olhou-o com atenção.

"Apesar do luto em que me encontro", disse o governador, "tenho tido tantas coisas a fazer que não consigo parar um só instante."

"Ah, que Deus tenha o alcaide-mor no céu. E como estão os autos?"

"Autos, senhor arcebispo?"

"Sim, os autos. É sobre esse assunto que desejo falar-lhe. Grande parte do clero em Portugal e em Roma ficará muito aborrecida com vossenhoria, o que é compreensível. Apesar de algumas pequenas diferenças entre uma ordem e outra, somos todos a Igreja de Deus. A perseguição a Antonio Vieira chegará aos ouvidos do papa. Esse caso irá preocupar não apenas a Inocêncio XI como ao grão-duque de Toscana, também ao cardeal d'Este. Então, Antonio de Souza, em nome da Igreja e do papa, em nome de Deus, em meu próprio nome, rogo que cessem essas disputas, que se esqueça o passado, que se retire a queixa contra Antonio Vieira. O homem está velho. Nenhum de nós pode crer no envolvimento dele em tal sucesso, apesar de sabermos ser ele voltado para assuntos materiais como a diplomacia, o patriotismo, a estratégia."

"Apesar de sabermos que ele investe contra as acumulações remuneradas", disse o governador, completando com ironia o pensamento de João da Madre de Deus, "contra a fidalguia. Apesar de sabermos que ele faz no púlpito sua propaganda, que prega a tolerância aos judeus como remédio para Portugal restaurado, que prega a liberdade de consciência dos judeus, a abolição do Santo Ofício. Apesar de sabermos ter ele feito tantas conjeturas contra os dominicanos, a favor dos nheengaíbas, das missões. Apesar de sabermos ter ele sido expulso do Maranhão e ser contra a escravidão, ter criado a teoria das raças, ter pregado a limitação da onipotência divina. Apesar de se preocupar mais com cometas, vácuo, sogras, guerras, do que com as almas cristãs e suas obrigações religiosas. Apesar de ser suspeito de ter escrito folhetos anônimos contra o Santo Ofício. E assim por diante. E com tantos apesares", prosseguiu Antonio de Souza, "não pode ter sido capaz de envolver-se num crime? Não se envolveu em guerras? Tudo será investigado com muito rigor. Em princípio, todos são suspeitos. Se for inocente, o jesuíta saberá prová-lo. Não é um homem tão bom de tribuna?"

"Gostaria que vossenhoria pensasse no assunto não como um pedido meu, mas de toda a Igreja. Vossé teria muitos lucros com uma tolerância maior. Lucros invisíveis, é claro, lucros espirituais. E quanto ao nosso tesoureiro e desembargador da Sé, Gregório de Matos? Ele me relatou fatos que, se verdadeiros, grandes coisas se podem temer no nosso reino. Não deixa, contudo, a minha incredulidade de estar ainda um pouco duvidosa. Ele diz-se perseguido. Por que a perseguição?"

"Gregório de Matos? Mas não há perseguição alguma!"

"O desembargador Matos está refugiado por temê-lo."

"Por temer-me? Trata-se de um equívoco, senhor arcebispo. O doutor Gregório de Matos deve estar aproveitando a situação para feriar. Parece que não é muito dado à vida regrada. É um maldizente. Diz coisas perigosas."

"Nem sempre, dom Antonio de Souza, nem sempre. Para mim compôs poemas laudatórios."

"Este é o seu método. Remete os cumprimentos e depois pede mercês, quase sempre dinheiro. Saúda de espinha recurvada arcebispos, infantes, reis, provedores, ouvidores, desembargadores. E quando não obtém o que deseja, usa de sua mordacidade. É um aparente inimigo das hierarquias mas incide, não raras vezes, em rastejantes cumprimentos. Tome cuidado, senhor prelado, com as palavras adornadas do falso poeta. Além disso, o que ele escreve sobre os homens da Igreja não é um mero jogo de palavras. A sua prolixidade é pesada, tenta destruir a todos, sem piedade."

"Muitos poetas falaram contra os homens da Igreja."

"Mas com uma certa nobreza de linguagem, que não rasteja à boca do inferno como a desse poeta baiano, não é essa a sua alcunha? O Boca do Inferno? Gostaria mesmo de avisá-lo, dom João da Madre de Deus, de que esta terra é cheia de perigos. Vossenhoria chegou aqui há pouco tempo, cuidado com quem se envolve."

"Tomar cuidado? Ai de mim, Antonio de Souza, não sou um homem de política, tampouco tenho inimigos. Ninguém lucraria por me prejudicar."

"Na Bahia, senhor arcebispo, todos são inimigos. E o alto cargo do arcebispado é proveitoso. Gregório de Matos é perigoso também sob esse aspecto. É ambicioso, quer chegar a muito alto, faria tudo para ser bispo, ou arcebispo. Por isso se mantém na Igreja. Crê vossenhoria que ele tenha alguma vocação? Um homem tão... como direi? lascivo. Para não dizer palavras mais ofensivas. Quando não está conspirando, o homem vive embriagado nas tabernas, sempre fazendo arruaças."

"Gregório de Matos não é o único problema desse tipo que temos. Se formos expulsar os pecadores, ficamos sem representantes em quase todas as paróquias, sem tesoureiros, sem deões, sem missionários. Ah, não sei onde vai parar a nossa Igreja. E isso não é apenas aqui, Antonio de Souza. Lá se foram os tempos em que os homens eram padres por verdadeira vocação religiosa. Hoje, e ainda mais nesta terra colonial, temos de nos contentar com gente cheia de vícios. Nossa maior preocupação é mantermos os virtuosos afastados dos pecadores. Gregório de Matos é um excelente defensor de nossos interesses, jamais foi derrotado em nenhuma disputa. E além do mais não usa a roupeta de clérigo, não vai nos comprometer com seu comportamento pueril."

"Pueril? No dia em que os jovens e as crianças se comportarem dessa maneira, será o apocalipse. Todos sabem que o poeta trabalha na Sé."

"Estou de acordo, a roupeta não é tudo", disse o arcebispo.

"Se o senhor prelado expulsar Gregório de Matos da Sé, um homem de fama na metrópole e na colônia, estará iniciando o que tanto deseja Sua Alteza: a moralização da Igreja. O nome João da Madre de Deus repicará como os sinos por estas terras, e além-mar. Afinal, não é o desejo de Sua Alteza e do próprio papa reedificar a Igreja?"

João da Madre meditou sobre as palavras de Antonio de Souza. "Meu antecessor, dom Gaspar Barata, que Deus o tenha, era bastante favorável ao doutor Gregório", disse o arcebispo. "E padre Vieira o tem em muita consideração."

"São todos da mesma caterva, senhor arcebispo. Não sejamos ingênuos. Isto aqui não é um mundo encantado de fábulas. Logo vossenhoria verá onde pisam seus pés."

"A ousadia é a sua espada", disse o arcebispo. "A minha é a compaixão."

*

O palanquim que levava o arcebispo ia aos trancos pelas ladeiras da cidade. Os escravos carregadores suavam. Os passantes, ao reconhecer o arcebispo, tiravam os chapéus e ajoelhavam-se, levantando-se em seguida com os joelhos sujos de lama.

Antigamente, nos tempos de grandes distâncias entre a nobreza e a plebe, cabia aos arcebispos convocar concílios provinciais, confirmar a eleição de bispos sufragâneos, a quem sagravam e de quem recebiam juramento de obediência; velavam sobre estes para administrarem as dioceses, supriam suas ausências e negligências, providenciavam a vacância das devidas sés.

Os papas haviam elevado e destituído reis. E assim como os papas, que tinham mais poder que os monarcas, os bispos eram superiores em hierarquia aos governadores. Desde a criação do bispado da Bahia pelo papa Júlio III, na *Bulla Specula Militantis Ecclesia*, os bispos tratavam os governadores por senhoria e eram tratados por estes, em troca, por ilustríssimo. Agora, ele, um arcebispo, era tratado pelo governador como um simples fidalgo. Bons tempos aqueles, pensava João da Madre. Nos dias atuais o pálio, a cruz de braços duplos e o escudo com três borlas de cada lado do chapéu não passavam de ornamentos. A Justiça e a Câmara, em nome do príncipe, cuidavam de diminuir o poder da Igreja.

O mundo já não era o mesmo, os grandes homens aos poucos se acabavam. E ele estava ali, um arcebispo, naquelas ladeiras sujas e longínquas, trafegando entre uma gente medíocre, mestiços, maganos, marranos, mazombos, envolvido em disputas menores e sem sentido. Tinha vindo parar num inferno, um inferno que não estava nas ruas nem nas casas, ou na natureza. Estava nos homens.

Depois de descer uma íngreme ladeira, parou defronte de um armazém em mau estado, paredes descascadas, janelas com adufas apodrecidas. Com dificuldade descobrira que Gregório de Matos estava ali, refugiado.

Um dos escravos que carregavam o palanquim bateu à porta. Eram onze horas da manhã.

Gregório de Matos veio atender. Abriu uma fresta da porta. Tinha o rosto amassado de quem estivera dormindo. Ao ver o arcebispo arrumou os cabelos com os dedos, meteu a camisa dentro da calça.

"Ilustríssimo!", disse o poeta, desconcertado.

"Gostaria de falar-lhe, desembargador."

Gregório de Matos o fez entrar. No armazém havia ervas em vidros holandeses fechados por rolhas, sobre os quais incidia uma luz que lembrava a de uma floresta densa. Os vidros enfileiravam-se em ordem, à esquerda e à direita, com os ingredientes prontos para ser transformados em remédios ou essências. O ar tinha um perfume de especiaria. Na parte interna do armazém ficavam os aposentos para morada, dois grandes salões separados por um pátio com um chafariz mouro, uma cozinha com um fogão. Na parte de trás havia um jardim abandonado. Pequenos galhos secos faziam lembrar que ali houvera muitas flores e plantas.

Gregório de Matos trouxe dois bancos da cozinha e sentaram-se na sala, de frente para o pátio de chafariz seco.

"Perdoe a simplicidade da casa", disse Gregório de Matos.

"Não é preciso que perdoemos a simplicidade, mas a opulência. Não disse o filho de Deus que é mais fácil passar um camelo pelo fundo de uma agulha..."

"Que entrar o rico no reino dos céus?", completou Gregório de Matos.

"Pois é sobre o reino dos céus que vim falar-lhe", disse o arcebispo. "Hoje será um dia em que vossé terá de decidir seu destino. Tenho tido notícias de seu comportamento um tanto estranho aos homens da Igreja, sua recusa em usar os trajes adequados, os lugares que frequenta, envolvido com gente de pouca valia para sua boa reputação. Diga-me com quem andas...", e esperou, mas Gregório de Matos não completou a frase, cabisbaixo. "Na Sé disseram-me que vossé aparece apenas para receber o soldo, mal tem cuidado de suas obrigações, sobre sua mesa de trabalho se empilham resmas e resmas de papéis que ficam sem decisão. O que está havendo, Gregório de Matos?"

"Dom João da Madre, não tenho nenhuma justificativa para meu comportamento senão a minha própria natureza. Mas tenho sido empurrado para o desgoverno pela perseguição que o Braço de Prata me tem movido, como já relatei ao ilustríssimo. Mal posso andar pelas ruas da Bahia, senão cercado de amigos que manejem bem a espada e tragam armas à cintura. Corro risco de vida. O Braço de Prata meteu homens sem escrúpulos em meu encalço. O novo alcaide anda atrás de mim. Como posso trabalhar nesse estado de coisas? Vivo neste esconderijo da Bahia, fugindo de cada soldado que vejo na rua. Cada vez que vou dormir estou arriscado a acordar na minha sepultura."

"Se vossé tomar as ordens sacras, terá então imunidades. Ninguém poderá tocar em sua pessoa."

Gregório de Matos ficou pensativo.

"Prosperará", disse o arcebispo.

"Em que pode a prosperidade enriquecer a alma de um poeta?"

"A espiritualidade e a poesia andam de mãos dadas. Nas celas de um convento vossé terá o ambiente propício para escrever como Gongora y Argote, a quem tanto admira."

"Mas, ilustríssimo, se falo — e apenas desses gosto de falar — de radicolhos sujeitos, pataratas, fanchonos, vaganaus, unhates."

"Pode falar de quem desejar. De maneira espiritual e pulcra, enaltecendo-lhes as virtudes ao invés de exibir-lhes os vícios."

"A poesia deve se inspirar na má conduta."

"Quem lhe afirmou essa asnia, Gregório de Matos? Temos poetas religiosos dos melhores. Cynewulf, Einhard, Ekkehart, Peter Damian, Andreas Capellanus, são Francisco de Assis, são Tomás de Aquino, o bispo Thomas Simonsson... Eu mesmo encontro algum tempo para escrever sonetos, apesar de meu problema na vista."

"Ser mau secular não é tão culpável e escandaloso como ser mau sacerdote. Não posso votar a Deus o que me é impossível cumprir pela fragilidade de meu caráter."

"Essa, meu caro, seria a única maneira de vossé conservar os seus cargos."

"A troco de não mentir", disse Gregório de Matos, resoluto, "perderei todos os tesouros e dignidades do mundo."

"É sua última palavra?", disse o arcebispo.

"Temo que sim, ilustríssimo."

*

Gregório de Matos lavou-se no miserável quarto, jogando água sobre a cabeça, nu, em pé sobre uma bacia.

"Ah", dizia para si mesmo, "preciso arrumar uma mulher para me banhar, fazer comida, compotas, queijo, licor... levar minha correspondência."

Enxugou-se, deitou-se, ainda sem roupas, sobre as esteiras que serviam de cama. A casa estava cheia de respingos de cera pelo chão. Ficou pensando no que acabara de ocorrer. Ouviu batidas à porta. Desceu, enrolado numa toalha. Quando abriu a porta deparou com Anica de Melo, agitada.

"O que há?"

Anica de Melo contou sobre a morte de Donato e a tentativa de fuga de Luiz Bonicho.

"Deceparam-lhe a mão direita. Ele desfaleceu e o soldado que ia matá-lo, um tal Gordo, foi meter num saco as joias do vereador, e quando voltou com o saco Luiz Bonicho havia recobrado a consciência e atirou nele com uma pequena pistola que guardava sob a corcova, matando-o. Depois correu para o porto e ainda conseguiu que um escaler o levasse até a almiranta, o punho sangrando enrolado num pano. Se houver um cirurgião a bordo, e se este não for, como sempre, um odre, ele poderá se salvar."

"E Gonçalo Ravasco? Conseguiu partir?"

"Sim. Enquanto se ocupavam do vereador e do italiano, Gonçalo penetrou na almiranta. Agora tu serás o próximo alvo."

Gregório de Matos, indiferente, foi para a cozinha e preparou um púcaro de leite. Era muito inábil na cozinha e teve dificuldade para acender o fogo. Anica de Melo ajudou-o. Gregório tomou o leite morno em goles pequenos, saboreando-o com prazer.

"Tu sabes cozinhar?", disse Gregório de Matos.

"Não."

Em volta da boca de Gregório ficara uma meia-lua de leite.

"Não ouviste o que eu disse? Serás o próximo", disse Anica de Melo. "Continuam presas as mulheres e irmãs dos Brito, e dona Bernardina. A moça que te encanta, essa tal dona Maria Berco, vai ser mesmo enforcada, pelo roubo do anel. Os Ravasco estão encurralados."

Gregório de Matos ficou em silêncio, mexendo nas coisas da cozinha.

"Por que não vamos juntos para Portugal, como o fizeram Luiz Bonicho e Gonçalo Ravasco?", disse Anica de Melo.

"Não tenho dinheiro para ir para Portugal. Sou o mais novo vadio da cidade. João da Madre de Deus acabou de sair daqui."

"Eu já esperava por isso. Tua família não pode te dar o dinheiro para fugires?"

Seguido de Anica de Melo, Gregório de Matos voltou para a sala, pensando na família. Eram oriundos das vinhas de Vila de Guimarães, Norte de Portugal. Colonizadores que enriqueceram no Brasil construindo pontes, ladeiras, palácios. Compraram uma máquina de guindar mercadorias entre a cidade alta e a baixa, fazendas de gado no sertão, grandes plantações de cana e o engenho de Sergipe do Conde, que pertencera a Mem de Sá. Possuíam cerca de cento e trinta escravos. Seu pai, dono de uma fazenda de cana da Patatiba no Recôncavo, fazia inspeção de pesos e taxação de gêneros alimentícios. Eusébio, seu irmão, era um padre famoso por seus sermões e pelo tamanho de seu membro que, aliás, como dizia o poeta, frequentava freiras, pardas corridas e donzelas. Pedro, seu outro irmão, plantador de cana, se matava de trabalhar para manter as terras do pai, e tinha a mesma fama dos dois irmãos.

Gregório de Matos fora uma criança rosada e saudável, cheia de alegria, mas também de angústias. Gostava de jogar com os meninos e de levantar as saias das negras. Seu avô, alto e de fartos cabelos, o levava a passear nos quartéis, fontes e praças que construía, mostrando os segredos das paredes e dos espaços, talvez sonhando que um dia o menino se tornasse um construtor, como ele. No entanto, Gregório de Matos preferia olhar as escravas, e seu compromisso já era com a mulher e o amor. Fora casado com uma dama de família influente na magistratura. Dezenove anos de idade, "nariz de manteiga crua, lábios de pucarinho de Estremoz". Ela jamais dera importância aos idílios do esposo, uma atitude digna de uma mulher de juiz de fora de Alcácer do Sal, um magistrado de respeito, autor de poemas que traziam boa fama. Ao casar-se com Gregório de Matos, dona Michaela estava longe de perceber o que seria sua vida ao lado do poeta. Ele gastava grande parte de seu tempo — e dinheiro — nos bordéis, nos regaços femininos, nos leitos das donzelas, nos mosteiros onde as freirinhas o acolhiam com cuidados. Amou as mulheres sem distinção: jovens ou maduras, camareiras ou duquesas, alvas, judias ou mestiças — conquanto tivesse um certo desprezo pelos mestiços e judeus machos —, franças da rua Nova sorvadas por frades gulosos de são Francisco, saloias de carapuço, bandarras plebeias, mancebas ou tricanas da zona rural de Coimbra. Enquanto isso dona Michaela passava noites aguardando-o, sem que ele aparecesse. As mulheres, quando se casavam com poetas, não deviam esperar maridos comuns. Ninguém conseguiria mudar a natureza de Gregório de Matos. Não havia mais nenhuma mulher em Portugal para ser fornicada. Tampouco tinha o poeta mais nada a aprender por lá. Estava sendo devorado por um monstro que não via, numa cidade descomposta, sediado entre seu espírito fecundo e sua alma mordaz. Poderia ter-se dedicado à lírica ou à transcendência espiritual, como Vieira, mas abdicara da graça da manhã ensolarada e dos mistérios suaves, deixava-se vagar pela esfera mais funda e por isso o chamavam Boca do Inferno. Mas boca do inferno não era ele. Era a cidade. Era a colônia.

Entrara na partilha dos bens de seu pai havia uns dois anos, ou três, quando ainda estava em Portugal. Mas já não possuía quase nada. Em 1659 seu pai ficara aleijado das mãos e não pudera mais escrever. Gregório de Matos arrancara muito dinheiro de sua mãe. Vendera suas joias, terras, só não vendera seus dentes porque ninguém os compraria. As mães eram tolas para com os filhos. Todas elas. Ele sugava o sangue da sua, e ela o amava cada dia mais. Ela dizia, "Meu Deus, por que me deste três filhos como três facas sem cabo?". Faca sem cabo. Assim ele se sentia. Pior ainda: lâmina cega. E agora estava começando a enferrujar. Não tinha coragem de pedir mais nada à família, a seus irmãos, a seu tio. Também não tinha coragem de fugir.

"Se eu tiver de morrer, que seja aqui mesmo. E, valha-me Deus, que não seja pela boca de uma garrucha, mas pela cona de uma mulher."

*

No palácio, o alcaide Teles levantou um cálice de vinho que lhe fora estendido pelo governador Antonio de Souza.

"Enfim uma vitória, Antonio", disse o alcaide, sem alegria, triunfo ou outro sinal de regozijo na voz.

"Vitória?"

"O vereador está fugido, se é que não morreu na almiranta, sem mão. Donato Serotino está morto. Gregório de Matos não tem mais imunidades nem emprego. Vieira não tem mais força. Bernardo Ravasco não tem mais liberdade. São os cabeças, o grupo está sem cabeças. Eles estão perdidos."

"Perdidos? Onde estão as cartas de Vieira? Onde estão os escritos de Bernardo Ravasco? O que sucederá quando chegar Rocha Pita? Luiz Bonicho pode chegar vivo a Lisboa, sem a mão direita e com muitas acusações e provas contra nós. Gonçalo Ravasco fugiu com o vereador fidalgo e os capitães de presídio. As mortes que cometeste não têm o menor proveito para nós. Um blasfemador louco, um pequeno escrivão, um mestre de esgrima traidor, uma mulher inocente e reles escravas. Perdemos um capitão de presídio, o Gordo. Não sei onde estava com a cabeça quando te permiti agir por tua conta. Só asnices. Tomo novamente o comando."

"Estás enganado, Antonio. *Finis coronat opus*", disse o alcaide.

A DEVASSA

O código que regia as tramitações do direito na colônia, o mesmo de Portugal, era uma recompilação das *Leis extravagantes* de direito canônico e das *Ordenações afonsinas* e *Manuelinas*. Esse sumário resultou nas *Ordenações filipinas*, publicadas no tempo de Filipe I de Portugal — e III da Espanha.

Os jurisconsultos brasileiros, ouvidores e procuradores, os corregedores, bacharéis, desembargadores, juízes, viviam numa conjuntura sombria e atrasada. Predominava uma mistura incoerente de princípios romanísticos, barbáricos e canônicos. O direito variava entre regras de viver e a definição do pecado.

A casa onde funcionava a Relação era ampla. Da janela podiam-se ver as liteiras e serpentinas passando, entre gente e animais. As paredes no interior eram escuras e cheias de rachaduras, o chão coberto de sujeira e papéis, as tábuas do piso tinham buracos. No primeiro andar ficavam as salas de espera e de audiência. No segundo, mais limpo e bem cuidado, a sala de reunião da Grande Mesa e salas dos desembargadores. No terceiro, os processos amontoavam-se, jogados uns sobre os outros, sob uma densa camada de poeira; teias com insetos capturados balançavam suavemente ao vento brando.

Quando não estava viajando em investigações, era ali que Rocha Pita trabalhava.

1

Da janela da carruagem, Antonio de Souza podia ver as pessoas percorrendo incessantemente a praça que dava acesso ao porto. Cargas se amontoavam por todo lado: arrobas de cravo grosso e fino, salsa, bálsamo, caixotes de açúcar, algodão em fio, urucum para tinta, cascos de tartarugas, couros em cabelo.

"Logo vai chegar o Rocha Pita", disse Antonio de Souza. Ao seu lado o Mata torcia as mãos. "Vai nos dar trabalho, Mata. Vai nos custar mais do que os outros. Mas conseguiremos, os Ravasco estão iludidos quanto a esse homem. No caso do chanceler, esse não tem poderes maiores do que os meus, e vou acusá-lo de concorrer para a morte de Francisco de Teles de Menezes. Foi aquele rabi quem o convenceu a aceitar a suspeição do Palma. Se o rabi acha que pode seduzir também o Rocha Pita, chegará tarde. Nós o seduziremos antes; ainda hei de descobrir sua fraqueza, que homem não a tem? Rocha Pita julga-se coberto de poderes. Vão encher seus ouvidos contra mim. Qualquer descuido meu, posso perder tudo o que consegui com muita luta. Temos de tomar nossas precauções. Quando se tratava de um ouvidor nosso, tudo era diferente, as avaliações se ajeitavam entre interesses comuns, velhas ligações escolares. O poder que os desembargadores têm sobre o governador é sempre anulado pelo poder de regularizar e disciplinar exercido pelo governador sobre o Tribunal. O regimento me garante o direito de admoestá-los. Mas eu não o faço. Não há tensão entre os dois órgãos do governo. Todavia, com Rocha Pita tudo se torna diferente. Não creio que seja facilmente sujeito a sentimentos. Precisamos tomar cuidado."

"Não seria ambicioso? Ou caído por mulheres?", disse o Mata.

"Rocha Pita é rabugento, teimoso como uma mula. Vive sem casar, não vê os parentes, não tem fazenda. Passa só com seus ordenados e limpeza de mãos. Não ama o dinheiro, a bebida, as festas, o jogo. Já estive diante de um caso parecido. Um inimigo meu parecia imbatível em sua retidão. Mas depois descobri que a fraqueza dele eram as mouras."

"Compreendo, senhor governador", disse o Mata.

"Todas aquelas justiças estão suspensas com o alcaide Teles?"

"Sim, senhor governador."

"Não quero que nada aconteça aqui nos próximos dias."

"Devemos libertar Bernardo Ravasco, senhor governador?"

"Vamos aguardar. Podemos ter alguma surpresa."

*

Um bergantim movido a remo por marinheiros de roupas desbotadas e ordinárias encostou. Saltaram dois homens vestidos de preto. Um deles, muito alto, forte, com ar terrivelmente arrogante, veio na frente.

"É o Rocha Pita?", disse o Mata.

Antonio de Souza observou por algum tempo.

"É o Rocha Pita", confirmou o governador.

"Tem um aspecto aterrador. Veja o tamanho de suas mãos. E os pés. Parece que nem viajou pelo rio, tem o ar saudável e descansado. Uma força estupenda. Mas tem o semblante de um parvo, senhor governador."

"Não te deixes enganar, Mata. O Rocha Pita não é o grandão. É o outro."

Detrás do grandão, na verdade o meirinho, caminhava um homem pequenino e recurvado, de aspecto frágil, cabeleira mal-arranjada sobre a cabeça. Usava uma enorme gola branca franzida que lhe escondia o pescoço e parte dos maxilares e queixo. Na mão trazia uma corneta de chifre que encostava ao ouvido sempre que alguém falava com ele.

"O desembargador é surdo?", perguntou o Mata.

Antonio de Souza não respondeu. O Mata esperou um pouco e depois falou-lhe com voz delicada.

"Devemos lembrar-nos do jesuíta Francisco de Vilhena, senhor governador?"

"Falar nisso agora, Mata? Vilhena depôs, com o apoio de militares, o vice-rei que governava e deportou-o para Portugal."

"Em Lisboa ficou comprovada a inocência do vice-rei e Vilhena foi castigado."

"Mas o vice-rei governou apenas um ano e meio e nunca mais voltou para terminar seu mandato. E isso foi no tempo de el rei dom João IV. Tudo era diferente."

"Nosso príncipe, que Deus não me ouça, é um saboeiro."

"Sabão lava a roupa", disse Antonio de Souza.

*

Tambores percutidos por soldados soaram na praça. Desajeitado, o desembargador Rocha Pita, filho de letrado, quarenta e seis anos, quinze de serviço real, cinco de Relação, formado em direito civil e professor da Universidade de Coimbra, tropeçava em seus próprios pés. Trazia na axila um livro que escorregava, prestes a cair.

Olhava para os lados sem fixar-se em parte alguma, parecendo completamente distraído. De vez em quando encostava a corneta de chifre ao ouvido, com a abertura numa direção qualquer. Seu comportamento parecia não fazer sentido. Encorajado pelas maneiras desatinadas do homem, o povo ria e dizia piadas.

Envolto na escura e longa túnica com botões dourados, sem parecer se importar com a galhofa, o meirinho abriu um pergaminho. Os soldados cessaram de bater os tambores.

"Foi o chanceler", o meirinho leu, "servir ordenar uma devassa na capitania da Bahia que, por ser conveniente ao real serviço, sobre o crime de morte de Francisco de Teles de Menezes se informasse com toda a exação e particularidade das denúncias que se fizeram."

As pessoas foram se calando, até ficarem em completo silêncio. A voz do meirinho era possante, lia palavras que vinham do chanceler e aquilo tudo causava um certo medo, além da curiosidade.

"Dando execução a essa ordem", o meirinho prosseguiu, "informa o desembargador João da Rocha Pita que, com todo o resguardo e segredo, dará execução inquirindo as pessoas fidedignas e procurando certidões e documentos com os quais devassará as queixas e os fatos."

O meirinho informou que quem possuísse provas ou indícios seria obrigado a fornecê-los sob penas severas. Que as pessoas não estavam obrigadas a depor, mas no caso de se disporem a fazê-lo deveriam dizer apenas a estrita verdade, sob as mesmas penas.

Rocha Pita parecia não prestar atenção a nada do que acontecia. Olhava, às vezes, para algum dos ouvintes, logo desviando-se para outro. Suspirava, balançava a cabeça, quase falando sozinho.

Comentava-se que um ouvidor surdo calhava muito bem como expressão do desejo da Relação de não ouvir as queixas contra o governador, e vinha ridicularizar os Ravasco. Todos sabiam das indeferências que tinha o príncipe pelo jesuíta Vieira. Aquele desembargador era uma resposta. Isso parecia evidente.

*

Em sua sala na Relação, Rocha Pita sentou-se, estendeu as mãos sobre a mesa, tomou fôlego.

"Essa devassa", disse ao meirinho, "não é uma questão de justiça. Talvez não seja o inocente, mas o mais forte quem vá vencer. Não podemos vacilar um só instante."

*

O primeiro a depor foi o desembargador Manuel da Costa Palma. Chegou vestido com sua longa roupa negra, o rosto avermelhado.

Era função dos desembargadores na colônia prover sobre a confirmação de eleição de juízes, os perfilhamentos, as doações entre particulares, a concessão de cartas de privilégios, as legitimações, as restituições de fama, as habilitações e outras coisas mais. Conheciam bem os meandros da lei e suas aplicações — justas ou não — e não eram meros observadores dos relacionamentos comerciais e políticos da colônia.

Sentado, Palma esperou Rocha Pita começar a falar.

"Vossa mercê está aqui, senhor desembargador, por seu livre-arbítrio, não é mesmo?", disse Rocha Pita. Sua voz era trêmula.

"Sim", disse Palma. Bateu com os dedos na mesa, demonstrando impaciência enquanto Rocha Pita escrevia no livro, sem olhar o homem diante de si. Ele mesmo fazia questão de escrever alguns depoimentos. Era canhoto. Com a mão direita segurava a corneta junto ao ouvido com a abertura apontada para o depoente. O desembargador pensou nas chacotas que ouvira sobre o ouvidor surdo.

"Tenho bons olhos", disse Rocha Pita, parecendo adivinhar os pensamentos do desembargador. "As palavras enganam, senhor desembargador." Ao falar, o ouvidor acenou com a pena na mão, como se fosse um mestre diante de seu aluno. Depois curvou-se sobre o livro e escreveu com uma letra miúda e caprichosa, metendo e tirando a pena do tinteiro diversas vezes, cuidadosamente, sem respingos. Um desconcertante sorriso permanecia em seus lábios.

Rocha Pita preparara uma lista de perguntas sobre o crime. Considerando o fato anterior quanto aos vínculos de Antonio de Souza com Manuel de Palma, as ligações do governador com o Tribunal eram uma questão de grande importância na devassa. Não se tratava apenas de desvendar um crime, mas de saber até que ponto havia interesses políticos dos queixosos e perseguições aos réus. O desembargador surdo olhou bem o colega à sua frente.

"Tentou o governador", disse Rocha Pita, "Antonio de Souza de Menezes, evitar junto a vossenhoria que testemunhos a favor do jesuíta Antonio Vieira Ravasco chegassem ao Tribunal?"

"Não", disse secamente Manuel de Palma, irritado com o ar professoral do investigador.

"Participou o governador-geral dessa causa como se fosse uma das partes interessadas?"

"Não."

Rocha Pita escrevia.

"No caso da morte de Francisco de Teles de Menezes não é o governador parte interessada?"

Palma pareceu titubear. Depois disse:

"Não."

"Quem o é, então?"

"A justiça. Criminosos devem ser punidos."

"Muito bem..."

Curvou-se e voltou a escrever. Depois, observou mais uma vez o desembargador. Palma tinha a testa coberta por gotas de suor. As mãos se contorciam discretamente. Podia-se ver o volume de uma pistola sob a beca.

"É costume seu, Palma, andar armado?"

"Vossé sabe muito bem que todos aqui andam armados, Rocha Pita. Devido à natureza turbulenta dos colonos."

"Nem todos, Palma. Muitos desembargadores contam com guardas pessoais. Não é verdade?"

"Sim."

"Não ouvi", disse Rocha Pita, aproximando a corneta do rosto de Palma.

"Sim", repetiu Palma.

Rocha Pita fez uma pausa. Tossiu. O meirinho trouxe-lhe um púcaro de água. Ele bebeu um gole. "Quantos?", prosseguiu.

"Quantos o quê?", disse Palma, procurando controlar um inesperado nervosismo que começava a sentir.

"Quantos guardas pessoais?"

"Poucos. Que importância tem?"

"Três?"

"Bem... em alguns casos..."

"Vejo que vossé tem muitos homens em sua guarda pessoal. Oito? Dez?"

"Não são todos de minha guarda pessoal. Alguns são do

governador e vieram à escolta para garantir que eu pudesse depor em segurança."

"Há algum perigo em depor?"

"Aqui há inimizades. Os Ravasco têm poder."

"Os Ravasco estão contra vossenhoria?"

"Bem... creio que sim..."

"E por que motivo?"

"Não sei."

"Não sabe?"

"Não."

Rocha Pita fez uma expressão de perplexidade. Balançou a cabeça. Pensou alguns instantes e prosseguiu.

"Os Ravasco estão contra o governador?"

"Não sei."

Visivelmente irritado com a maneira lacônica e arrogante de Palma, o meirinho batia o bico do sapato no chão, mudava de posição a cada minuto, levantava-se e sentava-se novamente. Rocha Pita, no entanto, permanecia frio. Paciente, até mesmo com uma expressão benévola, inquiria.

"Voltando a Antonio de Souza de Menezes. Favoreceu o governador-geral aos juízes e demais ministros em seus ofícios e na execução deles, ou se intrometeu no que lhes tocava?"

"Não."

Ouvia-se o pé do meirinho no chão.

"Impediu ou exigiu o governador-geral a execução de alguma sentença?"

"Não."

Rocha Pita quedou-se pensativo alguns segundos. "É um processo muito peculiar o que corre contra Vieira. Todos parecem temê-lo como ao demo."

Palma afirmou estar sendo o governador vítima de uma infame e caluniosa perseguição comandada pelo padre Antonio Vieira e seu irmão, o secretário Bernardo Ravasco. "Sei de algo que vossenhoria deve desconhecer", disse ele. "Os Ravasco atuam sob os auspícios de sefardins."

"Nome dos judeus", disse o sindicante.

O desembargador deu um sorriso. Citou, pausadamente, para facilitar a anotação do ouvidor, os nomes de todos os judeus influentes que conhecia.

*

O mordomo, de libré carmesim e sapatos limpos, entrou seguido de um criado que trazia uma bandeja de chá e doces de diacidrão.

Sentado numa das poltronas, Antonio de Souza derramou um pouco da infusão quente e perfumada numa das chávenas da bandeja, escolheu um dos doces, dando-os para o lacaio, que tomou todo o conteúdo e comeu o doce escolhido. Depois Antonio de Souza foi servido.

Após tomar o chá, sentou-se à mesa de trabalho. Afastou, com o braço bom, os papéis à sua frente e mandou o Mata sentar-se.

"Então?", perguntou Antonio de Souza.

"Tenho aqui alguns nomes que foram depor. O provedor da fazenda, comerciantes, senhores de engenho, alguns marranos, mecânicos, até uma prostituta. Está tomando os depoimentos de gente de todas as classes. Quase todos, favoráveis a vossenhoria."

"Isso poderá mudar tudo."

"Não sei, senhor. O seu criado, o Braço Forte, como vossenhoria ordenou, está preso", disse o Mata.

"Muito bem, menos um a emprenhar o Rocha Pita pelos ouvidos."

"Dizem que grita pelas grades da cadeia que quem o chama de ladrão mandava-o e ele obedecia. Que dez aves rapinhas despachavam-no a furtar. Que era apenas o corretor das mercancias."

"Metam-lhe a mordaça."

"Há mais uma nova: padre Vieira mandou seus procuradores ao Tribunal."

"Achas isso bom ou ruim, Mata?"

O Mata pesou.

"Não sei, senhor. A raposa muda de cabelo, mas não deixa de comer galinhas."

2

Quando falava com o meirinho, Rocha Pita não usava a corneta. Não que fosse uma farsa sua surdez, mas, nos anos que haviam passado juntos, o desembargador aprendera como que a ouvir os pensamentos de Manuel do Porto, lendo em seus olhos, em seus lábios, em seus sentimentos. Além disso, o meirinho tinha voz possante, adquirida nas leituras públicas.

"O que farias no meu lugar?", disse Rocha Pita.

"Não sei, senhor. Talvez o que costumam fazer os desembargadores. Encerrar o processo. Soltar os denunciados. Perdoar os acusados do crime."

"Ao andar pelas ruas ouço gritos vindos de detrás das janelas fechadas, de lugares que não se podem ver, contra o governador."

"Comigo acontece o mesmo", disse o meirinho. "As pessoas não vão falar."

"Hum."

Manuel do Porto aguardou.

"Deixar passar assim sem desvendar? Não. Vou devassar o que tenho a devassar, mesmo que seja preciso derrubar uma muralha aos socos. Vou falar com o Antonio de Souza", disse Rocha Pita. "Marca uma audiência para mim, Manuel. Enquanto isso, tenho um trabalho para ti."

*

O governador-geral sorriu ao ser informado de que Rocha Pita queria visitá-lo no palácio. Previra que ele atuaria dentro de limites, e as dificuldades que enfrentaria. O governador sabia que os ministros e demais poderosos costumavam defender seus foros e proteger seus pares.

"Está de pés e mãos atados", disse Antonio de Souza. "Por isso me procura."

*

Chovia, e a roupa de Rocha Pita estava coberta de pingos grossos que o haviam surpreendido ao subir as escadas do palácio. Sua cabeleira era de má qualidade, sua beca de pano comum. Usava sandálias de couro amarradas nos pés, como se fosse um padre.

Os apetrechos que o governador usava no palácio eram simples, nada preciosos. Não envergava ouro nos botões, na espada, no tinteiro. Apenas alguns objetos de metal polido e menos nobre: bronze, cobre, estanho. Os quadros pendurados nas paredes haviam sido comprados por antecessores e os móveis não tinham nenhum remate. A sala onde despachava o governador não diferia muito das outras do palácio. Tampouco lembrava as salas particulares de negociantes, quase sempre mais suntuosas.

Rocha Pita passou os olhos rapidamente pelo lugar.

"A sua presença aqui me deixa, de certa forma, constrangido, senhor desembargador", disse Antonio de Souza encarando o homem à sua frente. "Afinal, tudo o que eu possa vir a dizer poderá ser usado contra mim, não é mesmo? Não é costume seu me procurar, só nos encontramos nas reuniões da Grande Mesa. Seria um privilégio que me concede? Ou uma censura?"

"Nem privilégio nem censura. Apenas considerações que tenho a fazer."

"Considerações a respeito de quê, senhor desembargador?"

Rocha Pita pensou em responder, mas permaneceu em silêncio, com um leve sorriso. Manteve os olhos no rosto de Antonio de Souza. Por um momento os dois homens examinaram-se mutuamente. Antonio de Souza percebeu que o desembargador estava tranquilo, mantinha o cotovelo sobre a mesa e segurava firme a corneta contra o ouvido. Nada que lembrasse fraqueza, pensou Antonio de Souza. Por sua vez, o governador possuía uma forte disciplina física e aparente imutabilidade mental, adquiridas na vida militar. O aprendizado do controle de uma montaria, ou das velas ao vento, era também uma boa escola para se aprender a dominar a si mesmo, quiçá aos outros homens.

"Apesar deste caso um tanto, digamos, singular", prosseguiu Antonio de Souza, "posso afirmar que estou contente em saber que um homem de tal retidão — conforme me foi sempre garantido por muitos dos meus poderosos amigos da colônia e de Lisboa — é o que foi escolhido para denunciar, perante o príncipe regente, a conspiração injusta que fazem os Ravasco, uns criminosos, e para comprovar minha honra. O povo gosta de falar. Basta que sejamos governantes para termos, de todas as partes, invejas malévolas, comentários maldizentes, falta de respeito, mordacidade. Atiram contra a governança todas as suas derrotas, geradas pela própria ignorância. Infamam até o nosso príncipe."

Ao dizer isso, Antonio de Souza voltou-se para o quadro que mostrava a imagem de dom João IV. "Já encomendei a um pintor nativo", disse, "um jovem de muita habilidade, o quadro de nosso príncipe regente, dom Pedro. O pintor está em Portugal com essa incumbência. No entanto, vossenhoria bem sabe que os homens da colônia são lerdos para com suas obrigações, e deixa-me o pintor aguardando a chegada do novo retrato com ansiedade. Farei uma sala para abrigar os quadros de nossos soberanos mortos, que Deus os tenha."

Rocha Pita sabia o que ele estava insinuando com aquelas palavras. O rei morto fora favorável a padre Vieira, e o príncipe demonstrava ser adverso ao jesuíta, estendendo-se esse descrédito aos que eram liderados pelo velho padre. O retrato de dom Afonso, por precaução, fora retirado da sala. Com sutileza, Antonio de Souza advertia ao sindicante que este poderia cair nas desgraças do príncipe caso fosse benigno para com a facção dos Ravasco.

"Bem, estive eu a falar, e vossenhor nada disse. O que posso fazer por vossa mercê?"

"Descobri que os parentes do morto, em especial o alcaide Teles, instaram com vossa senhoria que mandasse prender os mestres de campo Pedro Gomes, ilustrado no sertanismo do Nordeste e no governo do Rio de Janeiro, e Álvaro de Azevedo, o que costumava caçar porcos selvagens. Também soube que foi o alcaide Teles quem pediu a vossa senhoria que se prendessem as mulheres dos Brito e dona Bernardina Ravasco. Julgo essa resolução mais parecida a uma vingança do que castigo, e à qual se segue, infalivelmente, alteração e movimento na infantaria e na nobreza da terra. Foi o que ocorreu, e creio que nem a mim nem a vossenhoria este movimento interessa. Estou empenhado em desvendar o crime de morte do alcaide, mas não há razão para que, por arbítrio de vossenhoria e dos desembargadores Gois e Palma, se prendam, a título de matadores do alcaide, todos os seus inimigos. O governador e o desembargador devem confiar-me o procedimento contra os culpados nas formas de direito. Prender acusados antes da culpa formada não é preciso. Se há matadores certos, e denunciantes muitos, não se prendem mulheres fidalgas sem prova alguma mais que nomeá-las à parte, a fim de as levar à cadeia pública e despicar-se, nesta forma, de seus maridos, pais e irmãos."

"Logo que soube de tal prisão", disse o governador, lívido, "mandei que as libertassem. Com que, então, vossenhoria deseja os requerimentos e o processo? A casa está aberta, aqui tudo são favas contadas. Vossa senhoria terá à disposição o que quiser. Designarei um empregado para entregar-lhe os papéis que deseja. Vossenhor verá, com seus próprios olhos, que nada me tem trazido fruto aqui nesta colônia, só tenho recebido impedimentos e estorvos. Nada tenho ganho; pelo oposto, tenho perdido meus verdadeiros cabedais", disse Antonio de Souza.

Rocha Pita olhou, então, para o braço metálico do homem à sua frente, o que evitara fazer durante todo aquele tempo.

"Sinto muito pela morte do alcaide, senhor governador."

"Espero que devasse até o fim esse crime, senhor desembargador."

Antonio de Souza considerou uma vitória a mais tê-lo feito lamentar um fato em que fora vítima. Mandou chamar o Mata, que entrou, respeitoso.

"Acompanha o senhor desembargador aonde ele desejar e, sem nenhum embargo, entrega-lhe o que ele pedir."

Antonio de Souza levantou-se. Sua grande estatura o tornava mais atemorizante.

Rocha Pita saiu, pequeno e curvado, levado gentilmente pelo Mata.

*

De madrugada, quando ouviu o ruído de um cavalo chegando apressado, Rocha Pita desceu os degraus da cama, sem fazer barulho, e espiou pela janela.

Manuel do Porto estava defronte da porta, com resmas de papéis nos braços. O desembargador desceu penosamente as escadas do sobrado, com uma vela na mão.

"Muito bem, muito bem. Vejo que trabalhaste até tarde. O que trouxeste?", disse Rocha Pita.

"Vossenhor tinha razão. Descobri o que vossé estava suspeitando. Tive muito boa acolhida na Secretaria. Levaram-me a um arquivo secreto de um tabelião, que me pediu segredo quanto a seu nome, pois os papéis deveriam ter sido destruídos por ordem do governador. Me houveram facilidades para verificar o que quis. Eis os documentos, com todos os seus efes e erres."

Rocha Pita e Manuel do Porto subiram até a sala. O desembargador usava uma longa camisola branca e chinelas de veludo. Sobre a cabeça trazia uma touca. Sentou-se e examinou os papéis.

"Hmm. Hmm", resmungava.

Manuel do Porto esperou, com um brilho nos olhos.

"O que vossenhor encontrou no palácio?", perguntou o meirinho.

"Eu? Ah, nada, nada. Apenas... apenas uma falha", disse Rocha Pita.

"E qual foi, senhor?"

"Excesso de facilidade."

3

Gregório de Matos foi à Relação. Mostrando seu anel de canonista e distribuindo alguns vinténs, teve acesso à sala dos autos. Retirou de uma pilha de processos o de Maria Berco.

Apenas quatro páginas, sem defesa. Examinou-o minuciosamente. Verificou o livro de perdões e fianças. Fez algumas anotações num papel e guardou-o no bolso. Era necessário o número de três votos nos casos que envolvessem pena capital. Os processos costumavam demorar de dois a quatro anos. Em poucos dias tinham concluído o auto de Maria Berco. A deliberação fora feita pelo método de tenção. Cada juiz, tendo lido os documentos relevantes, dera seu parecer por escrito, em latim, que passara, juntamente com os documentos, para o membro seguinte do Tribunal. A sentença não estava assinada, não fora dada entrada à dissensão por escrito. Pelo estilo muito rebuscado de uma delas, Gregório de Matos reconheceu o autor: Gois. Pela gramática, reconheceu o autor da outra: Palma. Profissão da ré: meretriz. Calúnia. Acusação: roubo e facilitação de crime de morte. Falso.

Era muito difícil mover-se no campo das leis, no Brasil. As normas chegavam através de cartas de lei, cartas patentes, alvarás e provisões reais, regimentos, estatutos, pragmáticas, forais, concordatas, privilégios, decretos, resoluções de consulta, portarias e avisos, que formavam um desordenado conjunto de regras, cada uma com sua duração específica.

As *Ordenações filipinas*, sobre o direito penal, eram de um rigor que tornava, em certos casos, sua execução impossível.

Rixas e crimes ocorriam todos os dias na Bahia. Gregório de Matos leu o rol de causas que haviam tido audiência àquele ano. Eram aproximadamente duzentos assassinatos ou ataques criminosos, como morte a punhaladas, a estocadas, a espingarda; cerca de trezentos banimentos, a maior parte sobre negros e mulatos, pois muitos escravos praticavam atos criminosos por ordem de seus senhores, ficando com a culpa; por volta de mil perdões e fianças; mil e seiscentos delitos leves; mil e setecentas disputas cíveis, testamentos ou negócios do tesouro; mil setecentas e tantas ações criminais no total. Para uma população de cerca de cem mil pessoas, aquilo era bastante.

Os problemas levados ao Tribunal eram o retrato da cidade. O poder ficava restrito a um pequeno grupo, quase sempre impune; a população desobediente quanto às normas de convivência estava sujeita a castigos que iam desde a multa em dinheiro, exílio, galés, até marcação com ferro quente, espancamento, enforcamento e decapitação.

O Pelourinho, em frente ao colégio dos jesuítas — que lutavam para conseguir a transferência para outro local alegando que os gritos dos supliciados e o rumor da chusma que assistia atrapalhavam as atividades do colégio —, estava sempre recebendo prisioneiros condenados. Os enforcamentos e decapitações eram feitos num travessão de madeira situado à frente da Misericórdia.

Todas as outras capitanias estavam subordinadas à Relação da Bahia. A Coroa rejeitava qualquer proposta no sentido de se criarem tribunais separados em outras regiões, alegando insuficiência de recursos financeiros para o sustento dos juízes. Acreditavam, em Portugal, que o Brasil não deveria possuir grande número de letrados, pois a colônia "necessitava de soldados e não de advogados". Havia poucos advogados na cidade. Sem o certificado de exame no Desembargo do Paço ou oito anos de estudos em Coimbra não se podia advogar na Bahia. A maior parte dos advogados, porém, impossibilitada de ir à universidade por não pertencer a família de muitos recursos, era de sujeitos não formados nem examinados, que burlavam as regras. Eram numerosos os falsos foros, "anéis de cobre com pedra de cantaria".

Havia, entretanto, grandes juristas na colônia, com importantes clientes. As *Ordenações* regulamentavam os honorários, mas os advogados famosos cobravam o que queriam.

O Tribunal tinha permissão para somente oito juízes. Os processos tramitavam com lentidão. Os magistrados reclamavam do excesso de trabalho: investigações especiais ordenadas com prioridade pela Coroa, deveres extras de cunho administrativo, além do vasto rol de causas. Muitos crimes ficavam sem punição porque o quorum obrigatório de seis juízes não podia ser reunido.

Havia uma rigorosa programação quanto aos procedimentos na sala do Tribunal: primeiro eram julgadas as causas cíveis; depois as criminais; por último os assuntos de interesse da Coroa. As causas cíveis eram tão volumosas que jamais sobrava tempo para as demais. Em consequência, os que respondiam processos criminais degeneravam nas cadeias, morrendo grande parte por doenças, fome. Os carcereiros mantinham um próspero mercado de extorsão às famílias dos acusados e poucos prisioneiros podiam receber ajuda da Irmandade da Misericórdia, que procurava ampará-los.

"O que nos há de suceder nestas montanhas, com ministros de leis tão previstos em trampas e maranhas?", murmurou Gregório de Matos.

*

Metido no seu gabinete, Rocha Pita passara a noite folheando os depoimentos, anotando pontos de interesse. Relera várias vezes o processo da morte do alcaide-mor, observando falhas: incoerências, mentiras evidentes, obscuridades e ambiguidades que permitiam interpretações diversas; frequentes contradições, sonegação de indícios, provas duvidosas. Não teria percebido aqueles grosseiros erros o famoso jurista colonial Palma?

*

Na casa de Rocha Pita, Gregório de Matos olhava os volumes da edição belamente encadernada do mosteiro de São Vicente de Fora — a única casa que tinha o privilégio de imprimir as *Ordenações* — que estavam numa estante. Além desses cinco tomos havia muitos outros, que atraíam à casa de Rocha Pita desembargadores e juízes. Rocha Pita ainda tinha muito o que ler até que morresse, pensou Gregório de Matos.

O desembargador levantou os olhos dos papéis sobre a mesa e fitou demoradamente o advogado em pé, à sua frente.

"Matos e Guerra, Gregório de Matos e Guerra... seu pai tinha o mesmo nome. Está em dificuldades, não é mesmo?"

"Senhor", disse Gregório de Matos, "não vim aqui interceder por mim. Jamais faria isso pois conheço sua isenção e senso de justiça. Tampouco vim pedir por padre Vieira, que tem seus procuradores, entre os quais não me incluo."

"De acordo com sua boa educação, ou estimação, vossa mercê deveria honrar seus haveres e sua fama. É lástima que vossenhor seja tão refinado na sátira e abandone os termos da judicatura. Tive ocasião de ler, em Lisboa, uma causa cível sobre a possessão de morgados, da qual cuidava um advogado amigo meu; um processo tão volumoso que tinha de ser conduzido por vários mariolas. Nenhuma esperança tinha o pleiteante de vencer o pleito e resolveu mandá-lo a vossé como paliativo, por conhecer sua viveza e perspicácia. O labirinto foi conduzido à casa de vossenhor e dias depois, vendo vossé à janela admirando a paisagem, o pleiteante rompeu aflito em queixas de não haver o senhor cuidado dos autos. E não houvera precisão, não é mesmo?"

"Sim", disse Gregório de Matos. "Eu encontrara embargo de nulidade ao processo sem ao menos lê-lo. Naquele ano corria um decreto de Filipe IV que invalidava os processos começados em papel que não tivesse o selo das armas de Castela. Aquele labirinto não o tinha, seguindo-se que estava nulo."

"Muito bem, muito bem. Essa destreza correu Lisboa. Vossenhor era águia de melhor vista. Agora, responda-me: por que rejeitou devassar os crimes de Salvador Correia Benevides, em troca de um lugar na Suplicação? Por temer as investiduras do réu? Ou por não fiar-se em promessas, ainda que reais?"

"Nem um nem outro motivo", disse Gregório de Matos.

"Quais foram, então, os motivos?"

"É uma longa história que depois relatarei a vossenhoria."

Rocha Pita acedeu, gentil. "Já nos vimos no Tribunal, não?"

"Sim, costumava ir lá como representante da Relação Eclesiástica, onde trabalhei." Dito isso, calou-se.

"Continue!", disse o desembargador. "O que pretende de mim?"

"Vim aqui para falar a vossenhoria sobre uma dama que está condenada à forca. Dona Maria Berco."

"Sim, já fiquei sabendo do caso. Qual é seu interesse?"

"Não tenho nenhum interesse pessoal, senhor. Apenas sei que se cometerá uma injustiça, enforcando-a."

"É apenas uma opinião pessoal. Os juízes não consideraram assim."

"Sei disso, senhor", disse Gregório de Matos. "Sei, também, que a Relação é capaz de, por interesses de poderosos, aplicar a uma pessoa penas que muito excedam a seriedade de seu delito."

"Crime."

"Crime. O poder das autoridades legais muitas vezes ultrapassa a força da lei. Os erros judiciais não são redimidos. Todos os degraus da burocracia judicial, juízes, letrados, escrivães e tabeliães, parecem ter sido cortados do mesmo tecido."

"Não preciso ouvir nada disso", a voz de Rocha Pita tornou-se áspera. "Além do mais, conheço bem sua sátira, especialmente a que trata da natureza do estado judiciário do Brasil. Não obstante vossé pinte tudo com cores mais fortes, empresto alguma credibilidade a suas críticas. No entanto, não considero que toda a Justiça seja 'injusta, vendida e abastardada', como afirma. Não se podem imputar a todos os membros os valores que alguns têm."

"Justiça igual para todos é um princípio inquestionável. Estive na Relação examinando o processo dessa senhora e verifiquei que nesse caso não há possibilidade de fiança. Por que não? Em casos similares, senhoras que cometeram atos semelhantes foram soltas sob fiança, recebendo cartas de seguro, permissão para ficar em liberdade, ou mesmo obtiveram o perdão. Bastou que tivessem o esposo, ou pai, ou irmão, que intercedesse em seu favor. Mas no caso de Maria Berco nenhuma alternativa foi deixada. Ela não cometeu crime algum. Apenas foi ingênua ao aceitar dar um fim à mão decepada ao alcaide. Quem pode garantir que ela sabia de quem era aquela mão?"

"Qualquer mão decepada sugere um crime. E ela roubou o anel. Não pensou nas consequências de seus atos."

"Não soube ela pensar. Nem poderia saber."

"Participou do crime. Favoreceu-o. Isso também é crime. Não se trata de um castigo enigmático e uma culpa a decifrar. Tudo está muito claro."

"Mas Antonio de Brito não está condenado. Teria sido o delito dela maior?"

"Antonio de Brito será julgado."

"E perdoado."

"Como pode ter certeza?"

"O delito dela não é grave. Sua participação teve um caráter de subordinação."

"Esclareça!"

"Eu poderia alegar que ela encontrou entre dejetos da rua a sinistra mão decepada, o que se poderia referir em última instância. Mas serei honesto com vossenhoria. Dona Maria Berco era dama de companhia da filha de Bernardo Ravasco, e este lhe ordenou a ocultação. Tomou ele em sua responsabilidade o destino da mão do alcaide para evitar gestos desumanos por parte dos matadores. O secretário, aliás, inocente da morte, está a definhar na enxovia. Assim como talvez esteja morto o vereador Luiz Bonicho. O mestre de esgrima Donato Serotino jaz sob a terra. Também o escrivão Manuel Dias. Crimes cometidos pelo mesmo homem. Um homem do governador, o impiedoso alcaide Teles, que jurou vingar-se da morte de seu irmão a qualquer preço. Esse homem, que procede com dolo, está sendo usado pelo governador para que todos os opositores do governo sejam punidos, ou destruídos. O Braço de Prata participou desses crimes? Favoreceu? E está solto e dá ordens e preside a Relação e governa a capitania e toda a colônia. Acaba com os que se lhe opõem, legal ou ilegalmente, estando ou não em conluio com os desembargadores e juízes, com a mesma facilidade com que um cão levanta a pata."

"Apesar de perceber que vossenhor conhece Sêneca, o que o torna, para mim, merecedor de maior admiração, afirmo que não creio que se possa fazer algo por essa senhora."

"Nem tentar?"

"A Justiça tem seus caminhos que enveredam por contradições e imprudências. Por que acreditaria em vossé? Diga!"

"Porque estou falando a verdade."

Rocha Pita fixou o poeta com olhos apertados, julgando-o.

"Nas doenças, nada há mais danoso que um remédio intempestivo", disse Gregório de Matos.

"Não é uma doença. É um auto. Prossiga!"

"Um auto que lembra o julgamento de Cláudio no tribunal de Eaco. Pior", disse Gregório de Matos. "Os governadores também são homens sujeitos ao amor e ao ódio. Não é sobre Maria Berco que esse ódio deve desmoronar."

"Compreendi." Fez uma longa pausa, caminhando pela sala. "O esposo de tal senhora pode interceder por ela e pagar a fiança?", perguntou, voltando-se para Gregório de Matos.

"Tentarei, senhor desembargador. Preciso de alguns dias para obter o valor da fiança e a concordância do esposo."

"Dois dias", disse o desembargador.

"Agradeço muito. Sempre me disseram que vossé come apenas nabos fervidos."

"Não gosto de elogios. Sou apenas normal e não estou no céu."

*

Gregório de Matos teve de bater várias vezes até que viessem atender à porta. Na fresta apareceu um homem pequeno e envolvido em trapos, apontando um arcabuz enferrujado.

"Vim falar sobre dona Maria Berco", disse Gregório de Matos.

"Aquela rascoa não mora mais aqui."

Gregório de Matos esperou.

A porta continuou encostada.

"Sou amigo, senhor. Pode abaixar a arma, por favor?"

João Berco meditou alguns instantes por detrás da porta. Depois abriu-a.

"Senhor? Disseste senhor? Nesta cidade só sabem dizer nomes feios, tratam-se por tu e vós, acabou-se a gente educada. Já vi que não és um desses. Podes entrar, mancebo. Este trabuco não atira mais. Além do mais, sou cego, não vejo para onde aponto."

Gregório de Matos entrou na sala cumulada de horrendas ninharias.

Ao lado do ancião estava uma menina negra, extremamente magra, os seios começando a despontar. Não usava blusa nem sapatos.

"Vai buscar água fresca para o visitante", disse o velho, sentando-se com a ajuda da escrava. Afundou na cadeira de veludo rasgado, cor de vinho. Mesmo sentado, segurava-se na bengala de madeira.

"Podes sentar, camarada", ele disse.

Gregório de Matos sentou-se numa banqueta, diante do homem.

"O senhor é o marido de dona Maria Berco, não é mesmo?"

"Sou. Comprei-a ao pai, por assim dizer. Ela vivia como órfã na Misericórdia. Antes tivesse vendido a bastarda como criada ou meretriz. Vês o prejuízo? A putana valia muito jimbo. Ouro. Dinheiro. Pataca. Estou mísero e pobre. O que vieste falar?"

"Temos uma maneira de livrá-la da forca."

"Temos?"

"Pode o senhor assinar a fiança? Solicitaria a mercê ao governador?"

"De quanto é a fiança?"

"A fiança e mais as despesas todas somam por volta de seiscentos mil réis."

"Com essa quantia compro uma boa mulata e uma negra ladina. Ou então três negros benfeitos. Ou então um trombeteiro e três cavalos sendeiros. Ou outra mulher novinha em folha, de treze anos, tudo com troco. O que ganho com isso?"

"Mas..." Gregório de Matos começou a falar. João Berco o interrompeu.

"Cem calções de pano fino. Cinquenta camisas de seda. Trezentas ceroulas de linho. Oitenta chapéus finos de castor. Quatrocentos e cinquenta canivetes. O que lucro com isso? A rascoa deve estar estragada. Não vale mais nada. Sabes muito bem o que os soldados costumam fazer na enxovia. Sabes muito bem o que uma mulher leva nas vias de urina quando vai presa. Não deve ter mais olho ao lado de olho, dente ao lado de dente."

"Solicitas a mercê se eu pagar?"

"Se ela voltar para mim, solicito", disse, sem hesitar. Depois pareceu fazer alguma descoberta em seu pensamento. Bateu algumas vezes com a bengala no chão, nervosamente.

"Não achas que é arriscado para mim?", disse. "Não quero me envolver nessa confusão. Sei em que ela está metida, sei muito bem. Tramas do inferno, gente graúda, que Deus me guarde."

"Não há risco nenhum, João Berco. Os maridos lutam por suas esposas no Tribunal. Fazem parte de sua fazenda. Não se trata de envolvimento. O que poderiam fazer? Que interesse teriam em prejudicar vossê? E prejudicar de que modo? O senhor não tem cargos a preservar, não tem nada que interesse a eles. Peço-lhe, não recuse. Só terá a ganhar com isso."

"Quem garante que ela continua comigo se pagares a fiança?", disse.

"Ela é uma moça honesta."

João Berco pensou alguns instantes. "Está bem", disse.

Gregório de Matos levantou-se.

"Não queres uma caneca d'água?", disse o ancião.

A escrava se aproximou com a água fresca. Gregório de Matos bebeu.

"Por que estás fazendo isso por minha mulher?"

"Sei que ela é inocente."

"É isso apenas? É tudo?"

"Para mim é tudo", disse Gregório de Matos.

*

As cadeiras estavam ocupadas por títulos, oficiais da casa, desembargadores e bacharéis, alguns padres. Em pé, no fundo da sala, reuniam-se os populares, alguns pobres, com suas melhores roupas. Os mais miseráveis ficavam do lado de fora.

João Berco meteu-se entre a chusma e foi abrindo caminho com a bengala, guiado pela escrava. Passou entre uma fileira de moços da Câmara e soldados da guarda.

No fundo da sala, sobre uma alcatifa estava a cadeira vazia do governador. Aguardavam sua chegada havia algum tempo, notava-se pelo fastio das pessoas que bocejavam, murmuravam, anotavam ou examinavam papéis que traziam nas mãos ou sobre as pernas. Todos procuravam falar baixo.

Por um corredor atapetado entraria Antonio de Souza. Na poltrona ao lado do lugar de honra do governador estava o arcebispo, de mãos juntas, acariciando o anel, olhando para o chão com seu único olho. Usava sobre a cabeça o pequeno solidéu carmesim de seda, de onde escorriam seus ralos cabelos brancos. Estava com uma expressão sombria.

Antonio de Souza entrou bruscamente no salão. Alguns levantaram-se imediatamente; outros, sem ação, permaneceram como estavam. O governador iniciou a audiência com um ar de enfado.

O arcebispo foi o primeiro a falar. Era um assunto ligado à definição eclesiástica de usura, que estabelecia o valor dos juros em seis e um quarto por cento, o mais alto que podia ser cobrado. Depois falaram sobre o capelão que dizia a missa antes de cada sessão da Corte no Tribunal da Relação, sobre o que deveria pregar nos sermões. Gastaram um longo tempo nessas discussões.

A audiência seguiu adiante.

Um desembargador foi o próximo, e gastou seu tempo tecendo considerações líricas a respeito de suas próprias virtudes, que "servia seu lugar com autoridade e justiça, que lhe podia ter inveja o mais ciente vereador". O seguinte foi um jesuíta pregando a criação de um curso de direito na colônia. Falaram mais alguns juristas, padres, fidalgos, e depois os remediados. Os mais pobres, tímidos, esperavam sua vez.

Em alguns momentos, Antonio de Souza entregava-se a longos devaneios, especialmente quando eram referidos assuntos que não lhe interessavam diretamente; às vezes batia impaciente com o pé no chão, dispensando, assim, quem falava. Prometia a todos verificar as questões apresentadas e dar uma breve solução. Nada ali saía resolvido.

Depois que alguns pobres tomaram a palavra, quase sempre reclamando dos preços, pedindo mercês pessoais ou acusando injustiças cometidas contra si, Antonio de Souza encerrou a audiência fazendo um sinal para o Mata.

João Berco caminhou pelo tapete do corredor em direção ao governador, levado pelo braço por sua escrava menina. Parou diante de uma pequena bancada de madeira com dois degraus. Alguns soldados vieram em sua direção para impedi-lo de prosseguir.

"Senhor governador", ele gritou com sua voz de tumba. "Vossa senhoria não pode deixar de ouvir o velho João Berco. Nem pernas tenho mais e estou completamente cego."

Ouvindo o nome do homem, Antonio de Souza parou. Olhou-o, a investigar. Fez sinal para que os guardas o deixassem.

"Vim aqui, senhor governador, não para rogar a vossenhoria uma mercê, mas para pedir justiça. Justiça, senhor, para minha mulher, dona Maria Berco. Está condenada à forca, mas nada fez para merecer sorte tão cruel. Está acusada de ter ajudado a matarem o alcaide, que Deus o tenha, mas posso provar que é inocente. Não saiu de casa no dia do crime. Eu a emprestava ao secretário para fazer companhia à filha, uma dama fidalga. É muito trabalhadora, quando foi presa estava com a vassoura e o balde na mão."

Antonio de Souza ouvia, com ar incrédulo mas paciente. "Ela é mesmo uma boa coveira, não?", disse o governador.

"Boa coveira? Não sabe pegar numa pá sem quebrar o dedo."

Ouviram-se algumas risadas contidas.

"Sem ela não posso viver, senhor governador, já que sou cego e pobre. Vossenhoria está condenando a nós dois."

Um assessor veio falar ao ouvido do governador. Antonio de Souza deu um sorriso discretíssimo.

"O senhor não possui escravos?"

"Tenho apenas uma escrava, mas não vale nada. É uma moleca tola. Só leva meu dinheiro, come feito frade e dorme o dia inteiro."

"E à noite, o que faz?", gritou uma voz do meio do povo. Estourou uma gargalhada geral. João Berco, furioso, bramiu a bengala no ar.

"Ora, à noite dorme também. Mas isso não importa. Dona Maria Berco é inocente. Rogo, senhor governador, que vossenhoria conceda o perdão."

"Perdoar um inocente é molhar a água da fonte com a água da chuva", disse Antonio de Souza.

Soaram mais expressões de escárnio entre os assistentes.

"Corno!", alguém gritou.

Novamente casquinadas.

"Suplico a vossa mercê", ele disse, jogando-se de joelhos no chão e esbofeteando o próprio rosto. "Sou um pobre velho."

"Um de nossos desembargadores intercedeu por essa condenada", disse o governador. "Pediu que fosse solta sob fiança. O senhor pagaria e assinaria a fiança?"

João Berco titubeou, depois disse que sim.

"O senhor tem parentes?", perguntou Antonio de Souza.

"N... não, senhor", ele disse, sem compreender o significado da pergunta. Sabia que nenhuma palavra ali estava sendo dita sem um interesse por detrás.

"Está bem, senhor", disse o governador, "está bem. Mandarei que examinem novamente os autos dessa senhora."

Antonio de Souza levantou-se e saiu. À sua passagem, muitos se ajoelhavam ou tentavam beijar-lhe a mão.

João Berco foi levado por soldados até a porta de saída do palácio. Ajudaram-no a descer as escadas e ele foi-se embora, apoiado em sua bengala e em sua escrava, com um semblante aliviado.

4

Nihil est in intellectu, quod prius non fuerit in sensu, nisi intellectus ipse, o padre Vieira mesmo não dissera que nada havia no entendimento que não tivesse sido sentido, a não ser o próprio entendimento?, pensou Gregório de Matos. Achou que estava ficando louco, pensar, numa hora dessas, em Aristóteles e Leibniz. Tudo vai mal no mundo dos possíveis.

Bernardina Ravasco estava presa ao leito, doente, cercada de criadas, bacias e panos úmidos. O cirurgião-barbeiro, ao lado da cama, aplicava-lhe picaduras. Pequenas gotas de sangue escorriam na pele alva da doente.

"Ai", gritou Bernardina Ravasco, "peço que suspendais essa mezinha!"

O cirurgião tomou-lhe o pé e o meteu na bacia de água fria. Pediu sal para o caso de a doente desmaiar.

Gregório de Matos aguardava na sala, aflito. Depois de algum tempo o cirurgião-barbeiro atravessou o aposento, cumprimentou o poeta e saiu pela porta da rua. Gregório de Matos foi levado ao quarto da senhora.

Entrou constrangido, pé ante pé, levando um pequeno ramo de flores que tirara da jarra sobre a mesa da sala. Bernardina Ravasco, deitada, estava mais pálida e frágil do que nunca, os olhos arroxeados em torno, as mãos lívidas sobre o peito.

"Perdoai-me, senhora, procurar-vos neste momento. Peço, aceitai este ramilhete."

"Ah, enfim um alento no meu padecer. Estou enferma dos dias que passei na enxovia, um lugar digno de acolher apenas régulos e facinorosos. O Braço de Prata, de hipocrisia, nos mandava manjares de seu próprio banquete, candis para alumiar e lençóis limpos para os catres; mas nada nos trazia alívio. Nem mesmo tive o consolo de rever meu pai. Ah, não é fácil viver entre os insanos. Mas desejo esquecer, disso nunca mais falar. O que vos traz? Boas novas?"

"Antes fosse, senhora. Preciso de vossa ajuda."

Gregório de Matos relatou sobre o processo de Maria Berco. "Portanto, preciso de dinheiro para a fiança, senhora. Já estive com todos os agiotas, mas não me concederam crédito. Meus parentes de cabedal não pude encontrar."

"Quanto?"

"Seiscentos mil réis. E para amanhã."

Bernardina Ravasco retirou os pés da almofada e levantou-se do catre, penosamente. Sobre a cama se espalhavam bandejas e xícaras, pratos com farelos, taças; na mesa havia mais louças, com restos de vitualhas.

"Valha-me Deus!", disse Bernardina Ravasco. "Seiscentos mil!"

"Só assim poderemos dar livramento à senhora."

"Será que se pode cobrar tanto numa fiança?"

"Não tenho dúvidas, senhora."

"Sofro só de pensar que Maria esteja com as mãos em algemas, o pescoço em grilhões de ferro, entre aquela gente belicosa. Não tenho tanto dinheiro, com meu pai na enxovia e os cabedais trancados no cofre. O único remédio que me vem à cabeça é Samuel da Fonseca."

"Pedir dinheiro a um judeu? Só a doze por cento."

"Não dom Samuel. É como se fosse cristão."

"Onde está ele?"

"Quem sabe em Matoim, onde fazem a leitura da Torá. Não creio que ele tenha em seu cofre essa quantia, mas eles possuem um fundo de assistência para resgatar judeus aos piratas que infestam os mares."

"De onde vem esse dinheiro?"

"Impostos que todos os judeus pagam sobre mercancia; sobre

ouro, prata, pedras preciosas, âmbar, enviados para fora; taxa sobre açúcar embarcado, sobre lucros de provisões, sobre negros, sobre venda de casas, sobre naus corsárias apresadas. São muito unidos."

"Sei bem disso, dona Bernardina, muito tentei testemunho de judeus em autos criminais ou disputas."

"Eles não testemunham contra seus semelhantes."

"Essa sinagoga clandestina... Eles não temem a fogueira?"

"Sim, temem. Mas desde Isaac de Castro, em 1646, ou 1647, como disse meu pai, não se leva ao santo braseiro um judeu brasileiro. Conforme dizem os 'piedosos' juízes inquisidores, 'piedosamente queimado para salvação de sua alma'. A sinagoga em Matoim fica num edifício de pedra e cal escondido no bosque. Eu vos levarei lá."

"Acho melhor não sairdes daqui, senhora. Sei bem que estais doente."

"Ide então com Gaspar da Fonseca. Ele vos guiará e abrirá as portas."

*

Iam numa sege. Gregório de Matos levava uma borracha quase vazia.

"Ando embriagado, sinistro, vadio", disse o poeta. "Não sou boa companhia para ninguém. Afastei-me de todos. Só me distraio mesmo é com as negras, ando sempre com o perro erguido. Não vês meu estado? Não corto os cabelos desde que me refugiei no armazém, quantos dias faz mesmo?"

"Como posso saber?"

"Perdi minha capa de veludo num jogo e agora ando com esta de baeta ordinária. Também o atrevido do Braço de Prata proibiu a capa. Ignorante como uma galinha, o alquimista sabe converter ouro em rapadura. Meus pés estão cheios de rachaduras, o rosto cinzento e os cabelos estão ficando grisalhos do dia para a noite."

"Mas tu mesmo escolheste essa vida, poeta", disse Gaspar.

"Às vezes duvido se eu mesmo escolhi ou se fui empurrado. Mas empurrado por quem? Na verdade sinto-me bem, assim. São as mulheres que querem que sejamos arrumadinhos, que diabo, as mulheres querem tudo sempre bem-arrumado. E não sabem ficar caladas depois de fornicar. Ficam naquele nhe-nhe-nhem. Às vezes acho que as mulheres não gostam de fornicar. Fazem-no apenas para conversar depois. Como está a Teresa? Tens visto a Teresa?"

"Vi-a passando na rua, uma tarde dessas. Eu estava com Tomás Pinto Brandão. Ela nos olhou e foi como se quisesse parar para perguntar, a teu respeito, certamente."

"Ah, Teresa, alva e trigueira", disse Gregório de Matos. "Passando pelas ruas, vigiada pelos olhos dos homens. Eu a perdi porque fiquei calado. Mas ainda vou procurá-la novamente, vou falar-lhe de meu amor. E Maria João?"

"Quem é mesmo?"

"A filha da Isabel."

"Ah, sei, não tenho visto."

"E a freirinha? A freirinha?"

"Andas novamente metido a lambaz de ralo, poeta?"

"Nunca deixei esse jogo. Serei perpétuo lambaz do ralo, da roda e grade. Os meus doces empregos. Ah, a abadessa dona Marta! a prelada, porteira do mosteiro de Odivelas. Nunca houve mulheres tão arrebatadas. Faziam de tudo, meu amigo, como nenhuma outra. Que juízo!"

Gaspar ria, divertindo-se.

"Em Odivelas galanteei uma freira da qual não me recordo mais o nome, e quando fomos fazer o que queríamos a cama pegou fogo. Incendiou-se. Tinha uma outra freira, Armida, que me recebia enrolada em peles preciosas de animais. Petigris, arminhos, uff! Havia a freira dona Mariana do Desterro, que se chamava jocosamente de Urtiga. Cantava com uma voz que me deixava suspenso, com a alma presa, oh, senhora minha", recitou, "se de tais clausuras tantos doces mandais a uma formiga, que esperais agora que vos diga se não forem muitíssimas doçuras." Ficou calado alguns instantes a olhar a paisagem de mato e rio, recordando-se. "Numa ocasião uma freirinha me quis mandar um vermelho e foi impedida por outra freira que disse que eu ia satirizar o peixe. Sabes o que fiz?"

268

"Satirizaste a freira que impediu."

"Isso mesmo, foi o que fiz. Deixar morrer de fome um pobre faminto homem! Teve uma outra freira que me mandou um chouriço de sangue, dona Fábia Carrilhos. Ah, boas recordações. E as moças. Viste a Ana Maria?"

"A que veio da Índia?"

"Ela mesma. Mil dias na esperança de um só dia eu passava contentando-me com vê-la. E Brites? A alva Brites de olhos negros e negros cabelos, que quase me cegou quando a vi. Descrever aquela cintura não me atrevo, porque a vejo tão breve e tão sucinta. E Betica? uma confusão de bocas, uma batalha de veias, um reboliço de ancas."

"Betica é aquela de São Francisco?"

"Não, esta é Beleta. A Betica pediu-me cem mil réis pelo desempenho, vê só. Era eu um mataxim, por ventura, que viera anteontem de Angola? Para um tostão ganhar estudava a noite toda. Cem mil réis ela me pediu, cem mil réis, a demônia! A mim, um pobre estudantão que vivia à pura tramoia! Como havia de custar tão caro erguer-lhe uma só vez a saia?"

"Então não a fornicaste, poeta?"

"Qual nada. Não paguei e consegui aquelas durezas."

Gaspar sorriu.

Gregório de Matos ficou um momento triste, calado.

"Em que estás pensando?", disse Gaspar.

"Estou me lembrando de uma mulher."

"Quem?"

"Alguém que desejo às escondidas até de mim mesmo. Não vamos falar nisso, estudante", interrompeu Gregório de Matos. "Vamos falar de Joana, a formosa, a singular, dentes de prata, camisa de cambraia, rendas finas com peitinhos que davam figas. Conheces Anica de Melo?"

"Quem não a conhece?"

"Ah, todas essas mulheres fazem parte de mim mais do que meu sangue. O tempo arrasta-se. Louvado seja Deus porque ainda durmo mulheres lindas, umas pretas cheirosas. Fico bebendo, jogando, tangendo viola, tentando ver se ferro alguma branca de talento." Gregório de Matos passou a mão na testa coberta de suor. "Como está meu amigo, o poeta Tomás Pinto Brandão? Estou falando sem parar, não é, camarada?"

"Gosto de ouvir. É pena que estamos chegando."

"Viste? nada ocorreu", disse Gregório de Matos. "Eles querem é o Vieira. Para que me quereriam?"

"Têm medo do que escreves. O povo gosta. O povo escuta."

O ar limpo tornava as folhas das árvores mais verdes e luminosas.

"Sonhei com dois homens", disse Gregório de Matos. "Eles tinham o rosto voltado ao contrário, voltado para as costas e, sem poder olhar para a frente, caminhavam para trás. Tenho quarenta e sete anos. Isto é vida para um homem de minha idade?"

Continuaram o caminho, em silêncio, até que avistaram um povoado ao longe. Ouviram-se cascos de cavalos na areia dura.

"Ainda sabes duelar?", disse Gaspar depois de olhar para trás.

"Por que perguntas isso?"

"Estamos sendo seguidos."

Gregório de Matos voltou-se e viu, no final da estrada, dois homens montados.

"Eu sei odes, endechas, antífonas. Acho que não vai adiantar muito neste caso, não é mesmo?", disse Gregório de Matos.

"Vamos mais depressa. Os homens querem nos pegar." Açoitou o chicote no lombo do cavalo.

Um estampido cortou o ar. O filho do rabino saltou da sege, puxando Gregório de Matos. Os dois arrastaram-se e esconderam-se entre arbustos. Ouviram-se mais tiros.

"Leva-te Berzabu", disse Gregório de Matos. "Prepara-te para morrer, amigo. Meu Deus, eu pequei, não tirei o barrete quando passou a procissão, perdoai-me, Senhor."

Gaspar tirou uma garrucha e um saquinho de munição da cintura. Desfez o nó e com uma bala do saquinho carregou a arma. Atirou.

Os homens apearam e se esconderam do outro lado da estrada, um pouco adiante. Ouviram-se mais tiros. As balas passavam entre as folhas, zunindo.

"Outra bala!"

Gregório de Matos deu-lhe mais munição. "Só tem mais uma."

"O que faremos?"

Gregório de Matos olhou para trás. O rio Matoim corria, a alguns metros. "Sabes nadar?"

"Sim", disse Gaspar da Fonseca.

Gregório de Matos apontou para o rio.

"E tu?", perguntou o estudante.

Mais uma bala raspou o mato.

Gaspar deu seu último tiro.

"Eu não sei nadar", disse o poeta, desolado. "Mas é agora que aprendo." Tiraram os sapatos e os casacos e correram, agachados, até a margem do rio. Jogaram-se nas águas frias e rápidas da corrente.

*

Extenuado, o estômago cheio de água, Gregório de Matos ficou deitado à margem do rio. Com os olhos fechados tentou lembrar-se do rosto de Maria Berco. Entreviu-o, difuso, no meio de garrafas brilhantes, copos de metal, formas femininas sensuais que iam e vinham numa luz mortiça. Como podia esquecer-se assim de um rosto tão familiar? Tampouco se lembrava da face de Anica de Melo. Não a amava mais. Todavia, pensar em Maria Berco o fazia sentir-se sorvido por um precipício. Então por que não podia lembrar-se de seu rosto? Meu Deus, ele pensou, abalado, o rosto de Maria Berco estava indo embora como água numa bátega em que se fizesse um furo? Ouviu o rumor da corrente. Abriu os olhos. O que fazia ali à beira de um rio? Lembrou-se dos soldados. Por que não morrera afogado? Deus o protegera? Quantos anos tinha? O que fizera na vida? Quem era ele?

*

Movendo bruscamente, repetidas vezes, de um lado para outro o corpo de Gregório de Matos, Gaspar da Fonseca tentou acordá-lo. O poeta afinal abriu os olhos.

Ficaram um instante olhando-se, ofegantes.

"Que alívio!", disse Gaspar da Fonseca. Deitou-se na relva ao lado de Gregório de Matos.

"Bodes fodinchões!", praguejou o poeta.

"Quem eram aqueles homens?", perguntou Gaspar da Fonseca, sentando-se. "Por que atiraram em nós?"

"São as bestas cruas do governador!"

Gaspar sorriu e, reanimado, levantou-se. Ajudou Gregório de Matos a ficar em pé. "Podemos ir?"

"Acho que podemos."

"Pelo mato ou pela estrada?"

"Pela estrada. Agora vais sentir nos teus pés descalços o que é o caminho dos céus."

Começaram a caminhar, no chão de areia e pedras.

*

Samuel da Fonseca circuncidava o menino Israel, filho de Abraão do Sal, comerciante de especiarias.

Ele era o melhor *mohel* que havia na cidade. Não que existissem muitos judeus na Bahia. Desde 1645 a população judia vinha decrescendo em todo o Brasil, especialmente em Pernambuco, onde houvera cerca de mil e quinhentas pessoas da nação judaica. Depois da capitulação, mais de seiscentos judeus de Pernambuco tinham fugido para Amsterdã, onde havia uma grande comunidade judaica.

Ao ritual estavam presentes muitos da nação hebreia da Bahia. Os Bravos, o bailio d'Albuquerque, o advogado Lopes Brandão, o genro do corregedor, Moniz Teles, o guarda-livros Serpa, alguns proprietários de engenhos. A um canto estava o marinheiro Estevão Rodrigues Ayres, natural de Vila dos Redondos e residente em Assumpaco.

Os judeus que viviam na Bahia dedicavam-se quase sempre às profissões de negociantes, lavradores, donos e administradores de lavouras e engenhos, exportadores e importadores, pedreiros, professores, escritores ou poetas. Alguns deles haviam sido torturados pela Inquisição. Todos tinham parentes condenados a cárcere e hábito perpétuos, ou mortos no braseiro. Muitos haviam perdido todos os seus bens por confisco. Naquele ano estavam ocorrendo prisões de judeus em outras capitanias. Os detidos eram soltos, mas a qualquer momento poderia chegar a determinação de se mandarem os judeus para a Inquisição em Portugal. Eles temiam por suas vidas. Temiam ser surpreendidos pela chegada ao Brasil de um visitador do Santo Ofício, pois havia denúncias e investigações contínuas de atividades judaizantes por todo o Brasil.

Durante a cerimônia, quando se ouviam os gritos do menino estendido sobre a bacia, um rapaz franzino aproximou-se de Samuel da Fonseca e falou-lhe ao ouvido.

*

Com as roupas molhadas e cobertos de poeira, Gregório de Matos e Gaspar da Fonseca esperavam, sentados na sala ao fundo da casa de engenho onde ficava a sinagoga. Gregório de Matos observou o contorno escuro dos móveis de boa madeira e bons tecidos, os objetos em tons de ametista sobre a mesa, as grades das adufas por onde entrava uma luz branca.

Samuel da Fonseca entrou, ansioso. O filho relatou o atentado e a fuga pelo rio Matoim, e o objetivo da sua presença ali, com o poeta. Enquanto pai e filho conversavam, Gregório de Matos pensou que muitos daqueles objetos de prata e de ouro naquela sala penumbrosa valeriam o preço do resgate de Maria Berco. Sentia-se vulnerável, aquela situação toda o deixava tonto.

"De quanto é o resgate?"

Gregório de Matos disse de quanto precisava.

"Suponho que ambos saibam, Antonio de Souza não vai deixar a condenada escapar assim."

"Posso imaginar", disse Gregório de Matos.

Samuel da Fonseca segurou o estômago com os dois braços, encheu bem os pulmões e soltou o ar de uma só vez.

"Rocha Pita é um homem muito difícil de se lidar. O assunto desses autos tem sido levado a grandes custos e temo que essa intercessão em favor da dama de companhia de dona Bernardina possa prejudicar nossos planos. Não creio que Rocha Pita conserve a boa vontade para mais de um evento, ele preserva muito seu nome. Uma mercê a nosso favor significa que no próximo passo ele terá maior benevolência para com o outro lado. E eu o compreendo, é assim que tem de ser. A lei de *favorabelste conditien*. Com isso, talvez percamos algumas vantagens que eu esperava obter. Um advogado conhece bem o funcionamento da coisa, não é, doutor Gregório? Mas quem conseguiu que Rocha Pita escrevesse a condenada no livro de fianças?"

"Eu o convenci", disse Gregório de Matos.

"Realmente foi um grande feito. O desembargador João da Rocha Pita é um dos que reclamam contra a leniência do Tribunal ao conceder perdões e fianças. Deplora, juntamente com Cristóvão de Burgos, a situação que persiste há anos. O livro é um calhamaço. Eles se perguntam: para onde vai o dinheiro das fianças?"

"Sim. Eu mesmo não esperava ter sucesso nessa empresa", disse Gregório de Matos.

"Quando será a audiência?"

"Amanhã."

Samuel da Fonseca levantou-se e foi até um cofre de metal que havia sobre a mesa. Entregou o dinheiro a Gregório de Matos e despediu-se. Abençoou o filho, pondo-lhe as mãos sobre a cabeça.

*

Tudo se passou tão depressa que Gregório de Matos mal podia lembrar-se, ao caminhar pelo corredor que levava à sala do juiz, de como ocorrera. Na algibeira, os seiscentos mil réis, os documentos e certidões necessários.

Ficou um longo tempo esperando. Via os desembargadores circulando em suas becas. Alguns populares aguardavam em silêncio, nos bancos. Outros confabulavam como se esperassem um julgamento escandaloso.

Gregório de Matos se virava a cada pessoa que entrava, ansioso pela chegada de João Berco. Vozes vinham da sala de julgamento. De vez em quando ouvia-se a sineta do chanceler.

Faltavam apenas trinta minutos para a hora marcada. Teria João Berco desistido de assinar? Gregório de Matos decidiu procurá-lo antes que fosse tarde. Se preciso, o arrastaria até ali.

Correu as ruas como um louco e quando chegou à casa de João Berco havia um grupo de pessoas à porta, conversando, olhando para dentro das janelas.

Gregório de Matos abriu caminho entre as pessoas. Havia guardas. A escrava, sentada no tamborete ao lado da poltrona, parecia apática, os olhos arregalados, os braços cruzados como se sentisse frio. A casa estava revirada.

Um soldado quis impedir Gregório de Matos de subir a escada.

"Vossenhor é parente do velho?"

"Sou seu advogado", disse Gregório de Matos. Entrou no quarto. O corpo de João Berco estava estendido no chão, coberto por um lençol sujo de sangue. Gregório de Matos levantou o lençol. A boca bem aberta mostrava que morrera com medo. O poeta abaixou-se, fechou a boca e os olhos do cadáver.

Um soldado aproximou-se.

"Quem o matou teve o cuidado de se certificar de que estava benfeito o serviço. Apunhalaram o peito, o coração, cortaram a garganta. Ele possuía muitos cabedais?"

"Não creio", disse Gregório de Matos.

"Venha comigo, senhor", disse um ancião de bengala e chapéu, funcionário da Justiça.

O sótão tinha sido arrombado. Dentro, havia uma arca recoberta de couro, aberta e vazia. Moedas espalhavam-se pelo chão. Havia tapetes enrolados, bonitos móveis, tecidos de damasco. Nos cantos, quadros encostados contra a parede. Gregório de Matos desvirou alguns deles.

"Retratos, miniaturas, manuscritos iluminados. Uma pintura em estilo gótico. Homem de muita fazenda", disse o senhor. Um rapazinho anotava os objetos encontrados. "Como se vê, o dinheiro foi levado, não se pode calcular quanto. Mas pelas moedas espalhadas presumimos que naquela arca havia muito, muito dinheiro. Há este cofre aqui, que os ladrões não encontraram." O homem abriu a pequena burra. Estava repleta de joias. "Ele tinha parentes? Herdeiros?"

"Uma esposa. Chama-se senhora dona Maria Berco. Sou procurador dela e desejo assinar a relação de bens encontrados. Não devem ir a leilão, a esposa fará o reclame de posse."

"Há algo muito sinistro nisso tudo", disse o jurisconsulto. "Os matadores cortaram a mão direita da vítima."

"Para que será, senhor?", perguntou o escrivão.

"Feitiçaria!"

Persignaram-se, dizendo "daqui mais para aqui!".

5

A casa de alcouce estava fechada. À porta havia um guarda do governador. Gregório de Matos esperou, escondido na esquina. Depois de algum tempo uma moça apareceu. Segurou-a pelo braço. Ela, muito assustada, quis gritar, mas o reconheceu.

"Meu Deus, o que fazes aqui? Estão à tua procura."

"Diz a Anica que a espero na taberna da rua Debaixo."

A moça entrou no alcouce, ligeira.

*

Algum tempo depois, Anica de Melo entrou na taberna. Sentiu o cheiro de álcool que Gregório de Matos exalava.

"Por que demoraste tanto?", ele disse, agarrando-a pela cintura. Ela se desvencilhou.

"Eu nem vinha", ela disse. E começou a chorar.

"O que houve?", ele perguntou.

Ela apertou os lábios, conteve o choro. Enxugou o rosto.

"Me tomaram tudo o que eu tinha. Fecharam minha casa. Não tenho mais nada", ela disse, entre soluços.

"Aguardente!", gritou Gregório de Matos para o taberneiro. "Vamos, Anica, começa do princípio."

"Os guardas entraram lá em casa, perguntando por ti. Eu disse que havia muito tempo não sabia de ti. Eles quebraram tudo, entraram no meu quarto, roubaram meu cofre onde eu guardava todo o meu dinheiro, minhas joias. Disseram que eu tinha te ajudado, que tu eras um criminoso, que tinhas matado o alcaide, que se eu não dissesse onde tu estavas eles me matavam. Eu contei que estavas no armazém do Vicente. Eles me levaram lá e o Vicente disse que tinhas ido para Matoim. Mas eu não queria contar, foi porque me ameaçaram." Caiu num choro convulsivo.

"Calma, nada me aconteceu, estou aqui."

"Queimaram teus livros, teus papéis, levaram tuas roupas, quebraram tudo dentro do armazém, espancaram Vicente e me violentaram."

"Filhos de uma rascoa", gritou Gregório de Matos, dando um soco na mesa.

O taberneiro chegou com a aguardente; encheu a tigela, olhando para os fregueses à mesa, com um ar suspeitoso.

Beberam, e aos poucos Anica de Melo foi se acalmando.

"Não fiques assim", ele disse. "Fizeste bem em contar tudo. Eles podiam ter te matado. Seria pior para mim."

"É verdade?"

"É."

Ele segurou as mãos da moça.

"Eles te encontraram?", ela perguntou.

"Tentaram me matar a caminho de Matoim. Quase conseguiram."

"Ah, meu Deus, por que não vais logo embora para o Recôncavo?"

"Aqui é o meu lugar."

"Aqui no jazigo da igreja de São Francisco?"

Ele permaneceu calado, bebendo. Uma mecha desarrumada de cabelos lhe cobria um dos olhos. Anica de Melo arrumou-lhe a mecha atrás da orelha.

"Vamos fugir juntos", ela disse. "Vamos para o Oriente. Eu saí de casa com treze anos, levando apenas um lenço, uma saia e um penteador. E agora, vinte anos depois, nem isso tenho. Nem cavalos, nem a carruagem, nem joias, ah, meu Deus, será que vou perder minha casa?"

Gregório de Matos ficou em silêncio. Olhava-a, de instante em instante apertava os lábios e balançava a cabeça, depois abaixava os olhos, como se estivesse mergulhado em pensamentos obsessivos.

"Sempre ficas assim quando estás bêbado."

"Não sei para que é nascer neste Brasil empestado."

"Pensaste em mim esses dias?"

"Quase me esqueci de teu rosto. Mas de teu corpo, não", disse Gregório de Matos.

*

Procurar Rocha Pita novamente foi um impulso que Gregório de Matos não conseguiu explicar para si mesmo. Nada mais havia a fazer por Maria Berco. Ou pelos Ravasco.

"São os Ravasco capazes de matar?", disse Rocha Pita. "Ou melhor, precisariam eles disso?"

"Não!", disse Gregório de Matos.

"Talvez padre Vieira tenha ordenado a morte do alcaide, mas isso me parece extravagante. Os delitos atribuídos a Antonio de Souza, por sua vez, são mais verossímeis. A população está acovardada, ninguém fala contra ele. Fiz notificações a algumas pessoas para que o acusassem. O prazo encerrou-se e ninguém se manifestou. As suspeitas caíram no vazio. Tampouco alguém se dispõe a defender os Ravasco em juízo."

"Podem ter sido ameaçados pelo Braço de Prata."

"Muitos papéis desapareceram de meu gabinete. É evidente que foi ele quem providenciou esse furto. Nada foi levantado que possa comprovar alguma desonestidade em Antonio de Souza. Seria muito tolo o que registrasse em certidões seus erros. Indigno de um homem que chegou a poderoso governador da mais vasta de todas as colônias."

"Tampouco há algo que prove a participação dos Ravasco no crime."

"O que mais poderei fazer, doutor Gregório de Matos?", disse o ouvidor. "O que mais? O senhor é prova de minha dedicação à verdade." Rocha Pita apertou os lábios, coçou o queixo. "E quanto à condenada, dona Maria Berco?", disse.

"Não há remédio."

"Para tudo há remédio. Ainda tem os seiscentos mil réis?"

"Sim", disse Gregório de Matos.

*

Um grupo de padres chegou à porta do presídio. Vestiam as roupetas roxas dos irmãos da Misericórdia. Traziam sacos e embrulhos. Identificaram-se.

"Viemos trazer alívio aos condenados", disse um deles.

Os sentinelas os deixaram entrar.

A cela de Maria Berco era pequena e escura. Ela levantou os olhos para os irmãos. Estava presa a correntes e tinha o aspecto lastimável. Cabelos cortados, suja, feridas no rosto, nos braços. Roupas rasgadas, descalça.

"Está na hora?", ela perguntou, trêmula.

"Está", disse um dos irmãos. Voltou-se para o carcereiro. "Podes soltá-la, homem."

"Trouxeram o combinado?", perguntou o carcereiro.

"Primeiro abra os grilhões."

O carcereiro tirou as chaves da cintura e destrancou os grilhões. Maria Berco afagou os pulsos.

Um dos irmãos retirou do saco uma algibeira e a entregou ao carcereiro. O homem abriu-a e verificou o dinheiro que havia dentro. Sorriu. Não tinha dentes.

Ajudaram a prisioneira a levantar-se. Vestiram-na com uma roupeta roxa, capuz sobre a cabeça.

Outro carcereiro vigiava o corredor, agitando as chaves, nervoso. Fez sinal para os irmãos, que saíram, rapidamente, levando a prisioneira.

Logo que caiu a noite Maria Berco foi para o engenho de Samuel da Fonseca, no Recôncavo, acompanhada por Tomás Pinto Brandão. Ela não olhava para os lados, para lugar nenhum, absorta em seu sofrimento.

*

Enquanto isso, na revista de rotina feita nas bagagens dos passageiros do navio mercante que partia para a Holanda, os fiscais da alfândega encontraram um baú lacrado em poder do estudante Gaspar da Fonseca, que estava sendo vigiado pelos homens do governo. O baú foi apreendido e levado diretamente para o governador. Ao abri-lo, Antonio de Souza teve uma enorme e agradável surpresa. Lá estavam, intactos, amarrados no mesmo cordel, os escritos de Bernardo Ravasco.

Quanto a Gaspar, desapareceu. Seu pai, despreocupado, pensando que o filho partira, recebeu um duro golpe quando o corpo de Gaspar foi dar na praia, os olhos e as vísceras comidos pelos peixes.

*

Na grande sala do refeitório da quinta do Tanque longas mesas se enfileiravam, ocupadas por dezenas de miseráveis, homens e mulheres, que aguardavam a chegada da comida. Vestiam-se com trapos marrons ou pretos, tinham seus cabelos desgrenhados. Um cheiro azedo pairava no ar.

No chão, ao lado dos bancos, estavam sacos e trouxas, de aspecto tão molambento quanto os donos. Eram bêbados, desempregados, aleijados, vadios, prostitutas velhas, infelizes. Alguns deles, de tão enfraquecidos, deixavam a cabeça repousada sobre a mesa. Poucos falavam entre si, alguns olhavam fixamente para a porta onde um padre de mangas arregaçadas e braços grossos, que mais pareciam os de um marujo, vigiava, com olhos atentos.

Padres circulavam carregando panelões que colocavam sobre uma das mesas. Freiras de ar piedoso, detrás de pilhas de pratos brancos, metiam conchas de comida nos pratos. Era um tipo só de comida, uma pasta grossa recheada de pedaços de algo cartilaginoso e escuro que parecia carne. Leite era derramado em canecas de metal, de duas asas.

Quando Vieira entrou trazido num palanquim, seguido de José Soares e um pequeno séquito de padres, os miseráveis foram impelidos a rezar, abaixaram as cabeças para receber as bênçãos pelas mãos magras de Vieira e a comida foi servida. Uma freira cortava fatias de um enorme pão e outra as distribuía. Os incapazes eram ajudados por freiras, que lhes davam a comida na boca.

Com dificuldade, ajudado por seus acompanhantes, Vieira sentou-se à mesa dos fundos e comeu junto dos miseráveis. Havia um espectro na fisionomia do velho jesuíta. Ardia em febre. Todos temiam sua morte.

Vieira conversou com José Soares, em pé a seu lado.

"Deus seja louvado, Rocha Pita está do nosso lado", disse Vieira. "Relata-me, padre Soares, com detalhes."

"Feita a diligência a vosso rogo", disse padre Soares, "o governador cometeu o procedimento da devassa."

Padre Soares relatou a Vieira os procedimentos legais de Rocha Pita.

"E Bernardo?", disse Vieira, ansioso.

"Um instante, padre Vieira, que chego lá. O governador reconheceu que Rocha Pita tinha razão e disse-lhe que não passaria ordem alguma contra os denunciados, e que lhe remeteria todos os requerimentos que sobre a matéria se fizessem. O alcaide Teles e seus familiares, divergindo do governador pela primeira vez, consideraram que Rocha Pita não lhes satisfaria justiça e o declararam suspeito."

"Meu Deus! E o que decidiu o chanceler? Aceitou a suspeição?"

"Os Teles não expuseram seus escritos arrazoadamente e suspendeu-se a devassa."

"Ah, que alívio! Deus seja louvado."

Os mendigos comiam vorazes. Logo seriam despejados novamente nas ruas e suas vidas voltariam ao que eram.

"O juiz afrouxou as cavilhas ao processo, livrando alguns presos de mais diluída culpa", continuou padre Soares.

"E a quem foi dado livramento?"

"A muitos. Agora vem o melhor. Rocha Pita esteve na enxovia com Bernardo Ravasco e passou-lhe uma carta de soltura por não haver testemunho contra ele, detido por ter o filho comprometido no crime."

"Então meu irmão está solto! E onde se encontra, agora?"

"Antonio de Souza, furioso com a benevolência do magistrado, decretou a expatriação de Bernardo Ravasco."

"Ah, não!"

"Calma, padre Vieira! Bernardo Ravasco está na Bahia. Como não tinha ninguém para lhe velar a fazenda, preferiu acolher-se com os carmelitas descalços no convento de Santa Teresa."

"Fez bem, fez muito bem. O convento fica vizinho da casa e terras que possui aquém da Preguiça, a cavaleiro do porto de Balthazar Ferraz, onde há aquela gameleira. Dali poderá se corresponder comigo."

*

Na rua já se ouvia o rumor da reunião quando o alcaide Teles passou pelo portão do palácio do governador, entre soldados armados com bacamartes, que não permitiam a entrada de quem não tivesse um convite.

Um fidalgo com o rosto pintado entrou à sua frente, jogando moedas para os populares que disputavam aos gritos e empurrões as peças, jogando-se ao chão uns sobre os outros.

Bastardos! São estes roncolhos que governamos, pensou o alcaide.

Liteiras com brasões estacionavam nos jardins, carregadas por escravos vestidos de librés de veludo ou largas túnicas de algodão alvo. Fidalgos e gente rica caminhavam até o salão, que tinha as portas abertas. Todos pareciam apreensivos e apressados.

Os escravos espalhavam-se pelo pátio lateral. Uma escrava servia vitualhas à porta da cozinha. Alguns murmuravam, em grupos.

No salão de paredes recobertas por pinturas religiosas, convidados confabulavam. Formavam rodas, sussurrando, gesticulando. Os homens traziam suas espadas à cintura, alguns com medalhas no peito.

Um desembargador abanava-se, tentando refrescar-se.

Padres também andavam por ali, com seus rosários de madeira chacoalhando.

Um pajem aproximou-se de Teles. "O governador chama vossa mercê", disse, com um tom de desprezo, talvez causado pela simplicidade das roupas do alcaide. Usava as mesmas de sempre, apenas trocara as velhas botas por escarpins que lhe doíam nos pés.

Fazendo um gesto para que o alcaide o seguisse, o pajem encaminhou-se para o fundo da sala onde um grupo de pessoas estava reunido.

"Sua excelência, o alcaide Antonio de Teles de Menezes", anunciou o pajem. O alcaide viu Antonio de Souza ao centro do grupo, sentado, com botas lustrosas de fivelas douradas, cabelos eriçados.

"Ainda bem que chegaste!", disse o governador. O alcaide aproximou-se, visivelmente aborrecido. Ao lado de Antonio de Souza, o arcebispo segurava óculos que escondiam o seu olho vazado.

Simoníacos e prevaricadores, avaliou o alcaide Teles.

O arcebispo estendeu a mão e o alcaide beijou-a. Ao lado do governador estavam a Igreja, o Tribunal, o poder econômico, o poder político e a burocracia coloniais. Um grupo inamistoso que se unia, naquele momento, preocupado com seu destino.

Haviam-no traído?, pensou o alcaide Teles. Cogitou na razão que levara o governador a convidar o arcebispo, um homem evidentemente favorável aos Ravasco. Achou que Antonio de Souza estava ficando velho e asno, e que por sua causa a facção dos Menezes se encontrava na rua da amargura.

"Senta-te conosco", disse Antonio de Souza. "Sim, senta-te. Esta cadeira está reservada para ti. Afinal, tens uma função muito importante."

O alcaide sentou-se, amuado. Olhou Antonio de Souza e seu braço único, pensou se talvez não tivesse se vendido aos Ravasco. Por que teria o governador afrouxado com Rocha Pita?

*

Na reunião, analisaram os fatos ocorridos nos últimos dias. Fizeram previsões quanto aos próximos acontecimentos. Com o enfraquecimento de Antonio de Souza, os de sua facção sentiam-se debilitados.

"Erramos ao estimar a força de Vieira junto ao Tribunal", disse um deles.

"Rocha Pita vendeu-se!", gritou outro.

"Com perdão de vossas mercês", disse o governador, "o caso ainda não chegou ao seu fim."

Dali a alguns meses chegaria uma nova frota com cartas de Portugal. Antonio de Souza estava esperançoso quanto às notícias que traria a esquadra.

O alcaide Teles não ficou até o final da reunião. Quando se despediu, Antonio de Souza acompanhou-o até a porta.

"Fiquei contente com tua presença", disse o governador. "Ainda somos amigos."

"Sei que não esperavas que eu viesse, Antonio de Souza. E vim com uma vontade enorme de matar-te. Tu nos traíste. Jamais te perdoaremos. E tu irás amargar teus erros. A pedra está é no teu sapato."

"Não digas tolices, Teles. Depois poderás te arrepender."

"Sua Alteza não nos satisfará justiça."

"Estás julgando apressadamente. Não sabemos o que pensa dom Pedro."

"Tu não sabes. Mas nós sabemos. Nós, os Teles de Menezes, sabemos muito bem. Os Ravasco agiram, e nós, ou melhor, tu, Antonio de Souza, que disseste que resolverias tudo de maneira favorável a nós, não fizeste nada. Nada! Logo verás, Antonio, o que nos espera."

"Não admito que me dirijas assim a palavra."

"Adeus, Antonio." O alcaide Teles atravessou, apressado, o pátio do jardim. No meio de um pequeno chafariz escorria um fio d'água formando pequenas quedas. O jardim era vasto, coberto de flores. Árvores frondosas se espalhavam, cheirosas, de folhas negras.

*

"Esta foi a última noite que passei contigo", disse Gregório de Matos. "Não tenho mais como ficar aqui. Me obrigam à pobreza, ao refúgio, negam-me mercês, agridem-me, prendem-me. Não tenho mais funções na Cúria, não posso advogar. Amanhã devo partir."

"Não vais me levar contigo?", Anica de Melo entristeceu-se.

"Como posso levar-te? Vou vagabundear pela Praia Grande, no rumo da venta."

"E não voltas mais à cidade?"

"Como não voltar a esta cidade que é feita de meu sangue? Aqui darei alguns passos discretos e tristes. Ditoso quem povoa o despovoado. Vou acordar ao doce som e às vozes brandas do passarinho enamorado. Eu estava na Corte, tão seguro, mas, néscio, deixei-a por um mau futuro. A Bahia é um vil monturo da Corte, aqui só há roubo, injustiça e tirania. Nos palácios reais e eclesiásticos os anos são mais curtos. De hoje em diante cantarei flores e passarinhos. Sei que os bens do mundo são inconstantes, o sol não dura mais que um dia, depois se segue a noite escura. A luz e a beleza não duram. Minha alma nasceu para os tormentos. Minhas lágrimas não são bastantes contra os incêndios que, ardentes, me maltratam."

"Vais sentir saudades de mim?"

"Vou. Deixas-me tristes memórias."

"O que vai ser de minha vida, sem ti?"

"Tens de recomeçar tua vida. 'Navegai sem vos deter.'"

Gregório de Matos acenou a mão, dando adeus. Ela atirou-lhe um beijo, tocando os lábios com a ponta dos dedos.

A QUEDA

O Recôncavo exercia uma atração irresistível sobre Gregório de Matos. Era uma espécie de vale de chão de massapê fértil, que terminava no mar, onde pairava um ar quente e estimulante. Sobre a terra negra banhada pelo oceano, cortada por rios caudalosos, estendiam-se canaviais, alguns dourados pelos penachos esvoaçantes. Cercas vivas de pinhões demarcavam as propriedades, até a linha do horizonte, dando uma sensação de infinito.

Dentro de cada grande propriedade havia a oficina alta de um engenho real, à beira de águas sempre manantes dos rios e lagoas. Dos galpões saía uma fumaça contínua, de noite as fornalhas espalhavam uma luz vermelha. Montanhas de cana cortada estavam prontas para serem transportadas, à beira dos caminhos.

Mas não havia apenas cana no Recôncavo. De maneira restrita produzia-se na região cal, algodão, gengibre, explorava-se a pesca, cultivavam-se mantimentos, fabricavam-se navios e uma indústria baleeira produzia azeite. A lavra do tabaco, em canteiros bem estercados, ou nas terras queimadas, nos cercados, nos currais, ocupava cada vez mais espaço, como longas tiras verde-escuras, ou de nódoas amarelas, riscadas no chão.

Pelos rios e pelo mar, havia um movimento contínuo de barcas rodeiras, impulsionadas por varas. Nos caminhos da terra carros de boi trafegavam, carregados de feixes de cana cortada, ou com caixas de açúcar, ou vazios, a ranger.

Muitas florestas estavam pela metade, ou totalmente abatidas, para servir de lenha. Algumas haviam se transformado em pasto para cavalos, bois, ovelhas e cabras. Os perus, galinhas e patos viviam em torno das casas da escravaria e das moradas dos capelães, mestres, feitores, purgadores, banqueiros, caixeiros.

As casas dos senhores, com suas capelas e varandas, se elevavam entre o verde da paisagem; eram cenário de galas, jogos, cerimônias religiosas, de que participavam os senhores e suas famílias, assim como os oficiais, sacerdotes ou hóspedes.

Nas senzalas os negros viviam entre trabalho, castigos e folguedos.

1

No engenho de Samuel da Fonseca não se faziam gastos desnecessários. Não que houvesse ali a sobriedade mesquinha de alguns senhores da região, tampouco a ostentação de outros, que queriam passar por fidalgos das cortes. Tinha de tudo, mas não cavalos demais, ou charameleiros, trombeteiros, tangedores, lacaios mimosos. A mesa era posta com louça de estanho por negros vestidos de serguilhas; belas escravas carregavam pratos com iguarias. Era um lugar de certa forma melancólico. Ouvia-se ao longe, continuamente, o som das caldeiras. As fornalhas não paravam nunca de funcionar, por oito meses do ano.

Ansioso por rever Maria Berco, Gregório de Matos foi visitar o rabino Samuel da Fonseca. O poeta fazia de tudo para demonstrar excentricidade: um ar extravagante, roupas amarrotadas, cabelos desarrumados.

O rabino e o poeta conversaram sobre a situação dos engenhos. A Bahia produzia entre catorze e quinze mil caixas de trinta e cinco arrobas de açúcar por ano, que valiam mil e setecentos, mil e oitocentos contos. Para aquele ano de 1684 esperava-se uma grande colheita, porém a farta produção obrigava os produtores a vender barato e até a queimar o açúcar fino. A falta de navios para transporte causava quedas nos preços, agravando o problema. Entretanto, subiam os preços do cobre, do ferro, do pano, de todos os materiais que supriam os engenhos, especialmente o valor dos escravos. Para o funcionamento de um engenho eram necessários, só na moenda, entre vinte e trinta negros, além do feitor e de outros tantos para os substituir no turno da noite. Esses escravos da moenda tinham de ser sempre trocados por outros, pois, prostrados pelo sono e pelo cansaço, metiam sem perceber a mão entre os eixos, sendo preciso que o feitor lhes cortasse o braço preso antes que fossem inteiramente estraçalhados pela máquina.

Plantavam-se canaviais nas encostas para que resistissem às inundações, porém esses, nas secas, eram logo perdidos. Nas várzeas, ao contrário, a seca não afetava a plantação, mas a chuva a inundava e destruía. O capim obrigava os plantadores a empregar escravos na limpeza contínua dos canaviais, com a enxada na mão. Logo que as canas germinavam, animais soltos, cabras, bois, cavalos, vinham pastar os brotos das plantas, derrubando e pisando muitas delas. Das canas que escapavam de ser roídas pelos ratos e pelos porcos, muitas, depois de colhidas e amarradas em feixes empilhados nas trilhas, eram furtadas por ladrões. Bois que faziam o transporte das caixas de açúcar até o cais morriam na lama. Escravos eram esmagados sob os rolos e espeques usados para embarcar o açúcar. O mar agitado tragava grandes cargas de açúcar que afundavam nas coroas.

As fornalhas, ardendo dia e noite, precisavam de lenha que os barcos iam buscar nos portos, ou que carros com juntas de bois iam arrecadar nos matos. Havia regimentos sobre a instalação de engenhos, estabelecendo uma distância entre eles para que não faltasse madeira a nenhum. Contudo, poucos respeitavam essas normas e estava a lenha rareando com a derrubada de grandes porções de matas.

Além de enfrentar as inclemências da natureza e as dificuldades inerentes à produção, os senhores da cana estavam sujeitos a uma política desastrada da Coroa. O açúcar, dispendioso, caro, tinha inumeráveis encargos e despesas. Assim que a carga chegava à Bahia, era preciso pagar ao trapicheiro. Uma pataca de frete, dois vinténs de aluguel, a comissão do trapicheiro caso vendesse alguma caixa. Depois vinham as taxas, os caixões, pregos, carretos, guindastes, direitos de subsídio da terra, as descargas, os armazéns, as alfândegas, a arqueação, as obras, taras e marcas, a avaliação, os consulados.

"Os produtores do açúcar estão à beira da ruína", disse Samuel da Fonseca, com indignação. "O bom negócio, agora, é plantar tabaco."

A riqueza oriunda do açúcar e do tabaco seria um remédio milagroso para a cura dos males causados pela guerra holandesa, pela qual estavam pagando até aqueles dias — através de um imposto chamado Dote da Inglaterra e Paz da Holanda, instituído por Francisco Barreto de Menezes, o general vitorioso da guerra pernambucana. Mas a colônia andava atrelada a Portugal. As moedas e as riquezas não ficavam no Brasil. A economia marchava conforme as circunstâncias que viessem a atender às necessidades do regime fazendário da metrópole. Trocavam açúcar por sal, tabaco por azeite, aguardente por vinho; estabelecia-se um sistema de escambo onde, muitas vezes, o açúcar substituía a moeda. Os valores das mercadorias na colônia eram miseráveis. Em Portugal, altíssimos. Havia filas em todas as bodegas e feiras para a compra de qualquer produto. Uns culpavam a Câmara pelas privações de que padecia a cidade; outros, a frota, que partia abarrotada de carne, peixe, feijões, deixando as panelas vazias.

"Os brasileiros são bestas, e estarão a trabalhar toda a vida por manter maganos de Portugal", disse Gregório de Matos, colocando os óculos. Levantou-se e passou uma vista nos livros que estavam dispostos na sala de livraria de Samuel da Fonseca. Um vento fresco entrava pela janela. Trazia o cheiro do bagaço da cana, das meladuras quentes.

Enquanto o poeta examinava os livros, Samuel da Fonseca olhava pela janela do quarto que dava para uma terra escalvada pela queimada; logo atrás via-se o mar. Uma fila de escravos formara-se à entrada do galpão de engenho; uma negra, à porta da casa de moer, derramava a escuma dos caldos de mel nos potes que os escravos enfileirados iam colocando a seus pés. Entregavam, em troca do melado, uma galinha, ou uma cesta de cereais, um cacho de bananas, verduras de suas hortas. Negros levavam às costas fieiras de caranguejos enlameados, que ainda agitavam as patas. Crianças bebiam em copos de barro.

A moenda funcionava, impulsionada pela água do rio. As

rodas giravam lentamente. Em um dia, podia-se moer uma tarefa redonda de vinte e cinco até trinta carros de cana. A quantidade de açúcar produzido dependia da qualidade da cana. A produção não podia aumentar, desde a construção do engenho. Não se podia meter mais cana ou bagaço do que a máquina suportava, pelo risco de quebrar o rodete, ou algum aguilhão. A velocidade das rodas tinha de ser mantida, com o controle da água, pois a vazão da casa das caldeiras era limitada. As tachas só podiam cozer a quantidade estipulada previamente. Tudo no engenho era rústico.

Fonseca comentou que os europeus estavam cada dia mais ricos e desenvolvidos. Inventavam máquinas, leis de proteção aos mercadores, maneiras de fabricar melhor. Um judeu de Barbados o procurara, mostrando-lhe um novo tipo de engenho de açúcar, que produzia maiores quantidades com menos esforço. Mas dom Samuel não possuía cabedais para investir e tentara, junto à Coroa, apoio para a instalação de tal invento na Bahia. Encontrara apenas descrédito. Nem mesmo a universidade pretendida pelos jesuítas era criada no Brasil, por negativas obstinadas de el rei e do Conselho Ultramarino. Na França tinham inventado uma máquina maravilhosa, chamada Marly, para elevar as águas do Sena. O inglês Newton descobria coisas admiráveis. Papin inventara uma válvula de segurança e criara a teoria do uso do vapor em máquinas. Estava sendo chamado de lunático, eram todos lunáticos, mas assim o mundo seguia, impulsionado por mentes proféticas.

"O conhecimento é um embuste", disse Gregório de Matos. "As pessoas que mais sabem sobre o mundo são os peixeiros da feira e as lavadeiras do dique."

"Não, doutor Gregório. Como disse o filósofo Vieira, o ignorante vê a Lua e acha que é maior do que as estrelas. O sábio distingue o verdadeiro do aparente. É preciso provar que o ar existe, embora o respiremos, é preciso poder calcular as probabilidades, ou que há mesmo um anel de luz em volta de Saturno; é preciso fazer as poéticas experiências dos hemisférios de Magdeburg", disse o rabino.

"E por falar em experiências poéticas, como vai dona Maria Berco?", disse Gregório de Matos.

"Ainda está presa ao leito, recuperando-se. Ela não é como todas as moças, que ficam felizes por saírem de casa para ir à igreja, com os melhores vestidos, abanando leques. A nova situação não mudou seu comportamento. Ela pensa em coisas que a fazem sofrer. Imagino que deva casar-se novamente, ter filhos. É uma excelente cozinheira e sabe tecer como poucas. Mas parece ter medo... Está magoada com a vida."

"Mesmo Deus comete enganos", divagou o poeta.

*

A paixão sufocante por Maria Berco, o enorme desejo de tê-la nos braços, tornavam a vida em Praia Grande cada vez mais angustiante para Gregório de Matos. Em sua viola de cabaça não parava de tanger músicas tristes. Quase sempre embriagado, ele cantava e fazia sátiras. As negras que encontrava por ali o aliviavam. Abraçava-se a elas com intimidade. Deitava-se com elas de noite, nas areias, na água que se formava entre os recifes, ao lado de fogueiras.

Muitas pessoas da Bahia vinham visitá-lo; eram gentis com ele, mas tanta demonstração de afeto não amainava seu aborrecimento, sua má vontade em ter deixado a cidade. Estava sentindo-se, mais uma vez, expulso de casa. Sofria com a falta das mulheres da Bahia, moças tão sedutoras como as de Portugal, mulheres que abriam o leque, escondendo o rosto, deixando os olhos de fora, em direção a ele, provocadoras. Viúvas, mulheres de alcouce, negras forras, escravas, mulatas, brancas pobres, freiras, mulheres suaves, belicosas, damas pintadas. Sentia saudades das jornadas ao Rio Vermelho com os amigos, das funções junto ao Dique, das comédias no tablado, das caçadas na vila de São Francisco, das brincadeiras na ilha da Madre de Deus quando tourearam ao pasto a vaca Camisa; dos divertimentos com amigos nos Caijus, dos passeios de barco, solitário, das viagens à ilha de Gonçalo Dias levando bananas e farinha. Lembrava-se melancólico das cavalhadas burlescas na Cajaíba, das feitiçarias de madre Celestina, das festas de Nossa Senhora do Amparo repletas de damas altivas e soberanas, dos banquetes regados a vinho quando as mulheres se embebedavam, bailando, rebolando, tocando pandeiro, atracando-se, vomitando, desmaiando, comendo carne, saindo com seus amantes. Fora divertida a função da festa de Guadalupe quando tornaram a se emborrachar as mulatas, nadando em mares de vinho, rindo, murmurinhando, arrotando, impando, levantando as saias sem recato, dando umbigadas, tomando sopas de pão, vinho do Porto, das Canárias. Como não percebera antes o quanto eram importantes para ele as festas de cavalo no terreiro, em louvor das onze mil virgens, as quadrilhas, os jogos?

Achava-se com o aspecto de um lobo velho, e não pensava que fosse ainda atrair olhares de mulheres, quando voltasse à cidade. Estava completamente sem dinheiro, terras, propriedades, rendimentos familiares. Havia gasto tudo o que recebera na partilha de bens de seu pai. Tomado de angústia, bebia cada vez mais aguardente. Sua mordacidade crescia; escrevia sátiras ainda mais venenosas, combatendo as hipocrisias, evitando a virtude, cheio de um orgulho intrépido. Passou a repelir o falar agongorado, os cultos modos, usando o falar estarrecedor das chularias, sem nenhum freio na língua.

Mas não esqueceu Gongora. E pensava: *A los ladrones ladré; al amante enmudecí.*

*

Tomás Pinto Brandão foi visitar o poeta em Praia Grande. Gregório de Matos estava em sua cabana, nu, caminhando de um lado para outro, cheio de inquietação. Foi até o lado de fora e urinou. Vestiu-se com uma calça.

"É a melhor coisa do mundo mijar no quintal. Na Bahia, quando eu mijava na rua, as negras ficavam olhando, depois gritavam e saíam correndo."

O amigo sorriu.

"Estou perdendo meu pudor."

"Cuidado, Gregório, com o que perdes."

Gregório de Matos sentou-se na esteira que servia de cama

e brincou com algumas conchas. Restos do mar, mariscos, alvos seixinhos se espalhavam pelo chão.

"Além de perder o pudor, já perdi alguns sonhos e um bocado de esperança. Perdi meus livros, meu amor; perdi meus cargos e um bocado de tempo perambulando."

"Isso não é perder. É ganhar. Perambulando a gente vê o mundo."

"E o que há no mundo para ser visto?"

"Bem...", Tomás Pinto Brandão pensou um pouco. "Para ti, as mulheres... a música. Acho que só. Para mim, a poesia e a religião."

Tomás tirou os escarpins. Foram caminhar pelas areias, a conversar.

"Fico contente quando vens, com notícias da cidade", disse Gregório de Matos. "Só ando escrevendo sátiras, versos mal limados. As mulheres para divertimento aqui são raras. Algumas senhoras que vêm a passeio e trazem escravas... Negras dos engenhos que passam por aqui... Outras que conhecem minha reputação e me deixam escangalhado. Sabes, uma escrava veio me procurar e achava que eu fosse negro. Claro está que não sou negro, sou branco de cagucho e cara. Mas não deixou de querer-me porque sou branco de casta. Quando uma mulher me cativa, sabe que serei seu negro, seu canalha."

"Eu mesmo anotarei cópias dos escritos e os levarei para a cidade. Na Bahia, farei mais cópias para distribuir entre todos. Por que não os assinas?"

"Para não ser queimado. A quem os distribuis?"

"A qualquer um. São lidos às amantes nos leitos para que se entreguem ao amor com mais lascívia. São lidos nas tabernas, nas casas de alcouce e nos lugares mal frequentados; fazem as gentes rir. São lidos no colégio dos padres, na casa de livraria, nas reuniões. Andam de mão em mão, de boca em boca, de ouvido em ouvido. Decoram, repetem, modificam, copiam em cadernos. Diverte-se o povaréu zombando dos padres, dos juízes, dos fidalgos, da governança, dos capitulares, dos missionários, das mulheres, dos ladrões. Nada escapa à tua mofa."

"Merece a Bahia palavras mais mansas?", disse Gregório de Matos. "Não fui eu, um mazombo, quem criou os males da cidade, os maus modos de governar, a mancebia de padres, a ruína que promovem os mercadores com suas mercadorias inúteis e enganosas, os estrangeiros ambiciosos, o modo de furtar e suas mil variedades, o entrudo, a jocosidade, o peditório, os caramurus."

"Sabes o que as pessoas gostam mais em teus escritos? É que não evitas as lubricidades. Como os trovadores."

"Quem as evita? Mas não há muito com que se entreter em Praia Grande. Eu não tenho para olhar mais que horizontes. Já estou há tempos neste refúgio, nesta solidão. Nem aqui posso sossegar meu amante gênio. Ai de mim! quero as negras para o encarecimento de meu amor."

*

Alguns dias depois, Samuel da Fonseca foi procurar Gregório de Matos. O rabino desceu da sege ajudado por um escravo que, em seguida, tirou da boleia uma pequena arca.

"Trouxe-vos uns presentes", disse dom Samuel, "livros, papel, tinta, assados, frutas da estação, compotas, farinha, queijo, rapadura. Tendes passado bem em Praia Grande?"

"A peixe, coco e aguardente. Talvez isto aqui seja melhor do que mereço."

Gregório de Matos sentou-se a uma pequena mesa, pegou papéis e começou a escrever. Ficou algum tempo ali, o ruído da pena arranhando sobre o papel ou entrando no vidro de tinta. Respirava alto e vez ou outra emitia rufares. Enquanto isso, o rabino andava para um e outro lado, observando o aposento, a paisagem à janela, o poeta a escrever.

Quando terminou o poema, Gregório de Matos leu-o para o amigo. Era o poema de um amor oculto.

"Desejo tanto rever dona Maria Berco", disse Gregório de Matos.

"Pois foi sobre isso que vim falar-vos. Dona Maria Berco saiu do leito", disse o rabino. "Está recuperada. Tinha perdido mais de meia arroba. Foi muito maltratada na enxovia, compreendeis a que me refiro, não? Mas temos de aceitar. São as sofrenças da guerra."

"Desgraçados! Desde épocas remotas, os cinco delitos atrozes punidos com severidade eram: homens mortos, furto, casa derrupta, *merda in bucca* e violência à mulher honrada. Tenho ganas de matar o alcaide e o Braço de Prata."

"Dona Maria Berco, antes de partir, deseja agradecer-vos pelo que fizestes por ela."

"Partir? Por que não há de ficar em vosso engenho?"

"Sabeis que vou voltar para as yeshivas de Amsterdã. Estou tratando de vender o engenho, o negócio está quase fechado com um amigo de dom Vasco de Paredes, conheceis?"

"Sim! O pai de dona Angela!"

"Dona Maria Berco está cheia de cabedais e fazendas, com a morte do esposo, e tudo lhe foi consignado graças à vossa presteza. Ela precisa cuidar de sua riqueza, comparecer à Justiça. Foi perdoada, Rocha Pita conseguiu."

"Então eu também vou voltar para a Bahia."

"Não creio que seja o momento. As coisas ainda estão em chamas por lá. As perseguições continuam, mais severas. Antonio de Souza parece que ficou louco. Usurpa aos inimigos o seu direito; escolhe sempre para ficar ao seu lado o mais abominável, o imperfeito, o menos digno. Na Bahia de nossos dias, os maus prosperam e os bons sofrem privações. *Zaddik wera lo roska wetov lo.*"

A autonomia dos cargos ultramarinos, altamente rendosos, constituía uma realidade incontestável. Apenas o rei não se dispunha a olhar. Os governantes coloniais não estavam dançando por aí com um pé só, sabiam que estavam além das montanhas da escuridão e que dessa maneira podiam fazer tudo sem que el rei visse, disse o rabino.

Os Ravasco, como os Menezes, temiam as notícias que pudessem chegar de Portugal na frota. Que consideração teria el rei por eles? A mesma que eles dedicavam à Coroa? Em nome de el rei, haviam derramado seu suor e sangue.

"O rabo é o mais difícil de esfolar", disse Gregório de Matos. "Estou contente por dona Maria Berco."

"Ela vos espera esta noite, na capela de meu engenho", disse o rabino. "Às sete horas."

*

A noite chegou lentamente. Gregório de Matos estava adormecido. Quando acordou, suado, viu estrelas no céu. Dominado por um sentimento sufocante, o coração acelerado, cruzou o quarto, pisando nas roupas e comidas espalhadas pelo chão, e saiu. Cavalgou o mais depressa que pôde até o engenho de Samuel da Fonseca.

Estavam acordados os bodes velhos, os cães vadios. Tilintavam sinetas nos pescoços de alguns animais. O som de uma viola chegava, longínquo. Uma voz cantava: "Banguê, que será de ti". A vegetação parecia feita de um pano negro e macio.

Na capela não havia ninguém.

Com um intenso sentimento de perda, Gregório de Matos foi em direção à praia, onde um escravo tangia viola e cantava. Ficou por perto, ouvindo.

O engenho funcionava. Homens jogavam madeiras nas fornalhas, e das aberturas cercadas de arcos de ferro as chamas iluminavam em vermelho. Alguns escravos trabalhavam acorrentados — os boubentos para purgar seus males venéreos, e os criminosos, suas maldades. Fumaça se espalhava com o vento.

Era bom pensar em Maria Berco. Escrevera poemas e anotações que pretendia mostrar a ela. Esquecera de trazê-los. Melhor assim. Sentiu-se um idiota. Tanto desejava vê-la, tanto sonhara com este instante, e ficara a dormir, feito uma mula preguiçosa. Como, com o inferno, vencer o inferno, conforme escrevera Gongora y Argote?

Voltou para a capela e ajoelhou-se defronte ao altar. Pensou com tristeza na morte do jovem Gaspar da Fonseca e na partida do rabino que, como uma ave, sentia-se impelido ao seu êxodo. Havia uma santa, de rosto bonito, no altar. Pensou nos motivos que tinham levado Samuel da Fonseca a conservar a capela com as imagens e cruzes após comprar aquele engenho. Certos homens tinham a capacidade de esquecer o passado, de perdoar.

Aquela era uma Igreja que tinha matado e continuava matando judeus. Talvez padre Vieira tivesse razão quanto aos judeus, talvez eles fossem mesmo bons homens. Ao menos Samuel da Fonseca o era.

Depois de algum tempo em que pensou, ainda, em Vieira, momentos em que a noite ficara de um silêncio profundo, o som das fornalhas e caldeiras cristalino, Gregório de Matos ouviu um ruído atrás de si e voltou-se. Um vulto aproximava-se, uma mulher coberta com um véu negro transparente.

"Pensei que não viésseis", disse Maria Berco.

Ele ficou um instante paralisado, olhando-a com um ar incrédulo. Depois, recuperando-se, disse: "Falto nos prometimentos, e sou pontual nos desgostos. Mas estava morto por vos ver".

"Não tem importância. Eu às vezes não durmo a noite inteira."

Ele pensou em sua infância, quando ficava deslumbrando-se com imagens de mulheres em livros. Tinha sido uma criança triste, pensativa, e talvez tivesse se tornado um adulto exatamente assim. Havia muito tempo as mulheres já não eram, para ele, as sombras imóveis e inofensivas das efígies. Tinham cheiro, volume, vontade, determinação. Mas Maria Berco pareceu-lhe irreal, sob o véu.

Sentaram-se lado a lado e ficaram alguns instantes em silêncio, olhando a imagem da santa. Gregório de Matos queria dizer alguma coisa. Sentia vontade de deitá-la sobre o banco e possuí-la ali mesmo, na obscuridade.

"Eu gosto da noite, mais do que do dia", ela disse.

"Eu também. Por que usais esse véu? Gostaria de ver vosso rosto."

"Não", ela disse, num impulso. "Meu rosto não é mais o mesmo. Está marcado e feio."

"Vossa beleza vem dos olhos, que no meu sentir são raios. De vosso rico cabelo que nos ombros forma anéis preciosos. De vossa muita alma com que move o airoso corpo."

"Penso em ir embora para Portugal", disse Maria Berco. "Como é Portugal?"

"Lá tudo é antigo. Aqui é tudo desentoado."

"Por isso voltastes?"

"Talvez."

Maria Berco sorriu. Levou a mão à boca, como fazia padre Vieira. Ele viu, então, difuso sob o véu, o rosto marcado por cicatrizes. Sentiu aumentar seu amor, arrefecer seu desejo.

"Eu vos amo", ele disse, "e é tarde para escondê-lo. Ando num caos confuso, num labirinto horrendo, ardendo em lavaredas de paixão. Eu não cesso de querer-vos."

"Não faleis assim comigo."

"Por que não? Acaso estais comprometida com outro?"

"Não. Nem ao menos conheço outros rapazes. E os poucos que conheço parecem sapos."

"Eu pareço-vos um sapo?"

"Não", disse Maria Berco, olhando-o.

"Um gafanhoto?"

"Não, ou melhor, um pouco. Pareceis mais um falcão."

"E vós pareceis a ilha encantada de San Morondon."

"Uma ilha?"

"Dela", o poeta quase sussurrava, "ninguém pode se aproximar porque se afasta. E quando se consegue vê-la, descobre-se que ela não existe."

"Mas eu existo", ela disse. "E se ainda estou viva, devo agradecer-vos por isso."

Gregório de Matos tomou sua mão. Olhando-a nos olhos, trouxe-lhe a mão aos lábios, tocou-a em um beijo.

"A vossos pés prostrado me julgo mais subido."

"Estou de partida para a cidade."

"Dom Samuel me falou. Irei encontrar-me lá convosco."

"Ireis, mesmo?"

"Sim."

"Posso esperar-vos?"

"Sim."

"E o que acontecerá conosco?"

"Nos casaremos."

Ela ficou em silêncio, olhando-o.

"Adeus", ela disse.

"Até mais", ele respondeu.

Maria Berco andou no escuro, até a casa.

"De que serviu tão florida, caduca flor, vossa Sorte, se havia de a própria morte ser ensaio a vossa vida?"

Uma pequena frota de três embarcações passava, silenciosa. Gregório de Matos sentou sobre o muro de pedra. Ouviu novamente o som da viola. Vultos surgiram na praia, reunindo-se em torno do escravo que tocava. Acenderam uma fogueira. Tambores, vozes, risos femininos.

"O que ouço? Roçagares de saias? Ah, mulheres, minhas pretas."

Foi, saltitando, para a praia.

2

Era uma manhã luminosa na cidade da Bahia. Da encosta da montanha vinha a brisa fresca que entrava pelas janelas do palácio. O mordomo, após falar com um homem magro que trazia uma pequena arca com os brasões reais, abriu a porta que dava acesso à antessala do governador. O homem entrou, apresentando-se ao Mata como mensageiro de Sua Majestade.

Várias pessoas sentadas na antecâmara aguardavam a vez. O Mata levou o mensageiro real ao gabinete de Antonio de Souza.

O governador estava à mesa. Um halo de luz contornava seu corpo contra a janela aberta. Via-se o céu azul, claro e limpo.

"Senhor governador", disse o homem, sem se sentar, "acabo de chegar de Portugal na frota."

"Vossa mercê é muito bem-vinda", disse Antonio de Souza.

"Vim fazer uma comunicação real."

O homem tirou de uma arca um canudo de papel, lacrado. Entregou-o a Antonio de Souza. O governador abriu o rolo de papel e leu. Ficou pálido.

"Sinto muito, senhor governador", prosseguiu o homem. "O Conselho despachou que o suplicante, o secretário de Estado e da Guerra Bernardo Vieira Ravasco, seja restituído ao cargo a que, antes de o depor o governo, tinha ele direito."

"Mas, como? É um criminoso!", disse o governador, indignado.

"A decisão do Conselho é que o secretário Bernardo Ravasco volte aos seus provimentos e ofícios."

"Então Bernardo Ravasco volta aos empregos, favorecido e honrado! Terei de admiti-lo à Secretaria, esbarrar com ele todas as manhãs na galeria do palácio, ver-lhe a face criminosa!"

"Espero que vossa mercê possa suportar as mais determinações que trago do reino", disse o homem. "Há, também, este documento de el rei para vossa mercê. Uma carta." Entregou-a ao governador. "Desta carta, tenho cópia a ser entregue ao chanceler. O édito deve ser divulgado para todo o povo."

Antonio de Souza leu a carta de Sua Majestade. Abaixou a cabeça, apoiando-a na mão. Então, tudo estava terminado.

*

Gregório de Matos dormia um sono turbulento e interrompido. Logo que adormecera, sonhara que se deitava com Maria Berco mas não sentia rijo seu membro. Alguém aparecia e dizia: "Suponho que ela é mulher direita e tua culumbrina não quer levantar-se com o direito".

Lembrou-se desse sonho ao acordar com umas batidas nervosas. Levantou-se meio tonto. O sol acabava de nascer.

"Faço-te madrugar, poeta?", disse Tomás Pinto Brandão, à porta.

"Mal comecei a dormir, Tomás. Andei à noite com uma negra."

Os cabelos de Gregório de Matos estavam mais ralos. Interpôs os óculos no rosto e olhou para o amigo da mesma maneira que examinava as janelas da Bahia quando sulcava os mares mansos, remando compassadamente. Sentou-se e esticou as pernas, pousou os pés sobre a mesa.

"Sabes o que ocorre na cidade?", disse Tomás Pinto Brandão.

"Faço ideia."

"Ah, não, não fazes ideia. Primeiro, dom Bernardo saiu do recolhimento. Volta à Secretaria."

"O que dizes?"

"Sabes o que mais? Um édito corre na cidade. Trouxe-o para mim o Moçorongo, meu moleque. Lê."

Gregório de Matos leu:

"A Antonio de Souza de Menezes. Eu, el rei, vos envio muito saudar. Atendendo aos vossos anos, e aos muitos que tendes de serviços desta Coroa, parecendo-me que desejais ver-vos fora do Brasil, para vir descansar ao reino, fui servido nomear ao marquês de Minas que vos houvesse de ir suceder. De que vos mando avisar para que o tenhais entendido. Escrita em Lisboa a 9 de março de 1684. Rei."

"Vieira, do fundo do catre, no fim do mundo, demite governadores", disse Tomás Pinto Brandão.

"Como outrora, quando João IV lhe punha nas mãos o destino de Portugal."

"O marquês de Minas é amigo de padre Vieira de seus primeiros anos, filho e neto de amigos dos Ravasco. O Braço de Prata disse que vai pedir perdas e danos a el rei por tê-lo tirado antes do tempo."

"Pedir perdas e danos a el rei? Estou começando a gostar dele. Sempre gostei dos perdedores."

Tomás Pinto Brandão sorriu. Considerava-se um perdedor.

Havia sobre a mesa um barrilote de vinho. Gregório de Matos pegou dois púcaros.

"Vamos comemorar."

Beberam e o poeta declamou: "Adeus, vizinha dos pastos, adeus rica cachoeira, adeus cabana de palha, adeus areias brancas e conchinhas. Adeus gente da cozinha, adeus putíssimas e honestíssimas, adeus gente das estrebarias. Adeus frescas sombras onde joga a rapazia castanha com mil trapaças e trapaças com mil brigas. Adeus terras agradáveis vazias de conas. Morto de vossas saudades me vou por essas campinas. Vou avisar a dom Samuel da Fonseca, no engenho."

Tomás Pinto Brandão sentou-se na banqueta. "Posso fazer uma pergunta?"

"Ora, por que não?"

"O que vais fazer de tua vida, de volta à Bahia?"

"Estou para me enforcar", disse Gregório de Matos.

"Vais continuar fugindo?"

"Pediste para fazer uma pergunta. Essa é a segunda."

"Mas não respondeste."

"Não se pode fugir do..."

Não completou a frase.

"Do destino?", disse Tomás Pinto Brandão.

"Do inferno."

Gregório de Matos recostou-se, fechou os olhos.

Tomás Pinto Brandão riu. Depois disse:

"E o Braço de Prata?"

Gregório de Matos estava dormindo.

*

No pátio da capela, apoiados sobre o muro, dois canhões de bronze de fabricação holandesa Henrique Vestrink haviam sido colocados para defender o engenho contra os próprios holandeses, cujos barcos corsários vinham, de tempos em tempos, atacando e saqueando os produtores de açúcar do litoral. As peças estavam cobertas de limo e o vermelho dourado do metal desaparecera por completo.

Gregório de Matos e Samuel da Fonseca saíram da casa grande e juntos caminharam até o pátio da capela. Dali podia-se ver toda a região em volta, e a baía inteira, com as duas pontas de terra avançando uma para a outra, quase se unindo na linha do horizonte. O dia estava de uma luminosidade intensa, céu e mar do mesmo azul.

Sentaram-se no muro de pedras construído pelos escravos, os seixos encaixados uns sobre os outros com perfeição. O muro cercava o pátio e descia pelas encostas do morro, alongando-se pela propriedade, paralelo ao mar. Para se chegar à praia era preciso passar por fendas estreitas.

Crianças brincavam sobre o muro, distante dali. Suas vozes chegavam com nitidez, trazidas pelo vento.

"Imagino o que o Braço de Prata deve estar fazendo na cidade, aproveitando seus últimos dias: arrasando os cofres, enchendo a cadeia e o cemitério com quem quer que lhe tenha feito oposição, empregando todos os parentes, amigos, contraparentes, amigos dos amigos. Uma devastação."

"Parece que estamos saindo de um pesadelo."

"E estamos."

Um dos meninos que brincavam no muro gritou que vinha chegando gente. Um veleiro aproximava-se, ziguezagueando pela água, desviando-se das pedras, aproveitando as rajadas de vento. Depois de manobras precisas, jogaram os ferros, um pouco além do cais.

Um pequeno escaler foi arriado, com dois remadores e mais dois homens: um de batina e outro com o aspecto de um fidalgo, de cabeleira cuidada e gestos delicados.

"É meu irmão", disse Gregório de Matos.

"Sim, é padre Eusébio. E Bernardo Ravasco."

Gregório de Matos sentiu, ao mesmo tempo, felicidade e melancolia. O que iria pensar seu irmão ao vê-lo tão longe da decência, a viola pendurada nas costas, a barba por escanhoar, vestido com roupas ordinárias? Ajeitou os cabelos com os dedos, enfiou a camisa para dentro da calça. Deixou a viola sobre o muro.

Alguns minutos depois os homens desembarcaram.

Os irmãos abraçaram-se.

Eusébio de Matos era o irmão do meio. Escrevia poemas e estudos. Fora jesuíta, e muito estimado por Vieira. Tinha uma memória prodigiosa: nos debates, não precisava consultar os livros para convencer as autoridades; estudava poucos minutos um assunto e logo sobre este ostentava erudição teológica, tanto no púlpito como diante de padres de Évora que vinham a mandado do Geral. Dizia que a felicidade humana, tão disputada e apetecida por todos, consistia em ser homem comum, estender-se sobre ervas e dormir a sono solto, exposto à multidão que passasse.

Era grande pregador, comparado por muitos a Antonio Vieira e Francisco de Sá. Fora expulso da Companhia de Jesus por estimar a liberdade, especialmente junto a mulheres, das quais tinha filhos bastardos. Tornara-se clérigo de Nossa Senhora do Carmo. Como carmelita, pregava na catedral. No dia em que desembarcara de Portugal, Vieira fora assistir à pregação de seu venerando Eusébio de Matos. Ao fim da pregação, Vieira fora abraçá-lo, a reclamar da rigorosa severidade com que os jesuítas haviam lançado da Companhia tão valoroso soldado.

*

Com seus dedos grossos, as mãos velhas, Bernardo Ravasco segurava um maço de papéis. Magro, com as marcas do sofrimento passado na cela subterrânea, a pele maltratada, os olhos amarelados e tristes, informou emocionado que havia chegado o novo governador. "Teremos paz novamente", disse.

Dom Antonio Luiz de Souza, quarenta anos, segundo marquês de Minas, quarto conde de Prado e senhor das Vilas de Guvari, começara sua carreira militar em Elvas, com o pai, na guerra da Restauração. Depois de assinada a paz, fora governador das armas de entre Douro e Minho e, mais tarde, mestre de campo-general. Tinha fama de homem benigno, atencioso às suas obrigações de ofício militar e político. Sabia-se que a solução para os problemas da cidade não residia num só homem, porém acreditava-se que pudessem melhorar com a chegada do marquês de Minas. Mas nem tudo estava terminado. Bernardo Ravasco tinha algumas revelações a fazer.

Na verdade, não se sabia bem o que el rei pensava sobre aqueles acontecimentos. Decerto ouvira coisas horrendas a respeito dos Ravasco aqueles anos todos.

No primeiro navio da frota, viera uma carta relatando que Sua Majestade, dirigindo-se a Gonçalo Ravasco, dissera que estava muito mal com Antonio Vieira porque este havia descomposto o seu governador.

O que os Ravasco esperavam de el rei era que mandasse lamentar junto a Antonio de Souza seus excessos como governante, exigindo-lhe retratação pública para com Vieira, pois tinham sido públicas as afrontas ao jesuíta. Como sempre fora mais de acordo com Vieira perdoar as injúrias que queixar-se delas, ele não reclamara com presteza. E como resultado dessa generosidade, ou descuido, ou piedade cristã de Vieira, el rei, sempre tão cauteloso, tirara suas conclusões bastando ouvir uma das partes, a do governador. No entanto, os desmandos de Antonio de Souza só foram acreditados por el rei depois de muitas queixas provenientes de diversas autoridades. Mesmo depondo o governador, dom Pedro II sentenciara Vieira à desgraça, e não bastando isso, notificara a sentença duas vezes. Através de Gonçalo Ravasco e de Francisco da Costa Pinto.

El rei mandara execuções secretas para que Vieira fosse desprovido de todos os benefícios, exceto os que estivessem garantidos pelas imunidades eclesiásticas. Isso sem falar em outras penalidades mais severas e rigorosas, que em Portugal se deviam ouvir e que na colônia se divulgavam.

Na capitânia, que chegou algumas semanas depois da primeira nau da frota, viera o desembargador André de Moraes Sarmento com a função de sindicante, para devassar a atuação do governador deposto. Parecera aos Ravasco ser o sindicante eleito pelo marquês de Gouveia, amigo de Vieira. Mas André de Moraes Sarmento, após ouvir o que tinham a dizer de Antonio de Souza, mais louvores do que queixas, parecia totalmente favorável ao ex-governador. Muitos opositores se abstiveram de depor, contentes em ver o Braço de Prata deposto, de partida, para nunca mais voltar.

O sindicante trouxera provisões secretas de Sua Majestade para que averiguasse se Bernardo Ravasco fora realmente retirado de seu cargo por Antonio de Souza sem proceder culpa formada, na forma da lei. O escrivão da sindicatura viera provido do ofício de secretário em lugar de Bernardo Ravasco, caso houvesse provas de culpa.

Durante a sindicância, os da facção dos Ravasco receavam mais represálias do que os aliados dos Menezes. Estes, fora da cidade, escondidos nos arredores, vinham dormir em suas casas. Os amigos dos Ravasco, contra quem em Lisboa depuseram testemunhas falsas — neutrais subornados ou inimigos que se ofereciam espontaneamente —, ainda corriam o risco de ser pronunciados. O sindicante tinha poderes para condenar, e não para livrar, ou absolver. Infeliz o que caísse nas suas redes.

Feita a devassa, o sindicante partira com muitas cartas de

aprovação a Antonio de Souza, levando para Portugal a imagem de um governador canonizado.

Estimulado pelos resultados da devassa, o governador, nos últimos dias de seu governo, andara pelas ruas triunfante, a cavalo, certo de muitos favores que acharia em Lisboa. Não admitia a derrota. Chegara a alegar suspeições contra o chanceler, articulando que este também estaria envolvido na morte de Teles de Menezes.

Seguindo a tradição lusitana, o Braço de Prata partiu com um estrepitoso séquito, bagagem e riquezas: montanhas de caixas, arcas, baús, pacotes, cavalos, carros, cofres. Para sua despedida foi formada uma guarda de infantes, cavaleiros e alabardeiros. Os sinos das igrejas repicaram. Cavalos cobertos de mantas de veludo escarlate, arreios brilhosos, atafaias, corriões, estribos tilintantes, agitavam-se, assustados com o movimento dos archotes que passavam nas mãos de gente que corria e gritava. Alguns maldiziam o Braço de Prata, outros o louvavam.

Nas mãos de populares corria a sátira de Gregório de Matos: "Quem sobe ao alto lugar que não merece, homem sobe, asno vai, burro parece, que o subir é desgraça muitas vezes. A fortunilha, autora de entremezes, transpõe em burro herói, que indigno cresce: desanda a roda, e logo homem parece, que é discreta a fortuna em seus revezes. Homem eu sei que foi vossenhoria, quando o pisava da fortuna a roda; burro foi ao subir tão alto clima. Pois, alto! Vá descendo onde jazia, verá quanto melhor se lhe acomoda ser homem embaixo do que burro em cima".

Ao ir embora, Antonio de Souza garantiu que voltaria para exercer seu terceiro ano de governo que lhe haviam "usurpado".

Para el rei, levar de volta a Portugal um governador deposto, mas aprovado por cartas de louvor, talvez fosse maior recompensa do que deixá-lo a sofrer as misérias da colônia. Algum cargo esperava Antonio de Souza em Portugal, ou em outra colônia.

Quanto a Vieira, el rei confirmava sua inclemência e condenação, castigando-o com a reprovação régia. Vieira desejava permanecer em seu exílio no Brasil até a morte, mas não caído das graças de Sua Majestade.

Afinal, não ficara bem claro quem estava condenado, quem estava glorificado, no resultado da contenda.

*

Bernardo Ravasco terminou o relato. Seus olhos estavam embaçados e suas mãos tremiam levemente. Nos últimos tempos que passara na enxovia fora acometido de males. Tornara-se um homem sobressaltado, com frequentes rebates de delírios.

Vieira continuava doente. Passava as noites sem dormir, sem vontade de comer, debilitado. Todos temiam que a recaída do padre pudesse ser-lhe fatal. Ele dizia que estava preparado para a morte. Lamentava que não deixassem os Ravasco nem viver nem morrer em paz. Lamentava ser a causa de sua morte um desgosto causado pelo filho daqueles mesmos reis por quem se havia arriscado tantas vezes. O mesmo rei por quem tanto trabalhara. Além de doente e muito velho, o jesuíta vivia uma vida pobre como sempre. Dormia num catre estreito, seus pés sobravam para um lado e a cabeça para outro. Sofria turbulências e tremores durante o sono, acordava muitas vezes, suava e gemia palavras incompreensíveis. Ainda que tivessem cessado as causas dos males, os efeitos continuavam.

*

Se as notícias que Bernardo Ravasco trazia da terra eram más, as do céu não pareciam melhores. Tinham surgido, em maio, dois cometas. Prenúncios... Os jesuítas fizeram retratos dos meteoros para enviar a el rei a fim de que pudesse inteirar-se com mais nitidez. O primeiro fora observado por um padre alemão, grande matemático, no céu de Pernambuco. O segundo aparecera no Rio de Janeiro, visto pelos índios e pelos padres que ali residiam. O de Pernambuco mostrava-se de dia, partindo o Sol ao meio. O do Rio aparecia de noite, e trazia na cauda três estrelas. Faltava apenas um sinal na Lua para que se confirmasse o texto *Erunt signa in sole et luna et stellis*.

Epílogo

O DESTINO

GREGÓRIO DE MATOS permaneceu no Recôncavo ainda algum tempo. Esqueceu-se de Maria Berco. Durante o período de governo do marquês de Minas, teve paz. Voltou a advogar. Apaixonou-se por Maria de Povos, uma viúva, negra, pobre, com quem se casou. Desse casamento, do qual recebeu um dote dado pelo tio da noiva, teve um filho a quem chamou Gonçalo, em homenagem ao filho de Bernardo Ravasco. O amor de Gregório de Matos por Maria de Povos foi cantado em versos pelo poeta.

Mas logo depois do casamento ele voltou à vida descuidada, metido em festas, cavalhadas, passeios, banquetes nos arredores da Bahia, no Recôncavo, nas camas e catres das mulheres. Amava as negras, fretava todas, cantava o burlesco. Acabou por abandonar a mulher, dedicando seu tempo a perambular pelo Recôncavo, a embriagar-se e a escrever.

Após o governo do marquês de Minas, Gregório de Matos teve novas contendas com o poder. Governava a Bahia Antonio Luiz da Câmara Coutinho, apelidado Tucano, por ter um enorme nariz e corcova às costas. Após recusar mercês solicitadas pelo poeta, o Tucano foi satirizado por Gregório de Matos de maneira virulenta e cruel. Chamou-o filho de rascoa, sodomita, figurilha, corcova de canastrão, com nariz de rabecão em cara de bandurrilha, hiena que fala como putana, bronco, racional como um calhau, maligno desde o tronco, criados sempre aferrolhados para o pecado mortal, jumento de mãos guadunhas, e assim por diante.

Ao terminar o governo do Tucano, ficou na Bahia um sobrinho desse governador, com o intuito de matar Gregório de Matos. O sucessor de Tucano, João de Lencastre, amigo de Gregório de Matos, decidiu prender o poeta, alegando ser uma medida de precaução para protegê-lo.

Refugiado na ilha da Madre de Deus, o poeta foi traído por Gonçalo Ravasco, que lhe enviou uma carta marcando um encontro. No local acertado, Gregório de Matos deparou-se com os guardas de João de Lencastre, que o prenderam.

Algum tempo depois, Gregório de Matos saiu do presídio da Lioneira e foi degredado para Angola, numa caravela onde ia também a tropa de cavalos de el rei para Benguela. Gregório de Matos despediu-se, para sempre, da cidade que tanto amava e odiava. Adeus praia, adeus cidade, adeus povo, adeus Bahia, adeus canalha infernal.

Em Luanda o poeta degredado envolveu-se numa sublevação de militares que tinha como razões mais profundas os impostos, a miséria e a fome em Angola. Por ter colaborado com o governador, Gregório de Matos recebeu como recompensa a liberdade para deixar Angola, mas não de volta à Bahia, senão rumo a Pernambuco, conforme determinação de João de Lencastre.

Em Recife, o poeta foi proibido de escrever suas sátiras. Trabalhou como advogado num escritório repleto de bananas. Andava nu, assustando as pessoas. Sem recursos, doente, viveu até 1695 escrevendo sonetos e, é claro, sátiras. Jamais se afastou de suas crenças, de sua intimidade com as mulheres e com Deus. Acometido de uma "febre maligna e ardente, que aos três dias ou aos sete debaixo da terra mete o mais robusto", Gregório de Matos morreu, com cinquenta e nove anos, em Recife. Foi enterrado na capela do hospício de Nossa Senhora da Penha. A capela foi demolida, não restando nenhum vestígio de Gregório de Matos e Guerra.

Suas poesias foram registradas pelo povo num livro, a pedido do governador João de Lencastre. O livro ficava aberto numa sala do palácio e havia, às vezes, filas de pessoas com sátiras e poemas líricos nas mãos, ou de cor, para serem transcritos.

Poucos sabiam se tais versos eram realmente de Gregório de Matos, mas ele fora o grande mestre nas sátiras, nas imprecações, nos xingamentos condenatórios, na ridicularização da autoridade e das instituições, na ambivalência, no preconceito, na dessacralização, na profanação, nas histórias escatológicas, sexuais, e no amor. Tudo o que se escrevesse, afinal, sobre esses temas, era um pouco de Gregório de Matos.

*

ANTONIO VIEIRA, sempre doente, prosseguiu no trabalho de seus sermões. Até 1689 fez imprimir a cada ano um volume de sermões e, a partir daí, um a cada dois anos. Revisava penosamente suas anotações e esboços, e escrevia com sua própria mão, apesar de ter apenas uma vista. Padre Soares, sempre a seu lado, ajudava-o nesse trabalho.

Porém o trabalho de escritor não o satisfazia totalmente. Continuou a lutar, de seu leito, pelas ideias de justiça e verdade. Envolveu-se em tenebrosas intrigas sobre o governo do Brasil, no qual Bernardo Ravasco ocupava a posição de secretário-geral. Aos oitenta anos Vieira assumiu o cargo de visitador-geral das missões.

Houve uma notável enchente no rio São Francisco, que arrastou casas e alagou toda a região. Dois missionários que doutrinavam tapuias nas aldeias daquelas plagas fizeram orações para que o mal cessasse, sem efeito. Entenderam os índios que o deus dos cristãos não era tão poderoso como pregavam os padres e resolveram fazer outro deus, escolhendo o índio de mais estatura, incensando-o com fumo de tabaco, adorando-o numa igreja construída com ramos de palhas. Sabendo disso, portugueses amarraram o deus indígena, queimaram a igreja. Os índios da aldeia ficaram ao abandono. Vieira intercedeu. Depois mandou, para remédio da fome da aldeia, um bom socorro em dinheiro, não dinheiro dos jesuítas, mas do trabalho e do lucro das impressões de seus escritos.

Lutou pelo envio de padres jesuítas negros, em vez de brancos italianos, a Palmares, na república de Ganga Zumba ao longo do rio São Francisco.

Envolveu-se na questão da baixa da moeda. Depois no problema do perigo da extinção da moeda no Brasil, causada pelas frotas. Os mercadores achavam mais em conta exportar moedas — que não pagavam fretes nem direitos — do que mandar açúcar. Os não mercadores, que encontravam a mesma facilidade para enviar dinheiro, mandavam-no para o gasto dos negócios políticos, apelações, demandas, pretensões de ofícios eclesiásticos e seculares, dotes de freiras.

Havia outras causas da sangria de dinheiro do Brasil: o retorno, para Portugal, dos mercadores enriquecidos na colônia, e dos ministros e outros homens "de bem", que sempre levavam mais do que tinham trazido. Com esses escoadouros de dinheiro, ficava mais debilitada a colônia. Os naturais não tinham quem lhes comprasse os produtos, nem moeda para investir na fabricação de gêneros. A cultura estava à beira de cessar. Terras tão opulentas e férteis se tornavam as mais estéreis. Vieira sugeriu ao rei o remédio: a criação da moeda provincial, com preço extrínseco. Os ministros do Brasil, por interesses próprios, não aprovaram esse zelo.

Vieira defendeu, mais uma vez, a liberdade dos índios. Dessa vez contra as pretensões dos paulistas que queriam usá-los nas minerações de ouro, enfim descoberto pelas bandeiras.

Em 1696 Vieira ficou completamente cego e parcialmente surdo. Mesmo assim ditou cartas, que José Soares escrevia. Uma delas, a Sebastião de Matos e Souza, sobre a discórdia dos mercadores com os senhores de engenho a respeito do preço de seu produto. Defendeu o abatimento do preço do açúcar, todavia com a balança na mão, de maneira que também se abatessem os preços das outras coisas. Mas considerou uma injustiça que crescessem os preços em Portugal e Angola.

Bem sabia que não era de sua profissão envolver-se em tais matérias, mas Vieira acreditava que, como nos incêndios, e nos outros apertos e necessidades, ninguém estava isento, antes, todos tinham obrigação de acudir.

Durante sua vida estivera cinco anos nas aldeias da Bahia e nove anos na gentilidade do Maranhão, onde levantara dezesseis igrejas, fazendo catecismos em sete línguas diferentes. Embarcara trinta e seis vezes, para a França, Inglaterra, Holanda, Suécia, Itália, Brasil, todas a serviço de Sua Majestade.

Sua correspondência prosseguia, assídua, com os amigos de Portugal e de outros países da Europa, e com reis, como a rainha Catarina da Inglaterra. Vieira enviou uma circular à nobreza de Portugal, despedindo-se.

Como resposta recebeu, na quinta do Tanque, a visita de um soldado da frota, que viera com o objetivo de testemunhar em Lisboa se o jesuíta ainda estava vivo. O velho pregador dizia missa todos os dias.

Pouco depois da partida do soldado, Antonio Vieira morreu. Assistiram a sua morte José Soares e o reitor do colégio da Bahia, João Antonio Andreoni, o jesuíta toscano com quem travara muitas disputas ideológicas. Padre Andreoni era condescendente quanto à escravização dos ameríndios, traduzira para o italiano um trabalho antissemita intitulado *Sinagoga desenganada*, e inclinava-se a favor das nomeações de italianos e alemães para os altos cargos da Companhia. Vieira fora, acima de tudo, um português que favorecia seus conterrâneos. Morreu logo após terminar a *Clavis prophetarum*.

O barco que, no verão de 1697, levou ao reino a notícia de sua morte transportava ainda cartas suas.

*

BERNARDO RAVASCO morreu dois dias depois de seu irmão. Enfermo, não soube da morte de Antonio Vieira. Dez anos antes de morrer recebera, juntamente com o irmão jesuíta, sentença favorável no caso do crime do alcaide.

Seu livro, *Descrição topográfica, civil e militar do estado do Brasil*, nunca foi encontrado. Escreveu, cinco anos antes de sua morte, um *Discurso político sobre a naturalidade da Coroa de Portugal nas guerras presentes das Coroas da Europa, e sobre os danos que da neutralidade podem resultar a essa Coroa e como se devem e podem obviar*.

Deixou numerosa obra poética em português e castelhano. Nunca pôde realizar seu sonho de entrar para a Companhia de

Jesus, mesmo por conselhos de Vieira, que acreditava ser seu irmão mais útil no cargo administrativo de secretário.

Após a morte de dom Bernardo, seu filho Gonçalo Ravasco Cavalcanti de Albuquerque, conforme licença de 13 de julho de 1663, foi nomeado secretário de Estado em lugar do pai.

Gonçalo Ravasco foi um secretário exemplar.

*

JOSÉ SOARES, o diligentíssimo amanuense e fidelíssimo companheiro de Vieira por mais de três décadas, morreu aos setenta e quatro anos. Quinze dias antes de morrer, segundo contou Andreoni, padre Soares teve a visão de um encontro com Vieira que, "com os olhos levantados para o céu, o convidara a partir", pelo que ficara "repleto de alegria". Dias depois, caído ao leito, "mandou, de repente, no meio da conversa, que se desse o sinal de sua próxima morte tocando-se a sineta, segundo o costume; e apenas recitadas as preces, imediatamente depois de pronunciadas, expirou, invejando piedosamente sua morte os que se achavam presentes".

*

JOÃO DE ARAÚJO GOIS, como sempre, saía de casa às nove horas da manhã. Às nove e cinco passava defronte da igreja, persignava-se, beijava a cruz da Ordem de Cristo que trazia ao pescoço. Às nove e quinze entrava no Tribunal para trabalhar.

Numa manhã de abril de 1686, quem acertava seu relógio pela passagem do magistrado viu-se atônito. Desde vinte e um anos antes, quando fora admitido na Relação, pela primeira vez o filho do escrivão da Misericórdia não saiu de casa. Em seu lugar surgiu uma escrava gorda e ofegante, dando a notícia: Gois estava morto.

Foi uma das vítimas da desgraça que se abateu sobre a cidade. Como na Índia, na Tessália, na Macedônia, uma epidemia devastadora se espalhou na Bahia, matando parte da população, como no Mediterrâneo, onde dizimara o Sul da França, parte da Inglaterra, Alemanha, Polônia.

Dessa peste morreram, também, o arcebispo João da Madre de Deus e o desembargador Palma.

*

ANTONIO DE SOUZA DE MENEZES, vigésimo quinto governador e capitão-general do Brasil, jamais esqueceu seu ódio por Vieira. Viveu o resto de seus dias atormentado pelo rancor.

*

O alcaide TELES obteve o perdão do rei por meio do governador João de Lencastre. Descobriu, depois de alguns anos da morte do irmão, que as primeiras desavenças entre os Menezes e os Ravasco haviam sido causadas por uma mulher.

*

ANTONIO DE BRITO foi à Corte por ordem de el rei para tentar livrar-se da acusação do crime do alcaide. Levou recomendação de Vieira a dom Marchão Temudo. O jesuíta tentava justificá-lo pelas razões de honra do mundo e de legítima defesa. Escreveu Vieira: "Mata, que el rei perdoa!", pois acreditava que aquele prudentíssimo monarca queria antes servir-se dos homens de valor que perdê-los.

Antonio de Brito ficou homiziado até 1692, quando foi perdoado pelo rei dom Pedro II, por interferência do papa Inocêncio XII, para comprazer ao grão-duque da Toscana, irmão do cardeal d'Este.

*

O *hakham* SAMUEL DA FONSECA, logo depois da deposição do Braço de Prata, partiu para Amsterdã. Casou-se em segundas núpcias com Judith, filha de um rabino, jovem muito bondosa. Mas sua esposa logo morreu.

Tornou-se membro do colégio rabínico, posto que ocupou até a morte, em 1698. Sua fortuna foi convertida em livros. Vendeu todos os bens, ficando apenas com a casa impressora. Imprimiu uma *Sefer Torá* com ornamentos. Dedicou os últimos anos de vida, como era seu sonho, a ler e a imprimir livros. Foi sepultado em Amsterdã.

*

O vereador LUIZ BONICHO, socorrido na capitânia em que embarcara ao fugir para Portugal, chegou vivo a Lisboa.

Depois de convalescer de sua mutilação procurou, no Porto, o mesmo ourives que fizera o braço de Antonio de Souza, mas não teve dinheiro para pagar uma peça de prata e passou a usar um rude gancho de ferro em lugar da mão que perdera. Lutou junto a autoridades e a el rei pela deposição do Braço de Prata.

Alistou-se na tripulação da capitânia destinada à Índia, do jovem vice-rei conde de Vila Verde, que deixou o Tejo em março de 1692. A viagem foi desastrosa, com doenças e temporais, e uma parada forçada na ilha de Moçambique, dizimando passageiros e tripulação de tal maneira que, quando a capitânia *Nossa Senhora da Conceição* finalmente alcançou Goa, apenas oitenta e quatro do grupo original de quinhentos e oitenta homens estavam vivos. Bonicho sofrera, na viagem, de escorbuto e febre, e ficou prostrado pela doença meses a fio.

Abandonado pela frota em Goa, partiu para o golfo Pérsico onde se juntou, em Bandar Kung, à tripulação de uma esquadra de piratas. Participou de muitos saques a navios portugueses, espanhóis e ingleses, sendo seriamente ferido por uma bala de bacamarte, perdendo uma das pernas.

Bastante mutilado, porém rico, em dezembro de 1698 voltou, no navio *São Pedro*, para Portugal e dali para sua sonhada Paris, de onde não se tiveram mais notícias suas. Uns dizem que viveu entre haréns de belos rapazes, em castelos, cercado de luxo. Outros afirmam que se encerrou num convento, tornando-se clérigo, arrependido de seus vícios.

*

ANICA DE MELO recebeu de volta sua casa, ali permanecendo por alguns anos, sempre visitada por Gregório de Matos, mesmo casado.

Quando do degredo do poeta, Anica de Melo partiu para Angola, na esperança de reencontrá-lo. Mas sua embarcação soçobrou perto da costa de África, num ataque de corsários holandeses. Anica de Melo morreu afogada, a poucas léguas de Gregório de Matos, sem que o poeta jamais soubesse de sua morte.

*

MARIA BERCO esperou em vão que Gregório de Matos a procurasse, de volta à Bahia, após a partida do Braço de Prata. Rica, teve muitas propostas de casamento, apesar de seu rosto desfigurado, não aceitando nenhuma delas. Sofreu quando soube do casamento do poeta com a viúva Maria de Povos, e do nascimento de um filho.

Partiu para Lisboa na capitânia que levava Antonio Luiz da Câmara Coutinho, ao término de seu governo.

Em Portugal, após afirmar para vizinhos que os judeus no Brasil eram bons, foi denunciada à Inquisição. Passaram-lhe mandado de prisão em dezembro de 1697, sob suspeita de práticas judaizantes, e por dizer palavras "que ofendiam muito as orelhas cristãs". No julgamento, confirmou sua convicção sobre a bondade dos judeus. Ameaçada com os martírios pelos inquisidores, muito aterrada pediu misericórdia com lágrimas e mostras de arrependimento. Todavia jamais denunciou Samuel da Fonseca.

O Tribunal, que a havia julgado herege e apóstata, incorrendo na pena de excomunhão e sequestro de seus bens para o Fisco e a Câmara real, deu-lhe na sentença certas atenuantes. Consentiu o reconciliar-se, como pedira, abjurando publicamente suas convicções. Impôs-lhe cárcere com hábito penitencial perpétuo, degredo para São Tomé por dois anos e proibição de voltar a Portugal, ficando *absoluta in forma ecclesiae* pela excomunhão em que incorrera.

Morreu na ilha de São Tomé, pobre, da mesma febre que matara Gregório de Matos. Maria Berco nunca esqueceu o poeta, e seu último pensamento, ao expirar, foi um de seus poemas: "Acabaram-se as trovas e tudo, enfim, se acabou".

*

O MOLECOTE de quinze anos que ajudara os conspiradores, fazendo parar a liteira do alcaide-mor à hora do crime, nunca foi descoberto. Uns diziam ser o Moçorongo, escravo de Tomás Pinto Brandão.

Gregório de Matos afirmou, em certa ocasião, que o molecote era um dos negros revoltosos que tiraram a espada, anos depois, para desembargadores, e que foram por isso enforcados, atenazados e esquartejados.

*

A CIDADE DA BAHIA cresceu, modificou-se. Mas haveria de ser para sempre um cenário de prazer e pecado, que encantava a todos os que nela viviam ou a visitavam, fossem seres humanos, anjos ou demônios. Não deixaria de ser, nunca, a cidade onde viveu o Boca do Inferno.

BIBLIOGRAFIA

Os seguintes documentos e livros, entre outros, me foram particularmente úteis nos estudos para o romance *Boca do Inferno*:

Gregório

Obras completas de Gregório de Matos, org. James Amado, 7 v. (Salvador, Janaína, 1968); *A vida espantosa de Gregório de Matos*, Pedro Calmon (Rio de Janeiro, José Olympio, 1983); *Escritos de Gregório de Matos*, org. Higino Barros (São Paulo, L&PM, 1986); *Para conhecer melhor Gregório de Matos*, Hélio Pólvora (Rio de Janeiro, Bloch, 1974); *Gregório de Mattos e Guerra — uma re-visão biográfica*, Fernando da Rocha Peres (Salvador, Macunaíma, 1983); *Gregório de Mattos — sua vida e suas obras*, Álvaro Guerra (São Paulo, Melhoramentos, 1922); *Gregório de Mattos e a Inquisição*, Fernando da Rocha Peres (Salvador, Centro de Estudos Baianos, 1987); *A família Mattos na Bahia do século XVII*, Fernando da Rocha Peres (Salvador, Centro de Estudos Baianos, 1988); *Obras — Gregório de Mattos*, org. Afrânio Peixoto, 6 v. (Rio de Janeiro, ABL, 1933); *Poemas escolhidos*, org. José Miguel Wisnik (São Paulo, Cultrix, 1976); *Gregório de Matos*, Maria de Lourdes Teixeira (São Paulo, Melhoramentos, 1977); *Literatura comentada — Gregório de Matos*, Antonio Dimas (São Paulo, Abril Educação, 1981); *Gregório de Matos*, org. Sigismundo Spina (São Paulo, Editora Assunção, 1946); *Gregório de Matos*, Constâncio Alves (Salvador, Janaína, 1969); *Poesia e protesto em Gregório de Matos*, Fritz Teixeira de Salles (Belo Horizonte, Interlivros, 1975); *Gregório de Mattos — o Boca de Brasa*, João Carlos Teixeira (Rio de Janeiro, Vozes, 1986).

Vieira — jesuítas

Sermões do padre Antonio Vieira, 15 v. (Lisboa, Lello, 1968); *Padre Antonio Vieira — cartas* (São Paulo, W. M. Jackson Inc. Editores, 1949); *Aspectos do padre Antonio Vieira*, Ivan Lins (Rio de Janeiro, Livraria São José, 1956); *Cartas do padre Antonio Vieira*, org. João Lúcio de Azevedo, 2 v. (Coimbra, 1925); *História do padre Antonio Vieira*, João Lúcio de Azevedo (Lisboa, Livraria Clássica, 1918); *Os jesuítas e o segredo do poder*, Fullop Miller (Rio de Janeiro, Globo, 1935); *Os jesuítas no Grão-Pará*, João Lúcio de Azevedo (Lisboa, Tavares Cardoso, 1901); *Vida do padre Antonio Vieira*, João Francisco Lisboa (Rio de Janeiro, 1884); *Obras escolhidas*, org. Antonio Sérgio e Hernâni Cidade, 5 v. (Lisboa, Sá da Costa, 1951); *Vida do padre Antonio Vieira*, pe. André de Barros (Lisboa, Seabra & Antunes, 1858); *História da Companhia de Jesus na Assistência de Portugal*, pe. Francisco Rodrigues, 3 v. (Porto, 1944); *Vida do padre Antonio Vieira*, E. Carel (São Paulo, Cultura Brasileira, s. d.); *Vieira*, org. Antonio Soares Amora (São Paulo, Editora Assunção, s. d.); *Padre Antonio Vieira — estudo biográfico e crítico*, Hernâni Cidade (Lisboa, Agência Geral das Colônias, 1940); *História da Companhia de Jesus no Brasil*, pe. Serafim Leite, 4 v. (Rio de Janeiro, INL, 1949); *Defesa perante o Tribunal do Santo Ofício*, pe. Antonio Vieira, 2 v. (Salvador, Progresso, 1957); *Crônica da Companhia de Jesus*, Simão de Vasconcelos (Petrópolis, Vozes, 1977).

Literatura

Recapitulação da história da literatura portuguesa, Teófilo Braga (Porto, Lello, 1916); *Galicismos*, Joaquim Norberto de Souza e Silva (Rio de Janeiro, Garnier, 1877); *Noções da história da literatura geral*, Afrânio Peixoto (Rio de Janeiro, Francisco Alves, 1932); *Florilégio da poesia brazileira*, F. A. Varnhagen, 3 v. (Rio de Janeiro, ABL, 1946); *O lúdico e as projeções do mundo barroco*, Affonso Ávila (São Paulo, Perspectiva, 1971); *Gregório de Matos — maneirismo e barroco*, Eduardo Portella (Rio de Janeiro, Tempo Brasileiro, 1976); *História da literatura brasileira*, Massaud Moisés (São Paulo, Cultrix, 1983); *História da literatura baiana*, Pedro Calmon (Rio de Janeiro, José Olympio, 1949); *A literatura no Brasil*, Afrânio Coutinho, 2 v. (Rio de Janeiro, Editora Sul-Americana, 1968); *Introdução à literatura brasileira*, Alceu Amoroso Lima (Rio de Janeiro, Agir, 1968); *História da literatura brasileira*, Sylvio Romero (Rio de Janeiro, José Olympio, 1946); *História da literatura brasileira*, José Veríssimo (Rio de Janeiro, Francisco Alves, 1916); *Panorama da poesia brasileira*, Antonio Soares Amora (São Paulo, Civilização Brasileira,

1959); *O resgate da dissonância — sátira e projeto literário brasileiro,* Angela Maria Dias (Rio de Janeiro, Antares, 1981); *Antologia de poesia portuguesa erótica e satírica,* org. Natália Correia (Rio de Janeiro, F. A. Edições, 1965).

História de Portugal

História de Portugal nos séculos XVII e XVIII, Luís Augusto Rebello da Silva (Lisboa, Imprensa Nacional, 1871); *História de Portugal,* Oliveira Martins (Lisboa, Guimarães Editores, 1968); *Dicionário de história de Portugal,* Joel Serrão, 6 v. (Lisboa, Iniciativas Editoriais, 1971).

História do Brasil

The Golden Age of Brazil, Charles R. Boxer (Berkeley, University of California Press, 1962); *Raízes do Brasil,* Sérgio Buarque de Holanda (Rio de Janeiro, José Olympio, 1976); *História social do Brasil,* Pedro Calmon (São Paulo, Nacional, 1937); *História do Brasil,* Robert Southey, 3 v. (Rio de Janeiro, Garnier, 1862); *História geral do Brasil,* visconde do Porto Seguro, 3 v. (São Paulo, Melhoramentos); *Cultura e opulência do Brasil,* André João Antonil (São Paulo, Nacional, 1967); *História da América portuguesa,* Sebastião da Rocha Pitta (Lisboa, Francisco Arthur da Silva, 1880); *O Diabo e a Terra de Santa Cruz,* Laura de Mello e Souza (São Paulo, Companhia das Letras, 1986); *Fatos da vida do Brasil,* Braz do Amaral (Salvador, Tip. Naval, 1941); *Resenha histórica da Bahia,* Braz do Amaral (Bahia, Tip. Naval, 1941); *Burocracia e sociedade no Brasil colonial,* Stuart B. Schwartz (São Paulo, Perspectiva, 1979).

Judeus

Os judeus no Brasil colonial, Arnold Witznitzer (São Paulo, Pioneira, 1966); *Os cristãos-novos na Bahia,* Anita Novinski (São Paulo, Perspectiva, 1972); *Episódios dramáticos da Inquisição portuguesa,* Antonio Baião (Rio de Janeiro, Anuário do Brasil, 1924); *Cristãos-novos, jesuítas e Inquisição,* José Gonçalves (São Paulo, Pioneira, 1968); *Preconceito racial no Brasil-Colônia,* Maria Luiza Tucci Carneiro (São Paulo, Brasiliense, 1983); *Origem e estabelecimento da Inquisição em Portugal,* Alexandre Herculano (Rio de Janeiro, Francisco Alves, 1907); *História dos cristãos-novos portugueses,* João Lúcio de Azevedo (Lisboa, Livraria Clássica, 1921); *Episódios dramáticos da Inquisição portuguesa,* Antonio Baião (Porto, Edição da Renascença Portuguesa, 1919).

Outros

Curso de tupi antigo, pe. A. Lemos Barbosa (Rio de Janeiro, Livraria São José, 1956); *O palácio da memória de Matteo Ricci*, Jonathan D. Spence (São Paulo, Companhia das Letras, 1986); *Da prostituição na cidade de Lisboa*, Francisco Ignacio dos Santos Craz (Lisboa, Publicações Dom Quixote, 1984); *O povo português*, Teófilo Braga, 2 v. (Lisboa, Publicações Dom Quixote, 1985); *Breviário da Bahia*, Afrânio Peixoto (Rio de Janeiro, Conselho Federal de Cultura, 1980); *Descartes — vida e obra*, Ivan Lins (Rio de Janeiro, Emiel, 1940); *A cidade de Salvador*, Édison Carneiro (Rio de Janeiro, Organização Simões, 1954); *A Bahia de outrora*, Manuel Querino (Salvador, Progresso, 1946); *Queixas repetidas em ecos dos arrecifes de Pernambuco...*, Simão Pinheiro Morão (Lisboa, Junta de Investigações do Ultramar, 1965); *Superstição no Brasil*, Luis da Camara Cascudo (Belo Horizonte, Itatiaia, 1985); *Locuções tradicionais no Brasil*, Luis da Camara Cascudo (Rio de Janeiro, Funarte, 1977); *História da alimentação no Brasil*, Luis da Camara Cascudo, 2 v. (Belo Horizonte, Itatiaia, 1983); *História dos nossos gestos*, Luis da Camara Cascudo (Belo Horizonte, Itatiaia, 1987); *O espírito das roupas*, Gilda de Mello e Souza (São Paulo, Companhia das Letras, 1987); *Diabruras, santidades e prophecias*, Teixeira de Aragão (Lisboa, Editorial Vega, s. d.); *A Bíblia Sagrada* (Rio de Janeiro, Sociedade Bíblica do Brasil, 1969); *Dicionário de rimas*, Costa Lima (Porto, Lello, s. d.); *Luis de Gongora y Argote — obras completas*, org. Juan Mille y Gimenez e Isabel Mille y Gimenez (Madri, Aguilar, 1972).

E os documentos, encontrados na seção de manuscritos ou obras raras da Biblioteca Nacional, no Rio de Janeiro: *Códices Afrânio Peixoto; Códice Camilo Castelo Branco; Códice Capitão-mor; Códices Carvalho; Códice do Conde; Códices do Imperador; Códice Innocencio; Códice de João Ribeiro; Códice Pedro II; Várias Poesias compostas pello famozo Auctor, e insigne Poeta do nosso século Gregório de Mattos e Guerra...; Códice Valle Cabral; Códice Varnhagen;* a *Revista do Instituto Histórico e Geographico Brasileiro;* os *Annaes da Biblioteca Nacional do Rio de Janeiro.*

1ª EDIÇÃO [1989] 8 reimpressões
2ª EDIÇÃO [1992] 10 reimpressões
3ª EDIÇÃO [1998]
4ª EDIÇÃO [1999] 13 reimpressões
5ª EDIÇÃO [2010] 8 reimpressões
6ª EDIÇÃO [2019] 3 reimpressões

ESTA OBRA FOI COMPOSTA PELA VERBA EDITORIAL EM AGARAMOND
E IMPRESSA PELA GEOGRÁFICA EM OFSETE SOBRE PAPEL PÓLEN NATURAL
DA SUZANO S.A. PARA A EDITORA SCHWARCZ EM NOVEMBRO DE 2022

A marca FSC® é a garantia de que a madeira utilizada na fabricação do papel deste livro provém de florestas que foram gerenciadas de maneira ambientalmente correta, socialmente justa e economicamente viável, além de outras fontes de origem controlada.